HEYNE BÜCHER

JANET LOUISE ROBERTS

HERBERGE DES UNHEILS

Roman

Deutsche Erstausgabe

WILHELM HEYNE VERLAG
MÜNCHEN

HEYNE ROMANE FÜR »SIE«
Nr. 04/48

Titel der Originalausgabe
THE SIGN OF THE GOLDEN GOOSE
Aus dem Amerikanischen übersetzt
von Rosmarie Kahn-Ackermann

Printed in Germany 1991
Umschlagzeichnung: Facett/Schlück
Umschlaggestaltung: Atelier Ingrid Schütz, München
Satz: Compusatz GmbH
Druck und Bindung: Presse-Druck Augsburg

ISBN: 3-453-04673-0

Für Jay Garon,
denn dieses Buch entsprang
einer seiner vielen Ideen.

1

Während die Postkutsche über das Kopfsteinpflaster der kleinen Stadt holperte und die Pferde langsamer wurden, beugte sich Sarah Overmiller vor und fragte eifrig: »Sind wir da? Das hier ist doch Paintsville, Ma'am?«

Die Farmerfrau ihr gegenüber verrückte ihren riesigen Korb auf dem gleichermaßen riesigen Schoß und sagte aus tiefstem Herzen:

»Du lieber Himmel, Schätzchen, nein. Wenn's das wäre, dann hätte ich ja das Aussteigen verpaßt. Nein, das ist ›Rose of Sharon‹. Da wartet mein Mann auf mich, und der sieht sicher fuchsteufelswild drein. Er haßt es, wenn er auch nur fünf Minuten warten muß. Und wir sind fünf Stunden zu spät.«

Sarah lehnte sich mit einem kleinen Seufzer zurück. Ihr war kalt, und sie war müde. Nie hätte sie sich vorstellen können, daß eine Reise über neunzig Kilometer von der Eisenbahnstation aus so trostlos lange dauern könnte. Natürlich hatten die schweren Regengüsse sie aufgehalten.

Der Mann ihr gegenüber sagte ruhig:

»Es tut mir leid, Miß Overmiller. Sie sind nicht an die Verzögerungen gewöhnt, mit denen wir in diesem recht primitiven Land gezwungenermaßen leben müssen. Fortgesetzt treffen neue Siedler ein, aber trotzdem sind wir noch nicht mächtig genug, um für dieses Gebiet hier eine Eisenbahnverbindung anzufordern.«

Sie lächelte dem gut aussehenden jungen Rechtsanwalt zu, der auf unaufdringliche Weise sein Bestes getan hatte, um ihr diese zweitägige Reise bequem zu machen.

»Ich bin albern, Sir. Ich hatte gedacht, der längste Teil meiner Reise würde die Fahrt aus dem östlichen Pennsylvania nach Ohio sein. Der Zug kam mir schon sehr langsam vor. Aber die Kutsche – natürlich hat uns der Regen aufgehalten«, schloß sie hastig, um nicht allzu unfreundlich zu wirken.

»Sie kommen immer zu spät, im Frühjahr und im Herbst«, sagte die Farmerfrau, die sich darauf vorbereitete, die Kutsche zu verlassen, während die Pferde angehalten wurden. »Da ist's regnerisch und scheußlich, man hat noch Glück, wenn die Brücken nicht überschwemmt sind. Und im Winder sind's dann Eis und Schnee, die sind noch schlimmer«, fügte sie mit einem Kichern hinzu, so als ob dergleichen Beschwernisse sie belustigten. »Hier bin ich, Schatz!« rief sie und winkte ihrem Mann zu, der durch den Straßenmatsch auf die Kutsche kam.

Der Kutscher, Billy Dexter, kam um den Wagen herum, um der Frau herabzuhelfen.

»Vielleicht wollen Sie reingehen und einen Bissen essen, während die Pferde gewechselt werden, Ma'am«, sagte er zu Sarah und dem Anwalt. »In ungefähr einer halben Stunde geht's weiter. Aber lassen Sie sich nur Zeit.«

Er war groß, braungebrannt und warmherzig. Sarah hatte ihn von Anfang an gemocht. Er wirkte so unerhört tüchtig und um seine Fahrgäste bemüht.

Mr. Hugo Forrester begleitete sie in das kleine, schäbige Wirtshaus hinein.

»Nichts Besonderes, aber das Essen ist gut, Miß Overmiller«, sagte er. »Vielleicht wünschen Sie, zuerst hinaufzugehen und sich frisch zu machen? Dann können Sie in aller Ruhe zu Abend essen.«

Er winkte einem schüchternen Mädchen, das Sarah die Treppe hinaufführte. Als Sarah wieder herunterkam, stellte sie fest, daß Mr. Forrester für sie beide einen Tisch in einer Ecke ausgesucht hatte, nicht weit von dem riesigen, offenen Kamin entfernt, in dem dampfende Kessel an beweglichen Eisenarmen hingen. Hugo Forrester erhob sich, als Sarah hereinkam und rückte mit der Höflichkeit des Gentlemans aus dem Osten ihren Stuhl zurück. Sie sank müde darauf und war sich des zerdrückten Zustands ihres dunkelblauen Wollkleids bewußt. Aber wenigstens hatte sie ihr helles, goldbraun schimmerndes Haar bürsten und sich die Schmutzstreifen von Gesicht und Händen waschen können.

»Alle waren so freundlich zu mir«, sagte sie, ihren eigenen Gedankengängen folgend. »Wirklich, das überrascht mich. Im Osten sind die Leute soviel formeller und reservierter. Sie meinen es gut, aber jeder geht seinen eigenen Weg.«

Mr. Forrester lächelte erfreut und nickte dann nachdenklich.

»Ja, Ma'am, ich glaube, Sie haben recht. Das ist einer der Gründe, weshalb ich mich entschloß, mein Glück in Ohio zu suchen, nachdem ich mein Studium am Anwaltscollege abgeschlossen hatte. Trotzdem, mein Vater und seine Firma dachten, ich hätte restlos den Verstand verloren.« Er lachte.

Während sie noch aßen und plauderten, trat Billy Dexter zu ihnen.

»Ma'am und Mr. Forrester, wir haben da ein Problem«, sagte er.

»Bitte, setzen Sie sich zu uns, Mr. Dexter«, sagte Sarah schnell und wies auf einen Stuhl in der Nähe. »Hatten Sie denn Zeit zu essen?«

»Ja, Ma'am, ich hab ein paar Bissen zu mir genommen. Vielen Dank, ich setz mich gern ein bißchen. Sehen Sie, das Problem ist folgendes: Es fängt an, stärker zu regnen, und die Leute hier sagen, die Brücke stehe zwar noch, aber sie könne jederzeit einstürzen. Ich meine, die Brücke zwischen hier und Paintsville.«

Sarah starrte den Kutscher an.

»Sie meinen – die Brücke könnte einstürzen?« fragte sie benommen. »Und wann würde sie dann wieder repariert sein?«

Er zuckte die Schultern.

»Es ist schon vorgekommen, daß es einen Monat oder noch länger gedauert hat. Selbst zu dem Zeitpunkt, als der alte Adam – ich meine Mr. Overmiller, Ihren Großvater – die Leute dazu angetrieben hat. Aber jetzt, nachdem er tot ist, möge er in Frieden ruhen, weiß ich nicht, was passieren wird.«

»Was schlagen Sie vor, Billy?« fragte Mr. Forrester und zerschnitt so sorgfältig sein Fleisch, als nähme dies seine gesamte Aufmerksamkeit in Anspruch.

»Ich muß weiter. Egal was passiert, ich muß bis morgen abend meine Strecke hinter mich gebracht haben. Also fahre ich heute noch weiter. Ich schätze, daß ich in zwei, drei Stunden in Paintsville bin und dort im Gasthaus übernachten kann, das Ihrem Großvater gehört hat, Miß Overmiller. Dann fahre ich am Morgen weiter. Ich muß meine Strecke hinter mich bringen und dann wieder umkehren.«

Sarah war zutiefst verwirrt. Sie wollte nicht warten, sie sehnte jetzt ungeduldig das Ende der Reise herbei. Aber sie wußte auch, daß ihr Urteilsvermögen durch Müdigkeit getrübt war. So war es immer. Wenn sie müde war, konnte sie nicht vernünftig denken. Sie wandte sich an den Anwalt.

»Was würden Sie raten, Mr. Forrester? Haben Sie vor, weiterzufahren?«

»Ich werde tun, was Sie wünschen«, sagte er mit leichtem Lächeln. »Ich habe mich selbst zu Ihrem inoffiziellen Beschützer ernannt, sofern Sie mir das gestatten. Wenn Sie weiterfahren, tue ich es auch. Wenn Sie bleiben, bleibe ich ebenfalls hier.«

Sie ertappte sich dabei, daß sie ob seiner freundlichen Besorgnis errötete.

»Danke, Sir, Sie sind wirklich sehr hilfreich. Ich bin Ihnen dankbar«, sagte sie ein bißchen steif vor Schüchternheit.

Es war lange her seit sie zuletzt Galanterien gehört hatte, dachte sie. Für sie waren Männer Patienten gewesen, um die sie sich hatte kümmern müssen, denen geholfen werden mußte, damit sie in den Krieg zurückkehren konnten, oder die man den Verwandten übergeben hatte, damit sie sie beerdigten. Mehr als drei lange Jahre hatte sie keinerlei romantische Ideen gehegt – genau genommen hatte sie sich zu alt und erschöpft gefühlt, um überhaupt noch dergleichen empfinden zu können.

Vielleicht würde ihr diese Reise in mehr als einer Weise gut tun, überlegte sie.

»Wenn – wenn Sie vorhaben weiterzufahren, Mr. Dexter, dann werde ich das, glaube ich, auch tun«, entschied sie impulsiv. »Ich bin begierig, nach Paintsville zu kommen. Der Gedanke an eine Verzögerung von einem Monat oder mehr ist mir äußerst unangenehm.«

Der Kutscher strahlte sie anerkennend an.

»Na, ich hab schon immer gesagt, Sie sind in Ordnung«, sagte er. »Essen Sie also erstmal fertig und dann kommen Sie raus zur Kutsche. Wir werden heute abend noch weiterfahren. Und verlassen Sie sich drauf, wir erreichen Paintsville!«

In der gemütlichen Wärme des Wirtshauses waren solche Entschlüsse leicht zu fassen. Als sie sich dann wieder draußen auf der Straße befanden, der Regen heruntergoß und die Kälte durch ihren Wollumhang und das Kleid bis in die Knochen drang, fragte sie sich, ob sie nicht doch eine Idiotin gewesen war. Sie und Mr. Forrester sprachen wenig. Sie waren beide müde. Zwar hatten sie dicke Decken über sich, aber die Kälte war trotzdem durchdringend. Das Geräusch des Regens hatte sich verändert, fand Sarah. Sie sah Mr. Forrester im Halbdunkel des Kutscheninnern an.

»Ist das – das kann doch nicht Eisregen sein, oder?« fragte sie.

»Ich fürchte doch. Es ist ein bißchen ungewöhnlich für die Jahreszeit. Aber ich weiß, daß der Oktober hier sehr kalt sein kann. Ich hoffe bloß, daß Billy wirklich zu einem annehmbaren Zeitpunkt in Paintsville ankommt.«

»Das hoffe ich auch«, sagte sie.

Ihre Stimme mußte ein bißchen zaghaft geklungen haben, denn er fuhr in fröhlicherem Ton fort:

»Erzählen Sie doch von sich selbst, wenn es Ihnen nichts ausmacht, Miß Overmiller. Sie sagten, Mr. Overmiller, Ihr Großvater, habe Ihnen das Gasthaus zur ›Goldenen Gans‹ hinterlassen. Haben Sie Ihren Großvater vor dieser Zeit überhaupt gekannt?«

»Nein, Sir. Ich habe ihn nur als kleines Kind gesehen, woran ich mich nicht mehr erinnern kann. Mein Vater heiratete gegen den Wunsch seines Vaters. Er mußte tatsächlich sehr schwer zufriedenzustellen gewesen sein«, fügte sie mit einem kleinen Lachen hinzu. »Mein Vater war ähnlich veranlagt, ein bißchen dickköpfig.«

»Wenn er wie der alte Adam war, dann war er sehr eigensinnig«, sagte Mr. Forrester. »Man soll die Toten ehren, aber der alte Adam! Ich bitte um Verzeihung, ich nenne ihn immer so, jeder tat das. Natürlich nicht, wenn man ihn anredete.«

»Ich habe nichts dagegen«, sagte sie. »Mein Vater erzählte mir, sein Vater sei zu Besuch gekommen, nachdem ich geboren worden war. Er lernte meinen Bruder, Adam den Dritten, kennen, und er gefiel ihm. Irgendwie versöhnten sich Vater und Sohn dann, obwohl mein Großvater meine Mutter nie leiden konnte. Ich weiß nicht, warum, sie war so hübsch und bezaubernd.«

Sarah seufzte. Ihre Mutter war klein, zart und anmutig gewesen und man hatte sie angebetet. Ganz anders als ihre große, kräftige Tochter, die stark genug war, um einen Verwundeten im Bett umzudrehen, die riesige Töpfe mit dampfendem Essen in ein Feldlager schleppte und bei chirurgischen Eingriffen assistierte, deren Anblick ihrer Mutter einen Ohnmachtsanfall beschert hätte.

»Also hinterließ der alte Adam das Gasthaus Ihrem Vater«, sagte der Anwalt.

Darüber hatten sie sich schon vorher auf der Reise unterhalten, und Sarah hatte nichts dagegen. Die Unterhaltung lenkte sie von dem Eisregen ab, der aufs Kutschendach prasselte, und außerdem von dem Gedanken daran, daß die nächste Brücke möglicherweise unbefahrbar war und sie irgendwo in dieser trostlosen Gegend stranden würden.

»Ja, Sir. Ein Anwalt schickte mir die Nachricht. Das heißt, er benachrichtigte meinen Vater, aber der Brief wurde mir ausgehändigt, weil Vater –« Sie machte eine Pause, schluckte und gewann die Kontrolle über ihre Stimme wieder. »Er starb Anfang des Krieges. Mein Bruder kam nach Hause, machte sein Testament und kehrte in den Krieg zurück. Zwei Jahre lang hatte er Glück und überlebte, dann – dann wurde er verwundet ...«

»Ja«, sagte der Anwalt freundlich, da sie den Satz nicht beenden konnte. »Und nun sind Sie also allein. Haben Sie vor, das Gasthaus selbst zu betreiben oder wollen Sie es verkaufen? Soviel ich gehört habe, floriert es. Ich könnte mir vorstellen, daß Sie gute Angebote dafür bekommen.«

»Ich habe mich noch nicht entschieden«, sagte sie, aber die düstere Landschaft und der endlose Regen draußen begannen bereits ihren Einfluß auf sie auszuüben.

Die freundlichen Leute hier gefielen ihr, aber dieses Wetter! Sie sehnte sich nach ihrem eigenen gemütlichen Haus, wenn es auch ohne ihre Familie so leer war. Dort hätte sie sich jetzt behaglich gefühlt, vielleicht am Nachmittag ein paar Besucher empfangen, wäre irgendwo zum Abendessen eingeladen worden, hätte wieder ein normales Dasein aufgenommen. Sie hatte vor ihrer Abreise ihre Stellung im Lazarett aufgegeben und erklärt, man solle nicht mit ihrer Rückkehr rechnen. Viele der Soldaten waren nach Hause geschickt worden, viele waren als endgültige Pflegefälle in Krankenhäuser überwiesen oder nach Hause entlassen worden. Ihr Herz und ihr Körper schmerzten. Sie wollte Ruhe und Stille haben.

In der Kutsche herrschte nun wieder Schweigen. Sarah war tief in ihre Gedanken versunken. Sie war erst zweiundzwanzig, aber sie fühlte sich mindestens wie fünfzig. Würde sie jemals wieder jung sein können? Nicht das fröhliche, gedankenlose, lachende junge Mädchen, das sie vor dem Krieg einmal gewesen war, Liebling ihres Vaters, ihres Bruders und der Haushälterin – begehrt und geliebt. Flirt mit jungen Bewerbern, nichts Ernsthaftes, aber doch verspielt genug, um hübsche Bänder im Haar zu tragen und bei Gesellschaften herumzuflirten. Ihr Vater hatte mit vorgetäuschter Düsterkeit gesagt: »Du wirst einen dieser wilden Jungen heiraten und wir werden uns dann allein durchs Leben schlagen müssen, Sarah!«

Das hatte sie leidenschaftlich abgestritten; sie wolle ihm für alle Zeiten ein Heim bieten, hatte sie erklärt. Nun waren ihre jungen Verehrer alle tot und verschwunden, ihr Vater und ihr Bruder gestorben. Ihre Jugend war vorbei, bevor sie sie hatte richtig genießen können. Ob ich je wieder wirklich lachen kann? dachte sie, lehnte den Kopf gegen die harte Rückwand der Kutsche und versuchte mit dem Körper das Holpern des Wagens auszugleichen.

»Die Brücke«, sagte Mr. Forrester plötzlich. »Ich glaube, wir überqueren gerade die Brücke nach Paintsville. Wir sind beinahe da, Miß Overmiller!«

»Ach, wirklich?« fragte sie eifrig und beugte sich vor, um zum hundertsten Mal aus dem Fenster zu spähen. Sie blickte geradewegs auf eine häßliche, wirbelnde Masse braunen Wassers und entwurzelter Baumstämme. »Du lieber Himmel – die Brücke ist ja überschwemmt!«

»Nein, das glaube ich nicht«, sagte er in seiner ruhigen und besinnlichen Art. »Jedenfalls jetzt noch nicht. Nein, wir sind völlig sicher. Sehen Sie, wir sind schon fast auf der anderen Seite.«

Sie hielt den Atem an, so als könnte sie dadurch den Pferden behilflich sein, die Kutsche über die Brücke zu ziehen, und sie schafften es auch tatsächlich. Sobald sie das Kopfsteinpflaster der kleinen Stadt erreicht hatten, verfielen die Pferde in müden Trab, und Sarah hielt eifrig Ausschau nach dem Gasthaus.

Mr. Forrester beugte sich hinüber und deutete mit dem Finger.

»Dort ist es, das mit dem Schild der goldenen Gans. Ihr Eigentum, nehme ich an.«

»Ach du meine Güte«, sagte sie, gleichermaßen erschreckt und verwundert.

Das Gasthaus war völlig dunkel. Es wirkte verlassen. Ein Schild mit einer riesigen Gans und ihrem goldenen Ei beherrschte die Vorderfront. Es hing von einem Brett herab, das unterhalb eines Fensters im ersten Stock angebracht war. Brett und Schild waren fleckig angelaufen.

Das Haus ist ja riesig, dachte sie. Es war ungefähr doppelt so groß wie sie erwartet hatte, und rund viermal so groß wie das Wirtshaus in ›Rose of Sharon‹. Eine langgestreckte Veranda mit weißen Säulen zog sich behäbig an der Vorderseite entlang. Sarah konnte sich dort Schaukelstühle vorstellen, in denen die Gäste saßen und sich vor- und zurückwiegten.

Gäste? Warum gab es hier keine Lichter? Nirgendwo flackerten irgendwelche Kerzen, nirgendwo drang ein Lichtschein aus dem dunklen Gebäude.

Billy Dexter hielt die Pferde vor dem Postbüro unmittelbar hinter dem Gasthof an.

»Ho!« schrie er laut. »Die Post ist da! Ho!«

»Es ist dunkel«, sagte Sarah verdutzt. »Der Gasthof ist völlig dunkel. Ist er denn geschlossen?«

»Ihr Großvater hat ihn niemals geschlossen«, antwortete Mr. Forrester. »Im Winter gab es manchmal nur wenig Gäste, aber man konnte immer auf einen Willkommensgruß, frische Laken und warmes Essen rechnen, ganz gleich zu welcher Jahreszeit.« Er spähte gleichfalls neugierig hinaus. »Ich frage mich, was da...«

»Ho, he, Joel Walden!« brüllte Billy Dexter und kletterte vom Kutschbock. Er öffnete die Wagentür. »Ich muß jemand aufscheuchen«, sagte er. »Wahrscheinlich haben sie gedacht, wir würden es heute abend bei diesem Wetter nicht schaffen. Ho, Joel!« brüllte er erneut und so nahe an Sarahs Ohr, daß sie zurückfuhr.

Nebenan im Gasthof klapperte eine Jalousie. Sarah zuckte vor Nervosität zusammen, als Billy ihr aus der Kutsche und unter die verhältnismäßig schützende Veranda des Postbüros half. Dann rannte er zur Haustür des Gasthofs hinüber und donnerte dagegen.

»He – ist da niemand? Ich bin's, Billy Dexter! Und ich habe eine Lady bei mir. Macht auf, sofort!« schrie er.

Das war keineswegs das, was Sarah erwartet hatte. Sie hatte sich vorgestellt, voller Wärme von den Angestellten ihres Großvaters empfangen zu werden, daß die Leute aus dem Städtchen herbeigeeilt kämen, um sie zu begrüßen und ihr von ihrem Großvater zu erzählen und sich darüber zu unterhalten, ob sie wohl den Gasthof weiterführen würde. Sie hatte Berichte über die dort geübte Gastfreundlichkeit gehört. Aber diese unheimliche Stille, diese Dunkelheit!

Sie spähte durch ein Fenster in eines der Gästezimmer hinein und sah voller Schrecken und Entsetzen, daß innen fürchterliches Durcheinander herrschte. Stühle waren umgeworfen, aus einem Sofa quoll Polstermasse, ein Tisch lag umgestürzt auf dem Boden, Pflanzen, die darauf gestanden waren, lagen verstreut herum, überall war Schmutz.

»Was kann denn da passiert sein – eine Schlägerei? Nein, natürlich nicht«, murmelte sie. Die Männer achteten nicht auf sie.

»He, Joel, bist du tot?« rief Billy.

»Fast. Ich hätte nicht gedacht, daß du's schaffen würdest, Billy. Was soll das mit der Lady heißen?« Ein junger Mann kam herausgehinkt, eine Kerze in der Hand, in einen Mantel gehüllt. Seine bloßen Füße steckten in Schuhen. Sarah konnte nur ein dunkles Gesicht ausmachen, schwarzes, glattes Haar, farblos wirkende Augen, ein seltsam verkrampftes Grinsen, während er die kleine Gruppe anstarrte.

»Dachte ich doch, daß dich das raustreiben würde. Ja, ich hab 'ne Lady mit. Die Enkelin des alten Adam – die letzte ihres Stammes«, verkündete Billy, so als hätte er sie höchstpersönlich aus einem Hut gezaubert.

Die Kerze wurde unverschämt nahe an ihr Gesicht gehalten, während der junge Mann sie anstarrte.

»Na, sicher! Und hübsch ist sie auch. Sie müssen Miß Sarah sein. Willkommen in Paintsville. Der Gasthof ist geschlossen«, fügte er hinzu.

»Warum?« platzte sie heraus.

»Gehen wir erst einmal aus dem Regen«, sagte Mr. Forrester einigermaßen erschöpft. »Sofern Sie nichts dagegen haben, Mr. Walden. Wir sind naß, kalt und außerordentlich müde.«

»Klar, klar, kommen Sie ins Büro. Der Gasthof ist verschlossen. Wir können durchs Postbüro hineingehen.«

Er ging den anderen voran. Das Postbüro war ein kleiner, kahler Raum mit einem Holzgeländer, das die Angestellten von den Fahrgästen trennen sollte, mit einer Holzbank und wenig anderen Annehmlichkeiten.

Der junge Mann ging zur Wand, nahm ein paar Schlüssel vom Haken und schloß dann eine kleine Tür auf.

»Wir haben hier eine Tür eingebaut, damit ich mich um den Gasthof kümmern kann, wenn der alte Adam weg ist – ich meine, weg war«, verbesserte er sich hastig. »Ich kann's mir kaum vorstellen, daß er nicht mehr lebt«, sagte er und öffnete die Tür. Starker Modergeruch drang heraus. Er schnupperte.

»Es sieht alles nicht besonders aus, aber ich weiß nicht, wo Sie sonst schlafen sollen. Nachdem Adam gestorben war, ging die Köchin. Die Leute blieben dann auch weg, weil sie nichts mehr zu essen kriegten. Und die Wäscherin hat eine Stellung in ›Rose of Sharon‹ bekommen«, fügte er fröhlich hinzu, so als ob er ihnen erfreuliche Nachrichten aus der Stadt berichtete.

»Als ich letzte Woche durch diesen Ort kam, war der Gasthof noch bewirtschaftet«, sagte Billy so entrüstet, als handle es sich um einen persönlichen Affront. »Ich dachte, die alte Justina würde sich weiter ums Kochen kümmern. Sie sagte jedenfalls, sie würde es tun. Sie ist gar nicht schlecht.«

»Nicht so gut wie die frühere Köchin. Aber als die Wäscherin ging, sind die Leute verschwunden. Sie sind nach dem Tod vom alten Adam auch nicht bezahlt worden – die Angestellten«, fügte Joel nachdenklich hinzu. »Die Bank in Columbia hielt das Geld zurück und wollte nichts auszahlen, bevor die Erbin das Gasthaus übernahm. Also machten alle, daß sie wegkamen. Bis auf

Justina. Ich fürchte, es gibt auch keine frischen Bettücher«, fügte er melancholisch hinzu, so als ob ihm dieser Gedanke eben erst gekommen sei.

Sarah schauderte. Im Gasthof war es eiskalt. Und noch schlimmer – sie hatte hier ein seltsames Gefühl. Irgendwo im tiefsten Innern wußte sie, daß dieser Gasthof nicht leer war. Jemand war hier, irgendwo im Dunkel. Jemand war hier, wartete, war böse, lauschte – wartete er auf sie, Sarah? Sie schauderte.

»Miß Overmiller muß ein Zimmer haben«, sagte Mr. Forrester ungeduldig. »Sie ist völlig erschöpft. Können Sie nicht irgend etwas für sie auftreiben, Mr. Walden? Ich wollte, Sie würden aufhören zu reden und würden etwas Zweckmäßiges tun.«

»Zu Ihren Diensten«, sagte Joel Walden ironisch. Sarah fand ihn unverschämt, er war in Wirklichkeit niemanden zu Diensten. »Wir gehen nach oben und sehen uns die Zimmer an. Sie haben die Wahl. Es gibt rund zwanzig davon und keiner macht sie Ihnen streitig.«

Nur Billy lachte, und es klang ein bißchen hohl.

»Hoffentlich gibt's wenigstens ein paar Decken«, sagte er zweifelnd. »Die Gäste haben sich doch wohl nicht mit dem ganzen Zeug davongemacht, oder? Die Bude hier sieht ziemlich verwüstet aus.«

»Davon werde ich Ihnen morgen erzählen«, sagte Joel, nun etwas nüchterner. »Das ist eine lange Geschichte, Miß Overmiller, aber sie hat Zeit.«

Er ging voran auf die schöne, weiße Wendeltreppe zu und leuchtete ihnen mit seiner Laterne, als sie hinaufstiegen.

Nun hatte Sarah das deutliche und klare Gefühl, ein gespenstisches Gefühl, daß man sie beobachtete. Sie sah sich unbehaglich um, während sie dem merkwürdigen hinkenden jungen Mann die Treppe hinauffolgte. Bei Tag mochte das Haus ein schöner Ort sein. Bei Nacht war es dunkel, modrig, kalt und irgendwie unheimlich.

Oben an der Treppe angelangt, blieb Joel vor einer Wäschekammer stehen.

»Hier sollten eigentlich eine Menge Decken sein«, sagte er und öffnete die Tür. »Ja, da sind sie. Greifen Sie zu, Herrschaften. Nehmen Sie gleich einen ganzen Stapel, die Zimmer sind eiskalt. Wir haben nirgendwo Feuer gemacht, aus Angst, wir könnten den Gasthof in Brand setzen.«

Sarah nahm dankbar mehrere Decken an sich. Sie waren aus dicker Wolle, und so ßürde sie zumindest in der Nacht nicht frieren. Erleichtert folgte sie Joel, der jeweils vor jedem Raum kurz stehen blieb und ochließlich ein der Straße zu liegendes Zimmer für sie auswählte.

»Hier, Miß Sarah, das ist das beste, was das Haus zu bieten hat, die Nummer eins, und das teuerste obendrein«, sagte er munter.

Er zündete die langen, weißen Kerzen auf dem Toilettentisch und der Kommode an. Der Raum wurde in angenehmes Licht getaucht. Es war ein in Blau und Weiß gehaltenes Zimmer, urd es wirkte so frisch und frühlingshaft, als sei es erst gestern renoviert worden.

»Oh, das Zimmer ist entzückend«, rief Sanah erfreut. »Vielen Dank.«

Er verbeugte sich betont steif und lachte erneut. »Es gehört ja Ihnen, Miß Overmiller! Dies est alles Ihr Eigentum – für wie lange, das weiß kein Mensch.«

Sie hörte, wie sich Billy Dexter und Mr. Forrester im Flur draußen unterhielten. Offensichtlich suchten sie sich ihre eigenin Zimmer aus. Dann schnappte sie plötzlich nach Luft und unterdrückte einen Aufschrei. Das mußten ihre gereizten Nerven sein!Oder sah sie wirklich jemand hinter Joel Walden stehen? Sie starrte in das Dunkel des Flurs hinaus. Eine schattenhafte Geotalt bewegte sich...

Joel drehte sich ungeachtet seines lahmen Beins schnell um. »Roscoe, bist du das? Roscoe, komm raus, du alter Dummkopf!« rief er. »Das ist die Enkelin des alten Adam, die jetzt hier bleibt. Komm und begrüße sie höflich und hör auf, wie ein Gespenst herumzuschleichen!«

Zuerst glaubte Sarah, er habe vergeblich gerufen. Aber schließlich tauchte eine dunkle, gebeugte Gestalt an der

Schwelle auf. Im Licht der Kerzen starrte der alte Mann sie an, und sie starrte zurück. Er war so alt, daß sein Gesicht aus einem Netzwerk von Runzeln bestand. Er war ein sehr dunkelhäutiger Neger mit einem Schopf weißen, dichten, krausen Haars. Er bewegte seinen Kopf auf seltsame Weise, so als ob er Schüttellähmung hätte.

»Miß Overmiller, das ist Roscoe. Roscoe, Miß Sarah Overmiller, die Enkelin des alten Adam«, stellte Joel sie beide vor. »Roscoe wurde vor ungefähr dreißig Jahren als Sklave aus dem Süden herausgeschmuggelt, und dabei hätten sie ihn beinahe erwischt. Aber Adam zahlte für ihn, kaufte ihn und ließ ihn frei. So war's doch, Roscoe?«

Er hob die Stimme und Sarah merkte, daß der Alte schwerhörig war.

»Ja, Sir, stimmt, Sir«, sagte der alte Mann mit der dumpfen, monotonen Stimme des fast Tauben. »Der alte Adam ist gut zu mir gewesen. Sind Sie seine Tochter?«

»Seine Enkelin«, sagte Sarah mit lauter, klarer Stimme.

Er nickte unaufhörlich mit dem weißen, wolligen Kopf und starrte sie an. »Ja, ja, Ma'am, Sie sehen aus wie auf Ihrem Bild«, sagte er.

Joel erklärte.

»Ihr Großvater hat ein – hatte ein Bild von Ihnen. Es hängt in seinem Schlafzimmer. Aber Sie sind hübscher. Oder Sie wären es wenigstens, wenn Sie ein bißchen mehr Fleisch auf den Knochen hätten«, sagte er mit erstaunlicher Frechheit, wie Sarah fand. »Gibt's denn im Osten nichts zu essen?«

Mr. Forrester war gerade rechtzeitig zurückgekehrt, um diese letzte Bemerkung zu hören.

»Miß Overmiller hat als Schwester sehr hart in den Lazaretten gearbeitet«, sagte er streng. »Darf ich Sie noch einmal daran erinnern, daß sie sehr müde ist? Sie ist in den Westen gekommen, um sich auszuruhen und einmal etwas anderes zu Gesicht zu bekommen, als unsere tapferen Verwundeten. Müssen Sie unbedingt so viel reden?«

Joel sah erfreulicherweise eine Spur beschämt und überrascht drein.

»Eine Krankenschwester? Das wußte ich nicht – es tut mir leid, Ma'am. Na, wir werden Sie schon ein bißchen herausfüttern. Das Essen in Ohio ist unschlagbar«, fügte er vergnügt hinzu. »Haben Sie sich ein Zimmer ausgesucht, Sir? Billy, wie steht's mit dir?«

Er hinkte mit seiner Kerze den Korridor entlang.

Roscoe lungerte im Zimmer herum, so als hätte er ganz vergessen, wo er war. Mr. Forrester blieb noch kurz da, um mit Sarah zu reden.

»Bitte verzeihen Sie dem jungen Mann. Er ist immer so. Aber er ist ein großartiger Mensch. Er wollte Sie wirklich nicht beleidigen. Das ist so seine Art von Freundlichkeit. Soweit ich weiß, war er übrigens ein tapferer Soldat.«

»Davon bin ich überzeugt, ich bitte Sie, machen Sie sich um mich keine Sorgen, Mr. Forrester«, sagte sie mit schwachem Lächeln.

Sie war so erschöpft, daß sie glaubte, demnächst hinzufallen, wenn sie sich nicht bald auf einer Matratze ausstrecken und sich in Decken hüllen konnte.

»Morgen früh wird alles erfreulicher aussehen. Sie fahren dann also mit Billy Dexter weiter?«

Er zögerte.

»Ich glaube, ich werde mich erst morgen früh entscheiden«, sagte er stirnrunzelnd und einigermaßen reserviert. »Mir gefällt das Haus hier nicht. Es ist in keiner Weise mehr so, wie ich es in Erinnerung hatte. Dieses Durcheinander in dem Gästezimmer unten, die Tatsache, daß es rundum verschlossen ist – ja, ich werde bis zum Morgen mit meinem Entschluß warten. Dann sehen wir uns also noch, Miß Overmiller. Schlafen Sie gut!«

Sie streckte ihm die Hand hin.

»Vielen Dank, Sir, für Ihre Fürsorge. Ich hätte nicht das geringste dagegen einzuwenden, Sie als meinen – zeitweiligen – Beschützer zu betrachten.«

Er sah erfreut drein und beugte sich über ihre Hand.

»Ich würde es Ihrem Großvater gegenüber als unverantwortlich empfinden, wenn ich, bevor ich abreise, mich nicht versichern würde, daß es Ihnen in jeder Hinsicht gut geht. Dann also gute Nacht.«

Er trat auf den Flur hinaus, und sie hörte, wie Joel draußen auf ihn einsprach. Sarah sah Roscoe an. Wenn der Alte nun ginge, könnte ich ins Bett gehen, dachte sie.

Der Alte zögerte. Sie fragte sich, ob er wohl ein bißchen schwachsinnig wäre. Er sah nicht gut aus.

Er murmelte etwas, beugte sich zu ihr hinüber und sah sie ernst und besorgt an.

»Miß – ich sag Ihnen, Miß...«

»Was ist, Roscoe?« sagte sie laut und deutlich.

Er legte die Finger an die Lippen und beugte sich noch weiter zu ihr vor, so als wolle er ihr ein Geheimnis verraten.

»Das Pferd – es scheut niemals, Miß! Es hat nie gescheut. Sagen Sie's nicht weiter!«

»Das werde ich nicht tun«, sagte sie freundlich.

Wahrscheinlich war er ein bißchen verrückt. Arme alte Seele. Sie lächelte ihm zu und begleitete ihn dann zur Tür.

Der Korridor hatte einfach zu viele dunkle Winkel. Bewegte sich dort etwas bei der Treppe? Sie schauderte plötzlich und schloß und verriegelte dann energisch die Tür. Innen wandte sie sich erleichtert der Kleidertasche zu, in der sich alles befand, was sie für die Nacht brauchte.

Sie hatte ihr nasses Kleid ausgezogen und griff soeben nach einem Kleiderrock, als jemand an die Tür klopfte.

»Wer – wer ist draußen?« rief sie erschreckt.

»Nur ich, Joel Walden. Ist alles in Ordnung?«

»Ja – völlig. Alles was ich brauche ist Schlaf!« rief sie zurück, fast hysterisch vor Erschöpfung.

»Gut. Dann bis morgen früh. Da sieht dann alles besser aus«, rief er mit ermunterndem Ton. Danach hörte sie, wie er den Korridor entlanghinkte.

Dunkel und Stille schienen förmlich auf sie einzudringen. Ein Fensterladen schlug draußen gegen die Mauer, und sie fuhr zusammen. Irgend etwas mußte sie demnächst gegen ihre Nervosität unternehmen, dachte sie.

Vielleicht hatte der arrogante junge Mann recht, und

sie brauchte tatsächlich ein bißchen mehr Fleisch auf die Knochen. Bei dem Gedanken lächelte sie. Er war wirklich ein lustiger Bursche, der mitten in der Nacht aufstand, sie überall herumführte, und großzügig Ratschläge erteilte. Und das alles mit diesem Hinkebein!

Hinken! Er war also Soldat im Krieg gewesen. Bei der Union oder den Konföderierten? Sie hatte gar nicht daran gedacht, danach zu fragen. Ihr Vater hatte gesagt, dieses Gebiet sei eine Brutstätte der ›Copperheads‹ gewesen, der Leute aus dem Norden, die mit dem Süden sympathisierten. Sarah zog eine Grimasse. Das hatte ihr gerade noch gefehlt – ein Krieg in Paintsville! Aber der Krieg war ja schließlich vorüber, oder nicht?

Sie wusch sich und zog einen warmen, wollenen Morgenrock für das Bett über. Dann legte sie sich hin, wickelte sich in die Decken – und merkte, daß sie die Kerzen hatte brennen lassen. Sie überlegte, ob sie wieder aufstehen sollte, entschied sich jedoch, sie brennen zu lassen. Das würde die unangenehmen Schatten vertreiben.

Die Matratze war bequem. Wenn das Bett nun noch weiche Leinenlaken gehabt hätte, die nach Lavendel dufteten ... Morgen muß ich mich um die Wäsche kümmern, dachte sie schläfrig. Und, falls ich hierbleiben werde, eine Köchin einstellen. Oder sollte sie den Gasthof verkaufen? Wo waren all die Gäste hinverschwunden? Ob sie wohl zurückkehren würden?

Copperheads. Ihr Großvater war Mitglied einer Organisation gewesen, die schwarze Sklaven aus dem Süden herausgeschmuggelt hatte. Sie wurde schlagartig wieder wach. War das von Bedeutung? War die Stadt in zwei verfeindete Hälften geteilt? Vielleicht war der Krieg doch noch nicht zu Ende, obwohl es jetzt Oktober 1865 war, der Frieden proklamiert und Verträge unterschrieben worden waren.

Es gab viele Dinge, die sie herausfinden mußte, entschied sie und schob sich mit der Faust das unbezogene Kopfkissen zurecht. Morgen – morgen gab es so viel zu tun.

Sie schlief endlich ein und zwar fest und tief, nur gestört durch die immer wiederkehrenden Alpträume aus ihrer Zeit als Krankenschwester, die üblichen Träume von Blut, Amputationen und schreienden Verwundeten. Sie erwachte, stellte fest, daß sie sich an einem fremden Ort befand, aber die Kerzen brannten ruhig, und es gelang ihr wieder, einzuschlafen.

2

Sarah schlief sehr lange. Als sie aufwachte, war ihr Körper ziemlich steif, und sie hatte keine Lust aufzustehen. Die Sonnenstrahlen fielen durch die Fenster, und der hübsche weiß-blaue Raum wirkte heiter. Sarah fühlte sich daraufhin viel besser.

Sie gähnte, streckte sich und stöhnte dann, weil sie das Gefühl hatte, daß ihre Knochen knirschten. Sie war hungrig. War es schon sehr spät? Vorsichtig versuchte sie sich aufzusetzen, was ihr beim dritten Versuch gelang.

Sie stand auf, ging zur Tür und öffnete sie vorsichtig, um zu sehen, ob irgend jemand da wäre. Vor der Tür stand ein Kupferkessel und ein Waschbecken. Sachte berührte sie den Kessel. Heißes Wasser!

Jemand war rücksichtsvoll und freundlich, dachte sie. Vielleicht Justina, die Frau, die kochte? Dankbar zog sie Kessel und Waschbecken ins Zimmer, verschloß die Tür wieder und machte sich an die Morgenwäsche.

Sie suchte sich ein frisches Wollkleid heraus, ein hellblaues mit einem hübschen, weißen Spitzenkragen, und zog es an. Irgendwie hatte sie das Bedürfnis, auf die Männer heute einen besseren Eindruck zu machen als gestern, als sie so mitgenommen und erschöpft gewesen war.

Als sie angezogen war und ihr goldbraunes Haar glänzend gebürstet hatte, ging sie hinaus. Der Gasthof erschien ihr heute noch geräumiger als gestern abend. Sie blickte die Vordertreppe hinab. Alles war dunkel, still und verschlossen. Vielleicht versuchte sie es mit der Hintertreppe, dachte sie. Möglicherweise konnte sie Justina und irgendein Frühstück auftreiben.

Sie ging den langen Korridor hinab und warf neugierige Blicke auf die vielen weißgestrichenen Türen. Alles wirkte angenehm und ordentlich, so als ob ihr Großvater seinen Stolz dareingesetzt hätte, auf Akkuratesse und Sauberkeit zu achten. Auch die Hintertreppe mit dem glänzend polierten, dunklen Geländer war weiß gestrichen. Sie führte zunächst auf einen Treppenabsatz, auf dem sich eine weitere kleine Tür befand. Wie merkwürdig, dachte sie – eine Kammer auf einem Treppenabsatz.

Die Tür stand halb offen. Sarah blieb stehen, und ein Gefühl des Unheils und der Kälte überkam sie.

Solche Flecken hatte sie schon früher gesehen – auf einem Holzboden. Blutflecken.

Sie schluckte, horchte und wartete. Kein Laut.

Sachte öffnete sie die Tür vollends. Sie schnappte nach Luft, und ihre Augen weiteten sich.

»Nein – nein – nein«, flüsterte sie.

Sie hatte schon oft Blut gesehen – wenn es aus den Adern eines Verwundeten spritzte, sich bei einer Amputation aus einer Arterie ergoß. Blut auf dem Boden des Operationszimmers. Aber nicht so etwas wie das hier.

Der alte Mann lag auf dem Rücken, seine offenen Augen starrten blicklos zur Decke. Das Blut war aus seiner durchschnittenen Kehle geströmt, auf den Teppich gelaufen, ins Holz des Bodens und der Schwelle eingesickert. Sein weißes, wolliges Haar war davon durchfeuchtet, sein dunkles Hemd war hellrot.

Unwillkürlich fielen ihr Shakespeares Zeilen ein: ›Aber wer hätte gedacht, daß der alte Mann noch so viel Blut in sich hätte?‹ Wo kam das vor? Macbeth, dachte sie. Mord.

Sie rief sich scharf zur Ordnung, trat vor, kniete neben dem alten Ex-Sklaven nieder und berührte sachte seine Hand. Sie war kalt, eiskalt. Er mußte schon seit einigen Stunden tot sein.

Armer Mensch. Armer alter Mann. Er hatte niemand etwas Böses getan. Und doch – jemand hatte ihn so sehr gefürchtet oder gehaßt, daß er ihn umgebracht hatte.

Sie zwang sich aufzustehen, obwohl die Beine ihr fast den Dienst verweigerten. Dann trat sie auf den Treppenabsatz hinaus und ging die Stufen hinab, die in eine große, offene Küche führten.

Hugo Forrester saß an einem langen Tisch und frühstückte. Er blickte auf und lächelte, als sie näherkam.

»Ich bin also nicht der einzige Langschläfer. Wie erfreulich, Sie zu sehen, Miß Overmiller!« Seine Stimme wurde plötzlich besorgt. »Was ist los?«

Eine schwarze Frau mittleren Alters stand an dem riesigen Herd. Sie hatte sich umgedreht, um Sarah Overmiller anzustarren.

Sarah achtete nicht auf sie.

»Es ist – Roscoe«, sagte sie mit matter Stimme. »Ich glaube, – er ist – tot.«

Hugo Forrester stand sofort auf, ging zu Sarah und griff nach ihrer Hand.

»Das ist schlimm«, sagte er freundlich. »Aber vergessen Sie nicht, er war ein alter Mann. Vielleicht war der Schock für ihn...«

Sie schüttelte heftig den Kopf. »Kommen Sie mit mir«, sagte sie. »Bitte – kommen Sie.«

»Hole Billy Dexter«, sagte er zu der Frau. »Und Joel Walden.«

Sie nickte und ließ den Schöpflöffel klirrend fallen. Hugo folgte Sarah die Wendeltreppe empor bis zum Absatz. Er blickte in die Kammer, wurde ebenfalls blaß und schluckte. Nach ein paar Sekunden des Zögerns zwang er sich dazu einzutreten.

»Er ist kalt«, sagte sie. »Sehr – kalt. Er muß – irgendwann in der Nacht – gestorben sein.«

Der Anwalt beugte sich hinab, berührte die Hand und das Gesicht des Toten und schloß dessen Augen. Dann richtete er sich auf und sah sich in der Kammer um. Sie war einfach, aber hübsch. Über das schmale Bett war eine bunte Steppdecke gebreitet. Ein sauberer, weißer Waschständer, eine große Kommode, ein Schaukelstuhl mit einem Kissen. Auf dem Boden ein geflochtener Teppich, nun zur Hälfte von Roscoes Körper bedeckt.

»Keine Anzeichen für einen Kampf«, sagte der Anwalt halb zu sich selbst. »Natürlich war er alt und taub.«

Die Lampe stand ordentlich auf der Kommode. Auf

dem Fenstersims befand sich eine Vase mit vereinzelten Blumen.

Auf der Treppe waren Schritte zu hören. Sarah drehte sich um und sah Billy Dexter heraufkommen, dicht gefolgt von Joel Walden. Die schwarze Frau stand abwartend unten an der Treppe und blickte zu den anderen empor. Ihre Hände hatte sie über der Schürze ineinander verschränkt.

Die beiden Männer starrten den Toten an. Selbst Joel schien verwirrt und entsetzt.

»Kalt?« fragte Billy.

Hugo nickte.

»Dann ist es also in der Nacht passiert. Was hat er zu Ihnen gesagt, Miß Overmiller?« fragte Joel eindringlich. »Irgendwas Besonderes?«

»Nein, nichts. Er redete ein bißchen – und ging dann. Ich legte mich schlafen.«

Sie schauderte.

»Bring' sie besser runter«, sagte Billy ruhig. Er nickte Joel zu. »Wir werden die Einzelheiten feststellen und dann die Polizei rufen. Bring sie von hier weg.«

»Okay«, sagte Joel und legte den Arm um sie.

Er führte sie die Treppe hinab in die Küche und half ihr in einen Schaukelstuhl neben dem Kamin.

»Was ist?« fragte die Frau schließlich.

»Roscoe ist tot. Jemand hat ihm die Kehle durchschnitten«, sagte Joel geradeheraus.

Die Frau schauderte.

»Gott erbarme dich unser«, sagte sie mit schwacher Stimme.

»Amen«, sagte Joel und grinste ein bißchen.

Es war ein krampfhaftes, grimmiges Grinsen. Sarah starrte ihn zornig an. Wie konnte er zu einem solchen Zeitpunkt so frivol sein?

Jemand klopfte an die Hintertür. Sarah fuhr sichtbar zusammen. Joel sah sie kopfschüttelnd an.

»Ich gehe schon«, sagte er und öffnete die Tür. »Kommt rein. Hallo, Leonard. Hallo, Maxine. Wollt ihr die neue Besitzerin der ›Goldenen Gans‹ kennenlernen? Hier ist sie – Miß Sarah Overmiller.«

Die beiden kamen herein, blickten sie an, lächelten freundlich. Justina hatte sich wieder ihrer Kocherei zugewandt und schien ihre Arbeit in einem Zustand der Benommenheit fortzusetzen. Sarah blickte die Neuankömmlinge an.

»Sie hat einen Schock«, sagte Joel schnell. »Der alte Roscoe – er liegt oben in seiner Kammer. Tot.«

»Wirklich? Aber er war ja auch schon sehr alt, das überrascht mich nicht. Mir schien er schon die ganze Zeit über gebrechlich«, sagte der Mann namens Leonard. »Na ja, es erwischt uns alle eines Tages. Es ist für jeden das Ende der Reise.«

Joel warf in gespieltem Entsetzen die Hände in die Höhe.

»Erspar mir das heute morgen, Leonard! Ich hoffe, daß wir nicht alle ein solches Ende der Reise erleben wie Roscoe. Man hat ihm die Kehle durchschnitten.«

»Nein!« schrie die hübsche Frau laut. »Joel – was sagst du da?«

Leonard besorgte ihr einen Stuhl und schalt Joel.

»Du Trottel! Sie fällt ja gleich um. Hier, Maxine – ein Glas Wasser – komm schon, fall nicht in Ohnmacht, reiß dich zusammen!«

Die blonde Frau öffnete die Augen wieder. Sie waren groß, schön, von einem ungewöhnlichen Veilchenblau. Ihr Gesicht war von einem vollkommenen Oval, ihre Wangen und ihr Teint so hinreißend, daß Sarah sich unscheinbar und gewöhnlich vorkam. Das schwere, schwarze Kleid, das sie trug, war von glänzendem Stoff und hatte einen weißen Spitzenkragen, der das blonde Haar und die helle Haut hervorhob.

»Roscoe – die Kehle durchschnitten? Oh mein Gott!«

»Gott erbarme dich unser«, wiederholte Justina dumpf vom Herd her.

»War es ein Einbruch? Was haben sie mitgenommen?« fragte Leonard ernsthaft.

Er wirkte irgendwie düster, ein ziemlich seltsamer Gefährte für Maxine, wer immer sie sein mochte.

»Wir haben noch nicht nachgesehen, nur die Leiche gefunden.«

Sarah machte eine Bewegung der Ungeduld. Joel schien Spaß daran zu haben, die beiden zu necken, ihre Reaktionen mit seinen kühlen grauen Augen abzuschätzen. Was war das für ein Mann? Seinen Schreck schien er ziemlich schnell überwunden zu haben. Kam ihm eigentlich alles komisch vor?

Sie unterhielten sich ein paar Minuten lang über den Fall. Die Frau schien sich langsam zu erholen, die Farbe kehrte in ihr Gesicht zurück. Sarah empfand nach wie vor stark ihren Schock, aber schließlich hatte sie auch den blutüberströmten Körper zu Gesicht bekommen.

Billy und Hugo Forrester kamen die Treppe herab und begrüßten die anderen.

»Guten Tag, Mrs. Gibson«, sagte Hugo. »Mr. Ensley, wissen Sie, wo man den Sheriff zu dieser Zeit auftreiben kann?«

»In einem anderen Staat«, sagte Leonard mit düsterer Befriedigung. »Er ist zur Beerdigung eines Cousins dorthingefahren. Er meinte, er würde vor einer Woche nicht zurück sein.«

Die Männer runzelten die Stirn und beratschlagten miteinander. Schließlich kam man zu dem Ergebnis, daß Mr. Forrester als Anwalt alle Aussagen schriftlich niederlegen sollte, und dann würde man den alten Mann begraben.

»Aber ist nicht vielleicht etwas gestohlen worden?« beharrte Maxine Gibson. Sie saß jetzt aufrecht und verfolgte interessiert die Unterhaltung. »Ganz sicher hat nicht jemand den alten Roscoe einfach nur so umgebracht. Der Betreffende muß hinter irgendwas hergewesen sein.«

»Das Gold«, sagte eine angenehme Stimme.

Alle drehten sich um, als ein Mann von der Seite des vorderen Teils des Gasthofs eintrat. Er war ungefähr fünfzig und sah ungewöhnlich gut aus. Sein grau werdendes Haar war einmal blond gewesen, und war jetzt noch immer wellig. Seine blauen Augen waren dunkel und lebhaft. Er war ebenso schlank wie die jüngeren Männer und trug einen eleganten, grauen Anzug.

»Hallo, Dad«, sagte Maxine und stand auf, um ihn leicht auf die Wange zu küssen. Er nickte den anderen zu und sein Blick blieb neugierig auf Sarah haften. »Du kennst sie noch nicht«, sagte die blonde Frau. »Das ist die Enkelin des alten Adam, Sarah Overmiller, die gekommen ist, um den Gasthof in Besitz zu nehmen.«

Der Mann lächelte, ergriff ihre Hand und sagte dann kühl:

»Ich war einer der schlimmsten Feinde des alten Adam. Das wird man Ihnen mit Sicherheit noch erzählen. Ich bin Clarence Gibson, und mir gehört der Laden hier gleich nebenan.«

Sarahs Schreck war unverkennbar. Der Mann grinste, es war ein verkrampftes, humorloses Grinsen.

»Dad, so solltest du nicht reden«, sagte Maxine vorwurfsvoll. Sie wandte sich freundlich an Sarah. »Dad macht es Spaß, die Leute gelegentlich zu schockieren. Er und der alte Adam haben sich hin und wieder gestritten, aber sie waren nie wirklich...«

»Oh doch«, unterbrach sie Mr. Gibson. »Wir haben uns bitter bekämpft. Ich bin ein ›Copperhead‹«, fügte er stolz hinzu.

Das Wort fiel in die Stille hinein wie eine Beschimpfung. Eine verlegene Pause entstand, bis Sarah schließlich sagte:

»Als Sie hereinkamen, sagten Sie ›Gold‹. Was meinen Sie damit?«

»Hat man Ihnen das noch nicht erzählt?« Er stützte sich leicht mit dem Ellbogen auf eine Stuhllehne und musterte sie unbefangen. »Ihr Großvater hatte es irgendwo versteckt. Seit seinem Tod sind Leute in den Gasthof eingedrungen und haben versucht, das Gold des alten Adams zu finden. Sie haben die Aufenthaltsräume verwüstet und auch alles andere, wo sie glaubten, suchen zu müssen. Ich hätte selbst nichts dagegen, es zu finden. Nur – jetzt sind Sie ja nun hier. Haben Sie vor, den Gasthof weiterzuführen?«

Sarah zögerte und versuchte all das, was er gesagt hatte, zu verarbeiten.

»Ich würde es nicht tun«, sagte Maxine, die gern Gespräche zu unterbrechen schien. Ihre veilchenblauen Augen funkelten. »Ich würde keine Minute länger in Paintsville bleiben, wenn ich nur weg könnte. Miss Overmiller, ich rate Ihnen dringend, nicht hier zu bleiben! Das wird nur Ärger mit sich bringen. Habe ich nicht recht, Leonard? Wir sind gekommen, um Sie zu warnen.«

»Ganz recht«, sagte Leonard, der die Arme auf die Rücklehne von Maxines Stuhl stützte. »Wir wollen Sie warnen. Und wir haben recht. Den alten Roscoe hat es als ersten erwischt. Paintsville ist einfach nicht sicher. Der alte Adam hat sich viele Feinde gemacht. Die Sache mit dem Sklavenschmuggel ist nicht vergessen. Diese Stadt hier ist nach wie vor erbittert in zwei Teile gespalten.«

»Der Krieg ist vorüber«, sagte Sarah.

»Er wird nie vorüber sein«, sagte Clarence, diesmal ohne Lächeln. Seine Stimme klang leidenschaftlich. »Das Unrecht hat vorübergehend gewonnen. Aber die Leute, die aufrichtig für das gekämpft haben, was sie glaubten, sind nicht aufzuhalten. Es gibt andere Möglichkeiten für einen Kampf.«

»Dad, bitte nicht! Ist denn nicht genug Blut geflossen, müssen noch mehr Menschen sterben?« rief Maxine leidenschaftlich und legte die Hand über die Augen.

Joel unterbrach die beiden schnell.

»Fechten Sie bitte den Krieg nicht jetzt aus, nicht in der Küche. Maxine, sei ein gutes Mädchen, bring Sarah weg und setz ihr in deiner eigenen Küche ein Frühstück vor. Dann lernst du sie auch kennen.«

Maxine schien innerlich mit sich zu kämpfen. Ihr Gesicht war bleich.

»Entschuldigen Sie, Liebe. Mein Mann – Dad ist mein

Schwiegervater – fiel im Krieg. Ich kann es nicht vergessen – alles erinnert mich – an ihn.«

»Ja, kommen Sie mit herüber zu uns«, sagte Mr. Gibson, nun wesentlich menschlicher. »Das muß ein schrecklicher Schock für Sie gewesen sein.«

Sarah ließ sich überreden, schon um dadurch den Ereignissen, die Roscoes Tod verursachen würde, zu entgehen. Die Gibsons waren ihr sympathisch, sowohl Gibson senior als auch seine Schwiegertochter. Auch der düstere Leonard war ihr sympathisch. Er war, wie sie herausfand, Angestellter in Gibsons Textilgeschäft. Ob er sich wohl um die verwitwete Maxine bewarb? Er schien sehr viel für sie übrig zu haben.

Die Gibsons bestanden darauf, daß sie etwas zu sich nahm, obwohl sie glaubte, keinen Bissen herunterbringen zu können. Als Clarence Gibson in den vorderen Teil des Hauses ging, nämlich in den Laden, sagte Maxine:

»Lassen Sie sich nicht von Dad irritieren. Er meint nicht alles so, wie er es sagt. Er übertreibt. Und wir haben Ihren Großvater wirklich sehr verehrt. Auf meinen Mann hatte er den größten Einfluß! Wenn nur Tim noch lebte!« Ihre veilchenblauen Augen füllten sich erneut mit Tränen.

Clarence kehrte zurück.

»Es ist Mrs. Mayer, sie möchte irgendwelche Meterware haben, Maxine, und sie wünscht ein bestimmtes Blau, kein grünliches und kein gelbliches Blau, sondern eben ein ganz gewisses Blau, mein Gott! Kümmerst du dich darum?«

»Natürlich, Dad.«

Maxine tätschelte seine Hand und verließ die Küche. Leonard folgte ihr, so als sei das seit langem seine Gewohnheit.

»Sie ist eine große Hilfe für mich, und ihr hilft es, den Kummer zu überwinden«, sagte Clarence und setzte sich an den riesigen Küchentisch. »Nun, was halten Sie von Paintsville? Nein, das ist nach dem Anfang für Sie gewiß die falsche Frage. Wollen Sie bleiben und den Gasthof leiten?«

»Ich weiß es nicht. Wahrscheinlich nicht«, sagte sie langsam und befingerte das Besteck, das auf dem Tisch lag.

»Ich kaufe Ihnen das Haus ab«, sagte Mr. Gibson. »Vielleicht scheint der Vorschlag zu früh zu kommen, aber ich halte etwas davon, rechtzeitig ein Angebot zu machen. Ein gutes übrigens. Leonard und Maxine helfen mir im Laden, ich kann mich also auch um den Gasthof kümmern. Ich bin schon mein ganzes Leben lang hier, ich weiß, daß Adam einen ganz ordentlichen Betrieb aufgebaut hatte.«

Sarah lächelte schwach.

»Ganz ordentlich? Soviel ich gehört habe, war er ausgezeichnet.«

Sie sah ihn mit hochgezogenen Brauen an.

»Ein bißchen handeln schadet nie«, sagte Mr. Gibson und seine Mundwinkel zuckten. »Denken Sie darüber nach, junge Lady. Einen Gasthof zu führen, ist Männersache. Sie wollen wahrscheinlich in den Osten zurück. Aber hören Sie«, seine Stimme senkte sich, »finden Sie zuerst das Gold. Sie sind Adams Enkelin, vielleicht haben Sie seinen scharfen Verstand geerbt. Denken Sie darüber nach, wo *Sie* es versteckt haben würden, dann werden Sie es auch finden. Gehen Sie vorher nicht weg.«

»Sie sagten«, bemerkte sie langsam und nachdenklich, »daß das Haus, der Gasthof, von Leuten verwüstet wurde, die eindrangen, um das Gold zu finden. War es so viel? Eine so große Verlockung?«

Clarence Gibson zuckte die Schultern.

»Wahrscheinlich ja. Adam war ein Geizkragen. Er gab nur Geld für das Essen und die Angestellten des Gasthofes aus, nie für sich selbst. Das einzige Mal, als er auf alberne Weise Geld hinauswarf, war, als er entlaufene Sklaven kaufte, damit sie nicht in den Süden zurückgeschickt werden konnten.«

Er runzelte verächtlich die Stirn.

»Soviel ich gehört habe, kaufte er Roscoe und ließ ihn frei.«

»Ja, das war vor vielen Jahren«, sagte Clarence. »Es hat den Anschein, als ob wir sehr lange gegeneinander gekämpft hätten. Ich kann gar nicht glauben, daß das nun ein Ende hat. Wir lagen uns so lange in den Haaren.«

Sarah dankte ihm für das Frühstück und kehrte in den Gasthof zurück. Die Hintertüren der beiden Gebäude lagen nur ein paar Meter weit auseinander. Als sie eintrat, hörte sie leise Stimmen. Neugierig drehte sie sich um und warf einen Blick auf die Seitentür der Küche; sie stellte fest, daß dahinter zwei Räume lagen, deren Türen offen standen.

Innen befanden sich Justina und zwei weitere Personen. Als sie sahen, daß Sarah sie anblickte, schwiegen sie. Justina kam aus dem Zimmer heraus.

»Miß Sarah«, sagte sie würdevoll. »Ich konnt' mich nich' vorstellen. Ich bin Justina. Ihr Großpapa hat mir vor Jahren geholfen, zu entfliehen. Ich wurd' später in'n Süden zurückgeschickt und bin wieder weggelaufen. Da hat er mich aufgenommen und versteckt, bis alles sicher war. Ich hab' meine Tochter und meinen Sohn mitgebracht. Das hier ist meine Pearl und das mein Zeke. Sie hilft im Haus, und er kann mächtig gut mit Pferden umgehen.«

»Freut mich«, murmelte Zeke.

Pearl starrte sie mit großen, verängstigten Augen an. Sie war kaum mehr als ein Kind.

Sarah lächelte den beiden zu und versuchte ihnen das Unbehagen zu nehmen.

»Danke, daß Sie hiergeblieben sind, Justina. Soviel ich gehört habe, waren Sie hier sehr hilfreich seit dem Tod meines Großvaters. Sie werden hoffentlich alle drei hierbleiben, ob ich mich nun entschließe, den Gasthof zu behalten oder ihn zu verkaufen. Ganz sicher werden Sie hier sehr gebraucht werden.«

Justinas Gesicht hellte sich auf.

»Na, sicher bleiben wir hier, Miß Sarah. Und hoffentlich behalten Sie 'n Gasthof. Ich glaub', Sie sind wie der alte Adam, und der war 'n guter Mann«, sagte Justina. »Vielleicht könnten Pearl und ich uns heut um die Wäsche kümmern. Joel Walden, der hat nicht gewußt, ob wir weitermachen und die Bettwäsche waschen sollten. Er dachte, Sie wär'n vielleicht pingelig und würden 'ne Wäscherin nehmen.«

Sarah zögerte.

»Nein, machen Sie das nur«, sagte sie schließlich. »Zu kochen wird es heute nicht viel geben. Und wir sollten uns auf Gäste vorbereiten. Kann Pearl bügeln?«

»Oh ja, Ma'am, ja. Wir machen uns gleich dran«, sagte Justina beglückt.

Sie schien genau zu wissen, was zu tun war. Pearl rannte nach oben und kehrte mit einer riesigen Ladung gebrauchter Laken im Arm zurück, unter der sie beinahe vergraben war. Sarah beobachtete, wie sie sich an die Arbeit machten, wobei der stämmige Zeke dazu verdonnert wurde, bei den schweren, nassen Bettüchern zu helfen.

Sarah blickte aus dem Fenster. Es wird gleich wieder regnen, dachte sie. Die Sonne war verschwunden, und schwarze, von heftigem Wind getriebene Wolken jagten über den Himmel. Sie seufzte. Eine Weile würde es hier schwerlich Gäste geben.

Langsam begann sie, die Hintertreppe hinaufzusteigen, um in ihr Zimmer zu gehen. Dann zuckte sie zusammen, weil ihr ihre Entdeckung von vorhin wieder einfiel. Fast wäre sie wieder umgekehrt, um die Vordertreppe zu benutzen, aber sie rief sich zur Ordnung. Man hatte Roscoe weggebracht und die Kammer gereinigt.

Sie stieg also weiter die Stufen bis zum Absatz hinauf und blieb dort stehen. Die Tür zu Roscoes Kammer stand weit offen, und jemand hatte fleißig den Boden geschrubbt. Nur ein paar dunkle Flecken waren geblieben. Der geflochtene Teppich war entfernt worden.

Nachdenklich starrte sie hinein. In diesem Augenblick packte sie jemand von hinten und hielt sie fest. Sie begann entsetzt zu schreien. Zwei kräftige Hände umklammerten ihren Hals und drückten ihr die Kehle zu. Sie würgte, rang um Atem, wand sich.

Schreien konnte sie nicht mehr. Sie konnte nur gegen die Wand stoßen, sich wehren, an den Händen des hinter ihr stehenden Mannes zerren. Es war ein Mann. Der starke Schweißgeruch stieg ihr in die Nase. Sie spürte den rauhen Stoff männlicher Kleidung.

Über ihr schrie ein Mann:

»Miss Sarah – Miss Sarah!«

Hugo Forrester kam die Treppe herabgestürzt.

Der Mann ließ sie los, raste die Treppe hinab, durch die Küche, zur Hintertür hinaus. Hugo rannte hinter ihm her. Sarah lehnte sich gegen die Wand, keuchend, würgend, während Billy Dexter Hugo die Treppe hinab folgte. Er fing sie auf, als sie ohnmächtig zu werden drohte.

Der große Mann trug sie in die Küche hinunter und setzte sie auf einen Stuhl. Es dauerte Minuten, bevor Justina aus der Waschküche im Keller unten heraufgestürzt kam.

»Lieber Gott, was passiert nun noch?« schrie sie, als sie Sarahs Kehle sah.

Billy Dexter massierte ihren Hals und versuchte ihr etwas Wasser einzuflößen.

»Ich mach 'nen Kräutertee, Miss Sarah – mein Gott, Gott erbarme sich unser! Das ist ein schwarzer Tag, wirklich! Pearl, Pearl, komm rauf!«

Hugo kehrte zurück, keuchend, sein Gesicht war gerötet und zornig.

»Er ist mir entwischt. Es ist niemand zu sehen. Wer war das, Miss Sarah?«

Unfähig, laut zu sprechen, flüsterte sie:

»Weiß – nicht. Von hinten – hat mich gepackt...«

»Armes Kind«, sagte Hugo Forrester. »Das hier ist ein schlimmer Ort für Sie. Wir müssen dafür sorgen, daß Sie sofort von hier wegfahren können. Ein Rechtsanwalt kann das Haus für Sie verkaufen. Jemand will Sie einschüchtern.«

»Will – mich – umbringen«, flüsterte Sarah heiser.

Joel Walden kam in die Küche, gefolgt von Leonard und Maxine.

»Was ist los? Ich habe Schreie gehört – mein Gott, Sarah!« sagte er und starrte sie an. »Was ist passiert, Billy?«

»Ein Mann hat versucht, sie zu würgen. Er hat sie auf der Treppe vor Roscoes Kammer gepackt«, erwiderte Billy.

Ungeschickt hantierte er mit einer zarten Porzellantasse, während er versuchte, Sarah etwas von Justinas Kräutertee einzuflößen.

»Laß mich machen«, sagte Joel und nahm ihm die Tasse aus der Hand. Er holte einen Löffel und schob ihr sachte etwas von der heißen Flüssigkeit zwischen die Lippen.

»Da – schlucken Sie das langsam. Sachte, sachte, Sarah. Jemand meint es aber verdammt ernst mit dem elenden Gold«, fügte er eindringlich hinzu.

»Ach, Sie Arme«, sagte Maxine. »Wem kann denn so etwas einfallen? Das ist einfach entsetzlich!«

Sarah blickte in Joels dunkles Gesicht, während er vor ihr kniete und ihr den Tee eingab. Wer war es gewesen? Hugo oder Billy Dexter nicht, denn die waren ja die Treppe heruntergekommen. Wer kam sonst in Frage? Clarence? Leonard? Joel? Oder sogar Zeke mit seinem fröhlichen Grinsen? Wer hatte Roscoe ermordet und wollte nun sie umbringen?

»Sie sollten sofort abreisen«, sagte Maxine erregt. »Sie könnten nach Hause zurückfahren und den Verkauf des Gasthofs von dort aus regeln. Wenn wir das Gold finden, können wir es Ihnen mitteilen.«

»Niemand kann von hier wegreisen«, sagte Joel kurz.

Sarah starrte ihn an. Seine Stimme klang unheildrohend, seine Stirn war gerunzelt.

»Was – meinen – Sie – damit?« flüsterte sie mühsam, ihre Kehle schmerzte noch immer heftig.

»Die Brücken sind unpassierbar, an beiden Seiten der Stadt. Sie sind überschwemmt, der Fluß ist zu hoch. Wir sind hier eingeschlossen, es sei denn, jemand hat Lust darauf, mit einem Boot über einen reißenden Strom zu setzen.«

Ausgedehnte Stille entstand. Schließlich sagte Billy Dexter: »Das ist zu dieser Jahreszeit ganz normal.«

»Aber – das bedeutet – daß wir in der Falle sitzen!« schrie Maxine schrill und voller Angst in der Stimme. »Wir alle! Wir müssen hier in der Stadt bleiben! Und Roscoe ist ermordet worden, Sarah hat man gewürgt – da muß ein Mörder frei herumlaufen!«

In diesem Raum voller Fremder fühlte sich Sarah plötzlich sehr klein und verloren. Bis vor zwei Tagen noch hatte sie keinen dieser Leute gekannt. Und nun war sie als nächstes Opfer eines Mörders vorgesehen, eines Verrückten vielleicht, der einmal Erfolg gehabt und einmal einen Versuch unternommen hatte – und es wieder versuchen würde.

Am liebsten hätte sie herausgeschrien, der Mörder könne das Gold haben, wenn er nur sie gehen ließe. Sie brauchte dieses Gold nicht, sie konnte sich als Lehrerin ihren Lebensunterhalt verdienen. Sie konnte in den Osten zurückkehren, in ihr Haus, und dort ruhig und bequem leben, auch ohne das Gold.

Aber es mußte mehr dahinterstecken, sagte eine Stimme in ihr. Roscoe hatte sicher kein Gold gehabt – aber er war trotzdem ermordet worden. Warum?

Sie entsann sich plötzlich der Worte, die er ihr zugeflüstert hatte – etwas von einem Pferd, das niemals scheute. Und sie hatte zugleich das Gefühl, daß jemand in ihrer Nähe war, lauschte, wartete. Jemand hatte in dem dunklen Gasthof gelauert. Und bald darauf war Roscoe umgebracht worden.

Nicht des Goldes wegen, dachte Sarah. Aber warum – warum – warum?

3

Sarah hatte nun keine Neigung mehr, sich allein in ihrem Zimmer aufzuhalten. Sie saß in einem bequemen Schaukelstuhl in der warmen Küche, in die so viele Leute kamen und gingen, daß sie sich sicher fühlte. Justina, Pearl und Zeke waren den größten Teil des Tages mit der Wäsche beschäftigt, schafften es, die Laken wieder weiß und glatt zu bekommen und sie in den Wäschekammern einzuordnen und Lavendel dazwischenzulegen.

»So, jetzt können wieder Gäste kommen«, sagte Justina äußerst befriedigt. »Wenn Sie sich wieder wohlfühlen, Ma'am, zeige ich Ihnen die Speisekammer, das Kühlhaus, alles Fleisch und die übrigen Vorräte. Ihr Großvater hat viel aufbewahrt. Er hat auch 'nen Keller mit guten Weinen für die, die das haben wollen.«

»Vielleicht morgen«, sagte Sarah.

Ihr Hals war mit Salben eingerieben und in einen weißen Verband gehüllt. Sie fühlte sich jetzt besser, obwohl ihre Kehle noch immer schmerzte.

»Wir machen uns jetzt an den vorderen Salon, wo sie alles umgeworfen haben«, sagte Zeke eifrig. »Soll ich 'nen Besen nehmen und den Schmutz von den Pflanzen wischen?«

Das bewog Sarah aufzustehen. Sie hätte ohnehin gern den Rest des Gasthofs besichtigt, hegte jedoch nicht den Wunsch, dabei allein zu sein. »Ja, Zeke, und ich werde mitkommen. Wenn er dabei ist, ist alles in Ordnung«, versicherte sie Justina, die besorgt dreinsah. »Zeke ist so groß und stark, da wagt niemand, mich anzugreifen.«

Sein Gesicht verzog sich zu einem ebenso breiten wie erfreuten Grinsen. Lediglich Pearl blickte nach wie vor auf ihre Bügelwäsche hinunter und wirkte verängstigt und deprimiert. Zeke ergriff den Besen und einen Eimer und ging voran in den vorderen Salon.

Dort sah es schlimmer aus, als Sarah nach dem kurzen Blick am vergangenen Abend klar geworden war. Stühle und Sofas waren umgekippt, desgleichen die Tische, selbst in der Wand waren Messerstiche erkennbar, so als ob jemand auf gut Glück hineingestochen hätte – um irgend etwas zu suchen.

»Und weshalb die Pflanzen?« fragte Sarah mit ihrer heiseren Stimme.

»Wahrscheinlich haben sie da drinnen auch nach dem Gold gesucht«, erwiderte Zeke. »Aber der alte Adam, der war zu schlau für sie. Ganz sicher hat er's irgendwo an 'ner Stelle versteckt, wo keiner draufkommt.«

Seine Stimme drückte tiefe Bewunderung aus. Sarah sah sich um, stellte einen Stuhl auf seine vier Beine und beobachtete Zeke, der sich eifrig an die Arbeit machte. Er war ein kräftiger junger Mann, und gutwillig, dachte sie. Er würde im Stall arbeiten bei den Pferden, was ihm offensichtlich am besten gefiel, oder mit der gleichen Geschicklichkeit und Exaktheit im Haus helfen, über die auch seine Mutter verfügte.

Zeke hatte die Tische aufgerichtet und die grünen Pflanzen daraufgestellt, und kehrte nun die Blumenerde zusammen, um die Töpfe wieder aufzufüllen. Sie sah zu, wie seine großen Hände behutsam die Erde um die Blätter und Wurzeln zurechtdrückten. Ob er – konnte er sie angegriffen haben? Aber nein, doch nicht Zeke, dachte sie. Er war freundlich und gutartig. Sie schluckte.

Sarah ging zu dem Sofa in ihrer Nähe und betrachtete es. Im mittleren Polster war ein Riß.

»Oh, Zeke, sieh dir das an!« rief sie. »Jemand hat es – aufgeschlitzt!«

»Na klar. Wenn das nicht 'ne verdammte Schande ist.« Er trat neben sie. »Das ist eines der feinsten Sofas hier. Vielleicht würd' Miß Maxine es flicken. Da ist sie gut drin, Ma'am. Pearl könnt's vielleicht auch, aber die ist nich' so gut. In Georgia war sie Feldsklavin.«

»Feldsklavin!« Sarah starrte ihn an. »Dieses – kleine...«

Sein fröhliches Grinsen war verschwunden, er sah hart und grimmig drein.

»Ja, Ma'am. Der alte Massa hat sie haben wollen, Justina hat dann gesagt, sie sei gut auf dem Feld, hätt' flinke Finger zum Pflücken. So hat sie sie aus den Augen vom Massa gebracht, aber dann wollt' der Aufseher sie haben. Schließlich hat uns Justina mit nach Norden geschafft, und der alte Adam hat uns aufgenommen. Er ist 'n mächtig guter Mann – er war's, Ma'am.«

Die winzige, zerbrechlich wirkende kleine Pearl als Feldarbeiterin! Begehrt vom ›Massa‹ und vom Aufseher! Sarah schauderte. Sklaverei in ihren schlimmsten Formen. Kein Wunder, daß Pearl solch große, verängstigte Augen hatte.

Es ging auf den Abend zu. Bevor es im Gasthof zu dunkel wurde, wollte sich Sarah noch vollends umsehen. Sie kehrte mit Zeke in die Küche zurück und teilte Justina ihre Absichten mit.

»Ich werde – Zeke – mitnehmen«, sagte sie.

Wenn sie sehr langsam sprach, schmerzte ihre Kehle nicht mehr so sehr. Sie trank noch einen Schluck Kräutertee, den Justina für sie auf dem Herd warmhielt.

»Ja, Ma'am. Hör zu, Zeke, laß sie nicht aus den Augen«, sagte Justina in scharfem Ton zu ihrem Sohn. »Kein' Moment.«

»Ich paß schon auf sie auf, Mama. An mir kommt keiner vorbei.«

Die beiden schlenderten durch den Gasthof. Es gab mehrere Gästesalons im vorderen Teil, die früher einmal hübsch und heiter gewesen sein mußten, nun aber aufs Betrüblichste verwüstet waren. Sarah nahm einen Notizblock und einen Bleistift vom Empfangspult und machte sich Notizen über das, was alles geflickt, genäht oder gerichtet werden mußte.

»Ich glaub', Mr. Joel weiß, wo man das Zeug zum Herrichten herkriegt, Ma'am«, sagte Zeke. »Und er hilft mir sicher dabei. Ich werd's machen, Ma'am. Der alte Adam, der hat sich nie auf andere Leute verlassen. Er hat immer alles selber gemacht. Sogar die goldene Gans draußen hat er im letzten Sommer selber wieder vergoldet.«

»Aber die Gans ist schon wieder ganz angelaufen«, sagte eine vertraute Stimme hinter ihnen.

Joel Walden kam herein, in seinem dunklen Gesicht blitzten die weißen Zähne.

»Ich nehme an, der alte Adam hat es wie üblich so billig wie möglich haben wollen und für das Vergolden eine billigere Qualität hergenommen.«

»Das – ist mir – auch aufgefallen«, sagte Sarah mit einiger Mühe. »Läßt der Regen – jetzt nach?«

»Nicht so, daß man's merkt«, erwiderte er. »Die Brükken sind in einem schlimmen Zustand. So schnell können sie sicher nicht gerichtet werden. Wir werden Boote benutzen müssen, wenn der Regen nicht bald nachläßt. Sieht ganz nach einem harten Winter aus, mit einer Menge Schnee und Kälte.

»Wir – sehen uns um – wegen der – Reparaturen«, sagte Sarah, als sie seinen fragend auf den Notizblock gerichteten Blick sah.

»Haben Sie das Speisezimmer schon gesehen? Dort ist es nicht so schlimm, und das Porzellan ist heil.«

Er ging ihr und Zeke voran in einen langgestreckten, schönen Raum voller Tische und Stühle. Entlang den Fenstern stand ein hübscher Hartholztisch, von Stühlen umgeben.

»Dort sitzen die Einzelgäste, zumeist Männer«, erklärte Joel. »Die anderen nehmen an den kleinen Tischen Platz. Dort ist das Porzellan.«

Er wies voller Stolz auf die beiden riesigen Geschirrschränke, die mit schimmerndem Porzellan und Gläsern gefüllt waren.

Sarah ging hinüber und starrte darauf.

»Oh – Joel – wie schön. Hat – Großvater das – jeden Tag benutzt?«

»Ja. Sie sollten das alles mal sehen, wenn der Gasthof voll belegt ist«, sagte er so stolz, als gehörte alles ihm. »Wenn die Tische besetzt sind und die Leute ihre besten

Kleider anhaben. Leinentischdecken, die Gläser funkeln im Kerzenlicht, und dann dieses hübsche Porzellangeschirr mit den blauen Blumen darauf.«

Sie öffnete den Glasschrank und nahm eine zarte Porzellantasse heraus. Sie drehte sie um und blickte auf das Markenzeichen.

»Limoges!« sagte sie. »Ich dachte – Sie sagten, mein Großvater – wäre sparsam gewesen. Das hier ist teuer!«

»Er war auch klug«, sagte Joel. »Er meinte, wenn er gewöhnliches Porzellan auf den Tisch stellte, würden die Leute achtlos damit umgehen und viel zerbrechen. Er hat ihnen gutes Zeug hingestellt, und sie haben es sorgfältig behandelt. Sie hätten mal sehen sollen, wie so ein Farmer oder ein Soldat die Sachen berührt haben – als ob sie im Paradies wären.«

Er nahm einen Teller heraus und liebkoste ihn mit seinen langen, schlanken Fingern.

Zeke betrachtete das Porzellan ebenfalls liebevoll.

»Pearl wäscht ab«, sagte er. »Mich wollt' Justina nich' dranlassen.«

Joel führte Sarah umher, während Zeke ihnen geduldig folgte – wie ein Wachhund. Sie stiegen die Treppe empor und blickten in die leeren Gästeschlafzimmer. Joel machte seine Anmerkungen.

»Clement Vallandigham war einmal eine Woche lang hier in diesem Zimmer. Ihr Großvater stritt sich Tag und Nacht mit ihm herum, und Clarence Gibson verteidigte ihn. Junge, wie da die Fetzen flogen! Aber der alte Adam holte trotzdem das beste Essen und den besten Wein für sie heraus, egal, wie es mit der Politik stand. Hier konnte jeder kommen, in der ›Goldenen Gans‹ gibt's keinen Krieg, das sagte er immer.«

Joel erzählte ihr auch noch andere Geschichten über ihren Großvater, für den er offensichtlich große Zuneigung empfunden hatte. Adam mußte ihn praktisch adoptiert haben, dachte Sarah. Er hatte Joel auch die Stellung in der Posthalterei besorgt, die er nun selbst leitete. Er hatte in den Gasthof kommen können, wann immer er wollte, hatte hier geschlafen, wenn nicht viele Gäste da waren, ja sich sogar um die Kasse und das Eintragungsbuch gekümmert, wenn ihr Großvater anderwärtig beschäftigt war.

»Ich glaube, ich habe im Gasthof soviel wie jeder andere gearbeitet, mit Ausnahme des alten Adam«, sagte Joel. »Sehen Sie sich dieses Zimmer an. Ich schlug ihm vor, es in Gold und Grün zu halten, weil es ein Hinterzimmer ist und nicht viel Licht bekommt. Ist es nicht hübsch? Fast so schön wie Ihr blaues Zimmer. Wobei mir einfällt – wenn Sie sich hier niederlassen, wollen Sie vielleicht die Suite Ihres Großvaters haben. Haben Sie die schon gesehen?«

Wenn ich mich hier niederlasse, dachte Sarah. Sie war nach wie vor noch nicht entschlossen, das alles hier zu verkaufen und abzureisen. Nach der Attacke auf sie und dem schrecklichen Mord sollte sie es ja wohl tun. Sie zögerte, als sie sah, daß Joel Walden sie in Richtung der Hintertreppe führte. Er bemerkte es.

»Kommen Sie schon, wir lassen niemand an Sie heran«, sagte er fast schroff. »Zeke, du gehst hinter ihr. Wenn sie jemand angreift, springst du auf seinen Rücken.«

Zeke lachte, was etwas seltsam Beruhigendes hatte. Joel mochte ein rücksichts- und gedankenloser Mensch sein, der über einen eigenartigen Sinn für Humor verfügte und ewig über die geringsten Kleinigkeiten lachte, aber es machte Spaß, mit ihm zusammen zu sein. Er brachte es fast fertig, daß sie die schrecklichen Dinge hier im Gasthof vergaß.

Und er hatte den Krieg durchgestanden und war mit einem Hinkebein zurückgekehrt, das nie mehr besser werden würde, wie Justina ihr erzählt hatte. Er hatte vier Jahre lang gekämpft und war erst im vergangenen Frühjahr nach der Friedenserklärung heimgekehrt.

»Er ist ein tapferer Mann«, hatte Justina gesagt. »Und gut ist er auch, und für den alten Adam war er ein Trost.«

Joel öffnete die Tür im hinteren Teil des Gebäudes und begann prompt zu fluchen.

»Verdammt nochmal, bei Gott, nun haben Sie auch hier noch alles versaut.«

Justina rief von der Küche herauf: »Joel? Mr. Joel, sind Sie's, der da so scheußlich flucht?«

»Ja, ich bin's«, schrie er zurück. »Justina, sie haben die Zimmer des alten Adam verwüstet! Ich dachte, du hättest sie verschlossen, aber sie sind offen!«

»Gott erbarme sich unser«, sagte die Frau und eilte die Treppe herauf, um selbst nachzusehen. »Herr unser Gott, wie haben sie das hier zugerichtet!«

»Kann man wohl sagen.« Joel sah sich mit grimmigem Gesicht um. »Das kann ja einen Heiligen zum Wahnsinn treiben! Nun haben sie auch hier nach dem Gold gesucht.«

Sarah sah sich um, von einem Gefühl der Verzweiflung erfaßt. Es mußten einmal sehr reizvolle Räume gewesen sein, die die Interessen ihres Großvaters widerspiegelten. Ihr eigenes Porträt hing über einem weißgestrichenen Kaminsims. So war sie vor vier Jahren gewesen – vor dem Krieg – hübsch und lächelnd, ein blaues Band im Haar. Das Bild hing schief, so als ob jemand es weggeschoben hätte, um die Wand dahinter zu untersuchen. Bücher waren aus den hübschen, geschnitzten Regalen gezerrt worden.

Zeke begann erneut, Pflanzen aufzuheben, so als sei das das Wichtigste. Vielleicht stimmte das auch, dachte Sarah, denn die herausgefallene Erde lag auf dem schönen Teppich. Sie beugte sich tiefer hinab, um ihn zu betrachten.

»Französisch«, sagte sie laut. »Du meine Güte, er hat wirklich schöne Sachen aus Europa.«

»Das hier ist auch schön und nicht aus Europa«, sagte Joel lachend.

Sie sah dorthin, wohin er deutete und errötete, als sie merkte, daß es ihr Porträt war.

»Das ist Miss Sarah«, sagte Zeke in erfreutem Ton und starrte auf das Bild. »Sieht ganz so aus wie sie.«

»Nur daß sie jetzt spitzer aussieht und Fleisch auf ihre Knochen braucht«, sagte Joel in herausforderndem Ton. »Schon gut, schauen Sie mich nicht so finster an. Justina wird Sie herausfüttern, nicht wahr, Justina? Sie können nichts dafür, daß Sie zu dünn sind, Sie haben zu hart gearbeitet, und außerdem ist das Essen im Osten drüben nicht so gut wie hier.«

Dann, bevor sie ihm eine entrüstete Antwort zukommen lassen konnte, fuhr er fort: »Wollen Sie das Schlafzimmer sehen?«

Er betrat das Zimmer nebenan und fluchte erneut. Justina bedeckte resigniert die Augen mit den Händen.

»Lieber Himmel«, sagte sie, nachdem sie die Hände wieder gesenkt hatte, »ist das 'ne Schweinerei. Zeke, mach dich morgen ans Aufräumen. Wenn Miss Sarah hier wohnen soll, muß alles in Ordnung gebracht werden.«

Sarah öffnete den Mund, um zu erklären, daß sie die Räume nicht zu bewohnen gedächte, aber ihre Aufmerksamkeit wurde durch die massiven Schlösser an den Türen abgelenkt. Vielleicht wäre es doch sicherer, hier zu hausen, in der Nähe der Küche, obwohl sie gerade hier angegriffen worden war. Mit den Schlössern an den Türen würde sie sicherer sein. Jemand hatte zwar die Türen mit einem Schlüssel aufgeschlossen, aber die Türen verfügten an der Innenseite über Riegel.

»Ja, ich würde – gern hier wohnen«, sagte sie mit heiserer und fast versagender Stimme. »Ich könnte – mich einschließen.«

»Ganz recht. Und die Schlösser werde ich morgen auswechseln«, sagte Joel. Er untersuchte sie fachmännisch. »Zeke, kannst du den Saustall hier in Ordnung bringen? Wirf die Pflanzen weg, sie sind ohnehin vertrocknet. Wir werden Ihnen frische aus dem Garten holen. Vor dem Winter sollten sowieso einige von ihnen ausgegraben werden. Seit der alte Adam nicht mehr ist, ist alles vernachlässigt worden.«

»Ist jemand da?« drang Maxines Stimme von der Küche herauf. Justina trat auf den Korridor hinaus um zu antworten.

Sarah warf einen letzten Blick auf das Schlafzimmer. Es sah so gemütlich und reizvoll aus. Das Bett war riesig und aus Kirschbaumholz gemacht, dazu mit kunstvollen

Schnitzereien versehen. Eine große afghanische Decke war darüber gebreitet, mit lebhaften blauen, roten, grünen und gelben Farbtönen. Trotz des herrschenden Chaos strahlte das Zimmer Heiterkeit und Wärme aus. Ein großer Kamin entsprach dem im Wohnraum der Suite. Hier hing über dem Kaminsims ein Bild mit einer Winterlandschaft, das Motiv stammte wahrscheinlich hier aus der Umgebung. Flache Wiesen, ein paar Bäume, eine rote Scheune und im Vordergrund ein schwarzes Pferd.

Sie ging ins Badezimmer. Es war ebenfalls hübsch, mit blauen Fliesen versehen und im übrigen weiß gestrichen. Eine riesige Wanne, ein großer Waschständer und eine moderne Kommode aus dem Osten.

»Ist es nicht hübsch?« sagte Maxine hinter ihr. »Bestimmt das schönste Badezimmer in der Stadt! Werden Sie hier einziehen, Sarah? Es ist eine solch bezaubernde Suite.«

Sarah drehte sich um und lächelte sie an.

»Ich glaube schon«, sagte sie gelassen. »Sobald es in Ordnung ist. Vielleicht schon morgen. Können Sie – zum Essen – dableiben? Joel – Sie auch?«

Beide nahmen die Einladung so prompt an, daß Sarah einen guten Eindruck von Justinas Kochkünsten vermittelt bekam. Justina wollte ihnen im Speisesaal servieren, aber Sarah weigerte sich.

»Nein, die Küche ist so warm und gemütlich. Wir werden dort am Tisch essen.«

Justina, weit davon entfernt, das zu mißbilligen, strahlte. »Sie sind genau wie der alte Adam, er aß auch so gern in der Küche. Da ist mehr los, hat er immer gesagt. Pearl, hol das schöne Porzellangeschirr raus. Und du, Zeke, die Gläser und das Silberbesteck, und sei ja vorsichtig, hörst du?«

Sie eilten davon, um den Tisch zu decken, und Maxine, Joel und Sarah ließen sich zum Essen nieder.

»Ich weiß wirklich nicht, wie Sie das geschafft haben, Justina«, seufzte Sarah, nachdem sie ihre Suppe aus köstlichem Fisch, Gemüsen und Kräutern zu sich genommen hatte. »Nach all Ihrer Arbeit in der Waschküche heute – wie haben Sie das bloß fertiggebracht?«

»Du lieber Himmel, Kind, ich kann mit den Händen auf dem Rücken kochen.« Sie kicherte erfreut. »Das hier nenn' ich 'ne Fischsuppe, aber der alte Adam hat den Gästen immer gesagt, es sei ›Fisch-Gumbo‹. Für den Hauptgang hab' ich Hühnchen und Mais. Und zum Nachtisch gibt's Himbeercreme.«

»Na, das verschafft mir ja wohl ein bißchen Fleisch auf die Knochen«, sagte Sarah ohne zu lächeln.

Joel lachte und Maxine schüttelte den Kopf.

»Ich würde fett werden, wenn ich immer hier essen würde«, sagte sie rundheraus. »Adam hat mich die ganze Zeit eingeladen, und ich bin liebend gern gekommen. Er war ein prachtvoller Mann, Sarah, meine Liebe. Sie kannten ihn nicht gut, oder?«

»Nein. Ich habe ihn nur einmal gesehen, als ich ein kleines Kind war. Ich wollte, Sie würden mir von ihm erzählen.«

Sarah, mit dem knusprigen Hühnchen, dem Maiskolben und dem grünen Gemüse beschäftigt, seufzte genußvoll.

»Also, mir ist es gleichgültig, wenn ich fett werde. Justina, das schmeckt und riecht so gut!«

»Ihr Großvater war ein rauher Mann«, sagte Maxine lächelnd. »Als ich klein war, hatte ich ein bißchen Angst vor ihm. Wenn Tim und ich im Garten hinten spielten, kam er manchmal heraus und brüllte uns an. ›Wollt ihr Eis haben?‹ brüllte er. Zuerst rannten wir immer davon. Dann kamen wir schließlich doch irgendwann in die Küche, und er fütterte uns mit Eis und gab uns was zu trinken – Himmel, war das gut!«

»Oh, du brauchtest bei Männern nichts weiter zu tun, als die Augen aufzuschlagen«, sagte Joel kauend. »Keiner hätte dich dann je angeschrien. Du übertreibst.«

Sie lachte und drohte ihm mit dem Finger. Ihre veilchenblauen Augen funkelten. Ihr blondes Haar schimmerte im Feuerschein des Kamins. Sie sieht hinreißend aus, dachte Sarah. Warum muß sie unbedingt immer Schwarz tragen? In Blau, Violett oder Rosa mußte sie eine ausgesprochene Schönheit sein. Aber sie trauerte wohl noch immer um ihren Mann.

Sie sprach sehr oft von ihm. ›Tim und ich – Tim sagte – wir gingen nach – Tim meinte – Tim –‹

»Tim sagte immer, Ihr Großvater sei ein Original. Aber das hat er freundschaftlich gemeint«, fügte Maxine hastig hinzu. »Niemand hat ihn mehr geliebt als er. Tim tat alles, was Adam sagte. Und mit Tim war nicht leicht umzugehen, das hat Dad schon immer gesagt. Wir haben damals weiter unten an der Straße gewohnt. Nachdem ich geheiratet hatte, zog meine Familie aufs Land weiter draußen im Westen. Dad wollte wieder Farmer sein. *Ich* wollte nie auf einer Farm leben.«

»Deshalb sind Sie dann bei den Gibsons geblieben«, sagte Sarah. »Ihr Schwiegervater scheint Ihre Hilfe im Laden sehr zu schätzen.«

Maxine lächelte erfreut.

»Ja, ich kann bei den Stoffen helfen, bei Farben beraten und so weiter. Die Damen scheinen das hier zu schätzen. Und die Hüte – mein Schwiegervater hatte so schrecklich altmodisches Zeug! Ich riet ihm, modernere Hüte zu kaufen, und das hat sich gelohnt.«

»Ist Ihr Haus auch mit dem Gasthof hier verbunden?« fragte Sarah beiläufig.

Das Essen und der heiße Tee schienen ihrer Kehle gutgetan zu haben. »So wie die Posthaltung nebenan?«

Maxines Gesicht verdüsterte sich.

»Nein. Das war ursprünglich geplant, aber – na ja, Dad und Adam hatten sehr verschiedene Ansichten. Sehen Sie, Adam war gegen Sklaverei und hatte sich bereit erklärt, Sklaven aufzunehmen und ihnen zu helfen, in den Norden zu kommen. Er leitete eine entsprechende Organisation, von der Sie sicher gehört haben. Ich vermute, daß er einige Sklaven im Keller versteckte. Und auch an anderen Orten, ich weiß nicht, wo überall.«

»Paintsville war in zwei einander verbittert bekämpfende Teile gespalten«, fügte Joel hinzu, lehnte sich mit einem Seufzer tiefster Befriedigung zurück und tätschelte seinen Bauch. »Die eine Hälfte bestand aus ›Abolitionisten‹, die andere aus ›Copperheads‹. Wir wußten alle, wer was war, und das war gut so. Dann wußte man immer, mit wem man nicht über das Thema sprechen durfte. Stimmt's, Maxine?«

Seine halbgeschlossenen Augen schienen die junge Frau förmlich anzuglitzern.

Sie lenkte ihren Blick auf den Teller.

»Das stimmt«, sagte sie einigermaßen reserviert. »Natürlich machte Dad kein Geheimnis aus seinen Gefühlen. Mein eigener Dad, meine ich. Er war dagegen, den Sklaven zu helfen. Ich redete mit ihm und mit Tims Dad auch, aber es nützte überhaupt nichts. Sie waren fest davon überzeugt, daß die Leute ein Recht darauf hätten, das zu tun, was sie wollten.«

»Sklaven ausgenommen«, sagte Joel mit leichtem Grinsen.

Sie seufzte.

»Ich wollte wirklich, du würdest das Thema nicht immer wieder zur Sprache bringen. Der Krieg ist vorüber, die Sklaverei ist abgeschafft, damit hat sich die Sache.«

»Gott sei Lob und Dank«, sagte Justina, die Schalen mit Creme an den Tisch brachte.

Joel tätschelte ihre Hand, als sie eine der Schalen vor ihn hinstellte.

»Keine Sorgen mehr, Justina, wie?«

In diesem Augenblick fing Sarah den Blick der kleinen Pearl auf. Ihre dunklen, verängstigten Augen waren auf Joel gerichtet. Sie beteiligte sich nicht am Gespräch, genau genommen konnte sich Sarah überhaupt nicht erinnern, daß sie je ein Wort gesprochen hätte. War die Kleine für ihr ganzes Leben verängstigt? Armes Ding, dachte Sarah.

»Manche Leute liebten Adam«, sagte Maxine nachdenklich. »Aber manche haßten ihn auch. Ich glaube, sie waren in ihren Gefühlen ebenso unterschiedlich wie in denen bezüglich des Kriegs. Alle nahmen so absolut Partei. Die Leute in Paintsville – bei denen gibt es keine gemischten Empfindungen, Sarah.« Ihre Stimme klang stolz. »Sie haben starke Emotionen. Und der alte Adam rührte in ihnen die selben Gefühle auf wie der Krieg. Er redete und brüllte über die Sklaverei und den Krieg, und daß es jedermanns Pflicht sei, seinem Land zu dienen und die Sklaven zu befreien.«

Maxine verfiel in etwas wie sehnsüchtig-traurige Nachdenklichkeit, und Sarah hatte nicht den Mut, sie zu stören. Die junge Frau ging bald nach dem Essen, weil sie sagte, sie wolle ihren Schwiegervater nicht allein lassen. Er habe sein Abendessen bei Leonard Ensley und dessen Mutter eingenommen, fügte sie überraschend hinzu.

»Warst du nicht miteingeladen?« neckte sie Joel.

Sie lächelte eine Spur verschmitzt.

»Ich habe behauptet, ich sei vorher schon von Sarah eingeladen worden! Dagegen haben Sie hoffentlich nichts, Sarah. Sie wollen mich immer mit Leonard verkuppeln, ganz besonders seine Mutter! Ich bin noch immer in Trauer um Tim und möchte mich jetzt noch nicht auf irgendwelche Gefühlsbindungen einlassen. Sie wissen, wie das ist.«

Sarah glaubte es zu verstehen und so sagte sie:

»Kommen Sie herüber, sooft Sie Lust haben. Mich freut es, mit Ihnen zusammen zu sein, und ich fürchte, ich werde Sie fortgesetzt bitten, mir mehr über meinen Großvater zu erzählen. Auf diese Weise lerne ich ihn wenigstens durch die Augen anderer Leute kennen.«

Maxine bedanke sich liebenswürdig bei ihr. Joel begleitete sie bis zu ihrer Haustür, dann kehrte er zurück, um sich weiter mit Sarah zu unterhalten. Sie verharrten lang am Tisch, während Pearl vorsichtig aufwusch und Justina Vorbereitungen für den kommenden Tag traf.

»Wie lang hat Großvater die Untergrundorganisation geleitet, Joel?« fragte sie.

»Oh – das war noch, bevor Ihr Vater von hier wegging, glaube ich. Vor meiner Zeit. Vielleicht dreißig Jahre oder mehr.«

Das schien Joels Gedächtnis anzuregen, denn er erzählte ihr einige Geschichten von Sklaven, die man versteckt hatte.

Justina, Zeke und Pearl lauschten unverhohlen diesen Erzählungen, was Joel wohl wußte. Er sprach lauter, so daß sie ihn hören konnten.

»Ich erinnere mich an eine Sache – ich war noch ein Kind und trug meine ersten langen Hosen. Ihr Großvater kam zu mir und sagte, er wolle, daß eine Nachricht auf eine bestimmte Farm gebracht wurde. Er fragte nicht, ob er sich auf mich verlassen könne, und das machte mich stolz. Ich ritt auf seinem Pferd zu der Farm hinaus und überbrachte die Nachricht. Wie sie dann dort umherrannten! Offenbar versuchte die Polizei, ein paar Sklaven zurückzuholen. Die Besitzer waren aufgetaucht und hatten irgendwie gehört, daß die Sklaven im Haus mit den Fleischvorräten versteckt seien. Na, damals sind sie jedenfalls rechtzeitig entkommen.«

Seine Stimme klang befriedigt.

»Und bei anderen Gelegenheiten – sind sie da auch immer entkommen?« fragte Sarah ruhig.

Sie betrachtete sein stets den Ausdruck wechselndes Gesicht im Schein des Feuers. Er saß da, die Ellbogen aufgestützt, sah sie an und redete. Seine Augen waren jetzt sehr klar. Sarah sah, daß sie von einem dunklen Grau waren, dessen Farbschattierungen sich fortgesetzt änderten, je nach Stimmung.

Sie nippte an ihrem Tee und blickte auf die Tasse nieder. Joel interessierte sie. Auch wenn er einen eigenartigen Humor hatte, verfügte er doch über weit mehr geistige Fähigkeiten, als sie anfangs vermutet hatte. Einmal zitierte er die Bibel, ein andermal etwas von Shakespeare, und wenn sie selbst ihren Shakespeare nicht so gut gekannt hätte, so wäre ihr das Zitat entgangen, so beiläufig brachte er es vor. Er mußte eine gute Schulbildung gehabt oder viel gelesen haben.

»Nicht immer«, sagte Joel, und seine Augen verdunkelten sich. »Einmal, daran erinnere ich mich, waren ein paar

Sklaven hier im Keller versteckt, hinten in einem Raum, den Ihr Großvater eigenhändig ausgebaut hatte. Er lag hinter einem Schrank, in dem der Wein aufbewahrt wurde. Keiner wäre auf die Idee gekommen, diesen Schrank wegzurücken. Er hatte eine spezielle Sprungfeder-Vorrichtung, so daß er herausgedreht werden konnte – ich zeige es Ihnen morgen, wenn Sie wollen. Nun ja – ein paar Sklavenhalter rückten an und verlangten, in den Keller hinunterzugehen. Sie gingen sofort zu der Sprungfedervorrichtung, setzten sie in Gang und holten die Sklaven heraus. Du meine Güte, nie habe ich den alten Adam so fuchsteufelswild erlebt. Er wußte, daß jemand ihn verraten haben mußte.«

Sein Gesicht war düster.

Sarah beschloß, das Thema zu wechseln.

»Wie kam es, daß Sie meinem Großvater so nahestanden? Kannten sich er und Ihre Eltern schon?« fragte sie.

»Na ja, ein bißchen. Jeder in der Stadt kannte Adam Overmiller. Schließlich hatte er so viele Jahre lang den Gasthof. Nein, meine Eltern starben am Fieber, als ich dreizehn war. Meine Schwester ebenfalls. Sonst hatte ich keine Verwandten hier. Adam nahm mich für eine Weile auf, dann verschaffte er mir die Stellung bei der Posthaltung. Ich schlief hier drin, außer wenn der Winter sehr kalt war und es nicht viele Gäste gab. Dann steckte er mich in eines der Gästezimmer, und ich hauste da wie ein König, mit hervorragendem Essen. Er holte mich auch immer am Sonntag zum Abendessen, abgesehen von den Mahlzeiten unter der Woche – er hat mich maßlos verwöhnt«, sagte Joel liebevoll.

»Und Ihre Schulzeit – gab es hier denn eine gute Schule?«

»Ja, Ma'am! Es war nur ein Raum, aber der Unterricht war gut. Eine alte Jungfer als Lehrerin, entsetzlich streng, drillte uns in Latein. Du lieber Himmel, wie wütend Maxine immer auf sie war, und wie sie weinte. Miß Wigging war durch ihre Veilchenaugen nicht zu rühren.« Joel lachte bei der Erinnerung. »Sie schwärmte für ihren

Shakespeare, ließ uns Aufführungen machen. Das kam mir sehr zupaß, als ich aufs College ging. Ihr Großvater investierte zwei Jahre College in mich – in den Wintern, wenn ich dazu Zeit hatte. Dafür bin ich ihm heute noch dankbar«, fügte Joel ruhig hinzu.

Sie unterhielten sich noch lange vor dem Kamin, und Sarah erinnerte sich nicht, seit langem einen Abend so genossen zu haben. Justina mischte sich hin und wieder unbefangen ein, mit der Selbstverständlichkeit einer Frau, die hier im Haus gut behandelt wurde.

Als sich Sarah dann entschloß, zu Bett zu gehen, begleiteten Joel und Zeke sie nach oben, untersuchten gründlich ihr Zimmer und rieten ihr, es zu verschließen. Zeke würde morgen früh kommen und sie hinunterbegleiten, sagte Joel, und der Junge nickte ernsthaft.

Als sie schließlich ins Bett schlüpfte, fühlte sie sich gut beschützt und legte mit einem Seufzer der Erleichterung den Kopf aufs Kissen.

Vielleicht, so überlegte sie, würde sie doch hier bleiben. Sie war schon halb eingeschlafen. Es war so angenehm – so warm – so hübsch. Und der Gasthof könnte florieren. Vielleicht würde ihr Joel bei der Leitung behilflich sein.

Vielleicht – vielleicht konnte das klappen.

Dann, mit einem Ruck, kam ihr wieder ins Bewußtsein, daß sie heute morgen angegriffen worden war und daß man sie erdrosselt hätte, wenn Hugo Forrester nicht zu ihrer Rettung herbeigeeilt wäre.

Wer wünschte sich ihren Tod?

Sie schauderte und zog eine weitere Decke über sich. Irgend etwas Bösartiges lauerte hier. Hier war es nicht sicher, nicht für sie, Sarah.

Morgen wollte sie mit Hugo Forrester reden. Heute war er beschäftigt gewesen, war mit Billy Dexter umhergewandert und hatte nach einer Möglichkeit gesucht, die Stadt zu verlassen, damit er seine Verabredungen im Süden einhalten konnte. Aber morgen wollte sie ihn zu Rate ziehen. Er war klug, er würde ihr sagen, was sie tun sollte.

4

Am nächsten Morgen fiel wäßrig wirkendes Sonnenlicht durch die Fenster von Sarahs Schlafzimmer. Der Himmel war zwar noch immer teilweise von Wolken verdunkelt, aber zumindest hatte der Dauerregen für eine Weile nachgelassen. Sarah fühlte sich sofort wohler.

Sie stand von ihrem komfortablen Bett auf und tappte zur Tür, um sie vorsichtig zu öffnen. Zeke, der auf der anderen Seite des Korridors auf dem Boden hockte, grinste zu ihr empor und traf Anstalten sich zu erheben.

»Sie sind wach, Miss Sarah! Ich bring' Ihnen heißes Wasser. Schließen Sie die Tür zu, bis ich wieder da bin.«

Weg war er.

Sie verschloß die Tür hinter sich und hatte das wohltuende Gefühl, beschützt zu werden.

Zeke kehrte binnen kurzem mit einem Kessel kochend heißen Wassers zurück. Sarah wusch sich, zog ein praktisches graues Wollkleid an, an das sie vorne, um eine Spur Eleganz bemüht, eine von ihrer Mutter geerbte Kameebrosche steckte, und war dann bereit für das Frühstück. Zeke eskortierte sie hinunter in die Küche.

Justina begrüßte sie mit vergnügtem Lächeln. Pearl blickte von ihrer Arbeit des Gemüseschneidens auf, in ihren großen Kinderaugen lag nach wie vor ein reservierter Ausdruck. Sarah nahm sich vor, die Kleine binnen kurzem einmal zum Sprechen zu bringen. Irgendwie mußte es da eine Möglichkeit geben, ihr die Zunge zu lösen. Das arme Kind, dachte sie, was für ein elendes angsteinflößendes Dasein es geführt haben mußte, bevor es in Adams Haus kam!

Joel kam herein, als sie soeben ein ausgiebiges, aus Schinkenspeck und Eiern, Brot und Kaffee bestehendes Frühstück hinter sich gebracht hatte. Ohne um Erlaubnis zu fragen, setzte er sich nieder und Justina brachte ihm

Kaffee. Sarah kam zu dem Schluß, daß er sich hier durchaus zu Hause fühlte, und sie hatte nichts dagegen.

»Guten Morgen, Miss Sarah«, sagte er mit seinem leicht schiefen Grinsen.

Seine Augen schimmerten, während er mit einem Blick ihr graues Kleid und die Kamee streifte. Unwillkürlich überlegte sie, ob ihr goldbraunes Haar wohl glatt gebürstet war. Er schien sie gern anzusehen, soviel war sicher.

»So hübsch wie Ihr Bild oben. Sie brauchen bloß noch –«

»Ich weiß, ein bißchen mehr Fleisch auf die Knochen«, sagte sie und lachte nun endlich.

Er grinste.

»Sie müssen gut geschlafen haben. Wie wär's heute früh mit einem Spaziergang?«

Er trank einen Schluck Kaffee.

»Ein Spaziergang? Ist es nicht zu naß draußen?«

Er beugte sich seitlich über den Tisch und starrte ungeniert auf ihre praktischen schwarzen Schuhe mit den dicken Sohlen.

»Damit werden Sie nicht naß. Kommen Sie schon. Ich möchte, daß Sie allmählich ein paar Leute hier in der Stadt kennenlernen. Alle sind neugierig auf Sie«, fügte er mit vergnügt funkelnden Augen hinzu.

Sie schnitt eine Grimasse, bevor sie ihr Gesicht wieder unter Kontrolle hatte. Das entging Joel nicht. Es entging ihm überhaupt nicht viel, fand sie.

»Na klar, Sie brauchen 'n bißchen frische Luft, Miss Sarah«, mischte sich Justina ein. »Zeke und Pearl machen die Zimmer Ihres Großvaters sauber, solange Sie weg sind.«

Man schien hier begierig zu sein, alles in Ordnung zu bringen, damit sie sich zum Dableiben ermutigt fühlte, dachte Sarah. Es war angenehm, erwünscht zu sein. Joel, Justina und die anderen, Maxine und Clarence – alle wollten, daß sie in Paintsville blieb und nicht in den Osten zurückkehrte. Sie empfand ein Gefühl der Wärme, als Zeke ihren Umhang aus ihrem Schlafzimmer herunterholte und Joel ihn ihr umlegte. Eigentlich war sie hier schon ganz zu Hause.

Als sie aus der Vordertür des Gasthofs traten und Sarah die Straße sah, zögerte sie dann doch. Sie war von einem Ende zum anderen schmutzig. Ströme trüben Wassers flossen in den Rinnsteinen. Sie blickte in Richtung des Flusses. Seine Ufer waren überschwemmt, und das Wasser stand so hoch, daß sie es von der vorderen Veranda der ›Goldenen Gans‹ aus deutlich sehen konnte.

Unwillkürlich warf sie einen Blick auf die vergoldete Gans mit dem Ei, die über ihr an einer Stange hing.

»Sie muß neu bemalt oder vergoldet werden – was auch immer«, sagte sie.

»Klar. Ich kann das für Sie tun«, sagte Joel schnell. »Nun kommen Sie schon, schauen Sie nicht so auf den Schmutz, sonst werden Sie sich nie ins Freie wagen, Sarah.«

Er ergriff ihre Hand und zog sie entschlossen mit sich auf den Gehsteig. Sie zuckte innerlich zusammen, als sie in den dicken Schlamm trat und dachte resigniert, daß Zeke bestimmt ihre Schuhe wieder putzen würde. Er würde alles für sie tun, weil sie die Enkelin des alten Adams war. Sie hoffte, sie würde die Leute hier nicht enttäuschen.

Zum erstenmal dachte sie gründlich darüber nach, was aus Justina und ihrer Familie werden würde, wenn sie, Sarah, den Gasthof verkaufte. Was, wenn der nächste Besitzer ein ›Copperhead‹ war, so wie Mr. Clarence Gibson? Würde er sie alle entlassen? Oder, schlimmer noch, sie schlecht behandeln?

Sie ging mit Joel die schmutzigen Gehsteige entlang und betrachtete neugierig die Häuser und Läden. Zeitlich stammten sie alle aus der gleichen Epoche, dachte sie. Die meisten waren weiß gestrichen, manche auch grau, überwiegend waren sie teils aus Holz, teils aus Stein gebaut. Ein massiver Backsteinbau fiel ihr auf, und außerdem ein anderes riesiges Gebäude, dessen Besitzer, wie Joel erklärte, die Stadt verlassen hatte.

»Er war ein ›Copperhead‹, geriet in Schwierigkeiten mit den Behörden, und der alte Adam sagte, es sei besser, wenn er sich verzöge. Das tat er dann auch. Er kam nie mehr zurück. Das Haus steht einfach so da, keiner erhebt Anspruch darauf. Wir befürchteten schon, mit dem Gasthof würde dasselbe geschehen«, fügte er hinzu und faßte übermütig nach ihrer Hand.

Sie blieben vor einem Laden stehen, und der Besitzer trat heraus, eine Schürze über dem gewölbten Bauch. Er blickte auf ihre Hände, die immer noch ineinander verschlungen waren, und sah dann in ihre Gesichter.

»Hast du dir ein Mädchen geangelt, Joel?« fragte er unbefangen und strahlte Sarah an.

»Und ob! Sarah Overmiller, das ist Mr. Jim Smith. Ihm gehört der Lebensmittelladen – ihm und seinem Bruder Bob. Gehen wir ins Trockene und unterhalten wir uns ein bißchen.«

Das taten sie, und Mr. Smith rückte Sarah einen Stuhl zurecht. Er und Joel ließen sich auf Fässern nieder, und alle drei plauderten munter miteinander. Sarah saß fast eine halbe Stunde da, bevor Joel aufstand und erklärte, nun müßten sie weitergehen.

Als sie dann weiter die Straße entlangschlenderten, sagte Sarah einigermaßen kühl:

»Bitte, stellen Sie mich das nächstemal nicht als ›Ihr Mädchen‹ vor. Das bin ich nicht.«

Er starrte sie mit gespieltem Erstaunen aus runden, grauen Augen an.

»Nein? Aber der alte Adam versprach mir doch, ich hätte eine erstklassige Chance, wenn Sie kämen.«

Nun starrte sie ihn an.

»Das ist unmöglich! Er wußte ja überhaupt nicht, daß ich kommen würde!«

Er veranlaßte sie, stehenzubleiben. Seine Hand tauchte in die Brusttasche seiner Jacke, und er zog – fast schüchtern – ein kleines, rundes Medaillon an einer Goldkette heraus. Er zeigte es ihr, hielt es jedoch fest, so daß sie es ihm nicht wegnehmen konnte. Auf dem Medaillon war das Bild eines Mädchens mit großen Augen, einem Band im Haar und Lachgrübchen in den Wangen zu sehen.

Sie konnte es nicht fassen.

»Sie waren während des ganzen Kriegs bei mir«, sagte er munter, warf ihr dann jedoch einen leicht zweifelnden Blick zu. »Der alte Adam gab mir eine Kopie des großen Bildes von Ihnen mit. Ich hatte kein eigenes Mädchen, und Sie gefielen mir. Natürlich haben Sie sich verändert.«

Sie wußte nicht, ob sie empört sein, lachen oder das Bild zurückverlangen sollte. Eigentlich war sie eher gerührt, daß er es den ganzen schrecklichen Krieg über bei sich getragen hatte. Sie konnte sich vorstellen, wie er es vor einer Schlacht oder wenn er einsam gewesen war, herausgenommen und betrachtet hatte... Sie nahm sich zusammen. Für sie war er ein Fremder und außerdem zu dreist.

»Sie sollten es mir zurückgeben«, sagte sie und preßte die Lippen zusammen.

»Kommt nicht in Frage. Es gehört mir. Außerdem – Sie sind jetzt wirklich anders.« Er steckte Medaillon samt Kette wieder sorgfältig in die Brusttasche. »Es könnte ebensogut ein anderes Mädchen sein. So jung und glücklich. Sie – na ja, Sie haben heute früh zum erstenmal gelacht.«

Sie blickte zu ihm auf, in die grauen Augen, die so viel sahen. »Ja – zum erstenmal seit Jahren«, murmelte sie mit fast erstickter Stimme. »Ich weiß gar nicht – wie ich überhaupt lachen konnte.«

»Menschen müssen lachen«, sagte er. »Es ist so wichtig wie essen und schlafen. Kommen Sie jetzt, im nächsten Haus ist ein Hutladen, der schärfste Konkurrent von Clarence Gibson und Maxine.«

Er führte sie hinein und stellte sie der kleinen Frau vor, die innen auf sie wartete.

»Ich dachte schon, Sie würden nicht hereinkommen«, sagte sie streng. »Da hättest du etwas zu hören gekriegt, Joel Walden!«

»Ja, Ma'am, davon bin ich überzeugt. Das ist auch der

Grund, warum ich sie hereingebracht habe, ich hatte solche Angst.«

Er grinste dem grazilen Geschöpf zu, und Sarah merkte, daß die beiden alte Freunde waren.

Danach wanderten sie zum Schuhmacher und anschließend in eine Schenke, wo Joel sie dem Barkeeper vorstellte. Danach suchten sie noch einen Metzger auf und hinterher betraten sie ein Privathaus, wo man sie beide drängte, Tee zu trinken. Dann führte Joel sie schließlich in die kleine Kirche, die leer war.

»Der Pfarrer ist im Norden oben von der Flut überrascht worden«, erklärte Joel. »Aber an manchen Sonntagen hält er machtvolle Predigten, warten Sie das nur mal ab. Sie werden glauben, Sie seien wieder im Osten, nichts als Höllenfeuer und ewige Verdammnis.«

»Joel!« sagte sie entrüstet und drohte ihm mit dem Finger.

Er machte sie mit Fanatikern aus dem Norden und ›Copperheads‹ bekannt, mit gemäßigten Leuten und ehemaligen Sklaven, die auf einem Feld arbeiteten, und einem schäbig aussehenden Mann, der vor einer Schenke auf einem Stuhl saß. Joel stellte sie stolz als »Miss Sarah Overmiller, Enkelin des alten Adam« vor, die in die ›Goldene Gans‹ gekommen sei. Und alle lächelten, waren neugierig, freundlich oder distanziert, je nachdem, was sie Adam gegenüber empfunden hatten.

Vor einem der Ställe, die sie aufsuchten, stießen sie auf Billy Dexter und Hugo Forrester, die, wie Sarah vermutete, in ein ausgedehntes Gespräch über Pferde vertieft waren.

»Aber, Miss Sarah, was haben Sie in all dem Schmutz hier zu suchen?« sagte Hugo Forrester mit einer Mischung aus Mißbilligung und Besorgnis.

»Joel führt mich in der Stadt herum und stellt mich den Leuten vor. Ich glaube, er kennt wirklich jeden«, sagte sie lächelnd.

»Allerdings«, sagte Joel. »Wenn ich jemand auslasse, kriege ich das bis ans Ende meiner Tage zu hören. Außerdem sind alle neugierig darauf, ob Miss Sarah ihrem Großvater ähnlich ist.«

»Und – bin ich's?« fragte sie geradeheraus.

Er betrachtete sie nachdenklich.

»Das muß ich erst noch abwarten.«

»Sie sollten nicht zu lange von zu Hause wegbleiben«, sagte Billy Dexter und blickte zu der der fahlen Sonne empor, die gelegentlich zwischen den grauweißen Wolken hervorschien. »Heute nachmittag wird's wieder regnen.«

»Das fehlt uns gerade noch«, sagte Joel. »Ist jemand da, der die Brücken befestigt?«

Die beiden anderen Männer schüttelten den Kopf.

»Nein, es ist keiner da, der was tut«, sagte Billy Dexter und sah Joel bedeutungsvoll an.

Joel nickte und schob seine Hand unter Sarahs Arm. Sie hatte den Eindruck, daß er sie irgendwie schützen wollte, und war verblüfft. Hielten sie hier alle zusammen, um ihr Schutz angedeihen zu lassen, steckte hinter der Unterhaltung mehr als sie gedacht hatte?

Auf dem Heimweg zurück zum Gasthof begann Sarah erneut über ihren Großvater nachzugrübeln.

»Joel«, sagte sie schließlich, »ich möchte, daß Sie mir erzählen – wie mein Großvater gestorben ist. Er war doch nicht sehr lange krank, oder?«

Joel blieb abrupt inmitten einer Fahrrille auf der Straße stehen und starrte sie an.

»Krank?« Das Wort klang wie eine Explosion. »Ihr Großvater war keinen Tag seines Lebens krank! Er war der vitalste Mann, den ich je gekannt habe.«

Sie starrte zu ihm empor. »Was meinen Sie damit? Wie ist er dann gestorben?«

»Nun – es war ein Unfall. Er fuhr einen Wagen, und der kippte um. Ihr Großvater muß sofort tot gewesen sein, aber wir fanden ihn erst mehrere Stunden später.«

Er ergriff ihren Arm, führte sie um eine Kutsche herum, die offensichtlich im Schmutz steckengeblieben war, und ließ sie wieder los.

»Du lieber Himmel, Sarah, ich dachte, das wüßten Sie. Ich hätte nicht so damit herausplatzen dürfen. Tut mir leid. Ist Ihnen nicht gut?«

Sie preßte die Hand gegen die Stirn.

»Ein Wagen? Unfall? Das ist merkwürdig – nein – mir fehlt nichts.«

Irgend etwas nagte an ihr, etwas, das ihr wichtig zu sein schien, aber sie kam nicht dahinter, was es war. Ihr was seltsam zumute.

Joel sah sie besorgt an.

»Sie sind ganz blaß, Sarah. Ich muß Ihnen irgendwo einen Stuhl besorgen.«

Er sah sich hilflos um.

»Nein, es geht schon – wir müssen zurück«, sagte sie. »Justina glaubt wahrscheinlich, wie seien irgendwo ertrunken.«

Sie hatte sich wieder gefaßt.

Jemand grüßte sie fröhlich, mit heller, angenehmer Stimme. Sie drehten sich um. Maxine winkte ihnen mit ihrem zierlichen Schirm zu. Er war violett und paßte zu ihrem Seidenkleid und dem dazugehörigen Umhang. Maxine sah so bezaubernd aus, daß Sarah sich wie eine graue Maus vorkam. Die junge Frau bahnte sich mit graziösen Bewegungen ihren Weg über dic Straße.

»Ich habe Sie überall gesucht! Justina sagte, Sic seien schon vor Stunden weggegangen. Joel, du bist ein Idiot! Sarah ist völlig erschöpft. Hast du ihr unbedingt an einem einzigen Morgen die gesamte Stadt zeigen müssen?«

»Stimmt – ich glaube, sie ist müde«, sagte Joel und betrachtete Sarah nach wie vor besorgt. »Am besten bringen wir sie in den Gasthof zurück.«

Maxine legte liebevoll den Arm um Sarah.

»Sie armes Ding! Joel verdient eine Tracht Prügel. Ich wollte, jemand hier würde das einmal besorgen, aber es wagt keiner!« Sie lachte. »Kommen Sie mit uns zurück. Ich wollte schon mit Ihnen über die Sofas und Stühle in der ›Goldenen Gans‹ reden. Wollen Sie sie richten lassen?«

»Oh, das möchte ich gern, Maxine«, sagte Sarah. »Aber

ich bin keine gute Näherin. All diese Seide und dieser Satin – und wie soll ich die passenden Farben bekommen?«

»Ganz leicht. Ich habe alles im Laden – oder vielmehr Dad. Er hat sich zwar mit dem alten Adam herumgestritten, aber er hat ihm Stoffe zu herabgesetzten Preisen überlassen, und dem konnte Ihr Großvater nicht widerstehen. Wir können Ihnen so ziemlich alles zukommen lassen, was Sie brauchen«, sagte Maxine und plauderte dann munter weiter, während sie zum Gasthof zurückkehrten.

Sarah kämpfte mit sich, ob sie Maxine bitten sollte, ihr beim Nähen zu helfen – sie hatte doch so viel zu tun...

Joel hatte keine solchen Bedenken.

»Willst du ihr nicht beim Nähen helfen, Maxine? Sowas tust du doch gern.«

»O Joel, ich kann sie doch nicht bitten«, begann Sarah verlegen.

»O bitte, lassen Sie mich das machen«, sagte Maxine eifrig. »Ich bin ganz wild darauf, schöne Dinge zwischen die Finger zu bekommen, sie wieder so zu restaurieren, wie sie es verdienen. Und für den hinteren Salon möchte ich alles neu beziehen. Der pfirsichfarbene Satin gefällt mir nicht. Hätten Sie was dagegen, wenn ich pflaumenfarbene Bezüge mit goldenen Borten machen würde? Ich habe einen hinreißenden Stoff im Laden.«

Sarah drückte impulsiv ihren Arm und lächelte dem schönen Mädchen zu.

»Aber wie kann ich das zulassen? Es wird doch so lange dauern. Es ist sehr lieb von Ihnen.«

»Ach, lassen Sie es mich machen. Ich nähe leidenschaftlich gern, und die Arbeit mit diesen schönen Kirschholz- und Mahagonimöbeln wird ein reines Vergnügen für mich sein. Ganz sicher kann Pearl mir dabei helfen. Sie hat zarte Hände, und sie näht ohnehin die Bettücher.«

Justina schalt alle drei gebührend aus, als sie die Küche betraten, weil Sarah einen so erschöpften Eindruck machte. Dann sorgte sie dafür, daß Zeke Sarah ihre leichten Schuhe aus dem Schlafzimmer brachte. Danach ließen sich alle zu einem späten Lunch nieder.

Joel informierte Sarah darüber, daß ihre Zimmer nun gerichtet seien. »Und ich muß sagen, sie sehen hübsch aus. Genau wie beim alten Adam.«

»Vielen Dank, Joel. Und Zeke und Pearl auch.«

Sie lächelte vor allem Pearl zu und entlockte ihr damit ihrerseits ein scheues Lächeln, bevor die Kleine wieder den Kopf senkte.

Maxine unterbreitete Justina ihre Vorschläge zur Wiederherstellung der Möbel, und die Frau war völlig einverstanden, daß Pearl ihr dabei helfen sollte. Pearl selbst äußerte kein Wort, sie hörte lediglich zu und ihre großen, ängstlichen Augen wanderten von einem Gesicht zum andern. Ob sie sich je von ihren Erfahrungen im Süden wieder erholen würde? dachte Sarah.

»Sie ist müde«, sagte Joel. Sarah sah ihn fragend an. »Sie haben die beiden letzten Fragen nicht beantwortet. Wollen Sie sich nicht oben hinlegen und ausruhen?«

Eigentlich hatte sie dazu gar keine Lust, aber Joel begleitete sie hinauf in die Zimmer ihres Großvaters. Justina folgte ihnen, um ihr zu zeigen, daß Sarahs Habseligkeiten herübergebracht worden waren, und daß ihre Kleider in dem schön geschnitzten Schrank hingen. Das Bett war frisch gerichtet und duftete nach Lavendel.

Sie schlief zwei Stunden lang tief und fest, und als sie wieder aufgestanden war und sich gewaschen und angezogen hatte, sah sie sich voller Stolz und Freude in ihren neuen Zimmern um.

Ihr Großvater hatte Bücher ebenso geliebt wie sie selbst. Das entdeckte sie, als sie die Regale betrachtete. Sie fand mehrere ihrer Lieblingsschriftsteller, Jane Austen, Henry Thoreau, Reverend Emerson, Sir Walter Scott, viele englische Dichter. Wie seltsam, dachte sie, daß so ein robuster, lebenslustiger Mann wie der alte Adam soviel für Dichtung übrig gehabt hatte. Die Bücher waren gelesen worden, das sah man.

Im untersten Fach des einen Regals fand sie, was sie gesucht hatte, eine Reihe von Kontobüchern. Sie nahm sie heraus und stapelte sie auf den danebenstehenden Tisch. Sie sah sie schnell durch, immer in der Hoffnung...

Aber es gab kein Merkbuch. Nur Unterlagen über den Geschäftsbetrieb des Gasthofs, alles war ordentlich und exakt eingetragen.

Sie ließ sich in einem großen Schaukelstuhl nieder und merkte dann, daß sie ihrem eigenen Porträt gegenübersaß. Warum hatte er das Bild überhaupt aufgehängt? Sie hatte nie den Eindruck gehabt, daß er eine besondere Zuneigung für sie gehegt hatte. Immerhin hatte er ihren Vater geliebt. In ihren jüngeren Jahren hatte er ihr gelegentlich Geschenke geschickt, eine Puppe, ein Kleid, ein goldenes Medaillon.

Nun war sie noch als einzige der Familie übrig. Sie schloß die Augen und spürte, wie ihr Tränen hinter den Lidern brannten. Sie blinzelte energisch. Sie wollte nicht weinen. Das war alles vorbei. Der Krieg war vorbei. Sie mußte sich ein neues Leben schaffen, entweder hier oder drüben im Osten.

Sie seufzte, warum wußte sie auch nicht. Dann griff sie nach dem obersten Kontobuch und blätterte es durch. Es stammte noch aus den früheren Tagen des Gasthofs. Sie legte es wieder beiseite und nahm eines, das aus neuerer Zeit stammte, um die Eintragungen nun gründlicher durchzusehen. Der Gasthof hatte einen beachtlichen Gewinn abgeworfen. Es fiel ihr nicht schwer, sich durchzufinden, denn sie hatte jahrelang Haushaltsabrechnungen für ihren Vater gemacht, und allzu groß war der Unterschied nicht. Aber als sie zu einigen der jährlichen Gesamtabrechnungen kam, schnappte sie mehrmals nach Luft.

Es konnte einfach nicht sein... Der Gasthof war viel gewinnträchtiger als sie sich das je hätte träumen lassen. Natürlich hatte der alte Adam viel selbst gemacht, er hatte das Gästeregister geführt, Gesellschaften arrangiert, Lebensmittel und Weine bestellt, die Aufsicht gehabt. Trotzdem – die Summen, die er da angehäuft hatte...

Das Gold, dachte sie, und legte das Kontobuch, in dem sie gelesen hatte, wieder hin. Es mußte da Gold gegeben haben. Er hatte nicht alles in den Gasthof gesteckt, trotz des schönen Mobiliars, des kostbaren Porzellans, der teuren Gläser und des hervorragenden Essens. Er hatte ein Vermögen angesammelt. Und das mußte aus diesem sagenhaften Gold bestehen.

Nur – wo war es?

5

Als das durchs Fenster dringende Licht noch trüber wurde, wußte Sarah, daß der Abend angebrochen war. Sie stand auf, streckte sich und schob die Kontobücher ordentlich ins Regal zurück, mit Ausnahme des letzten. Sie mußte sich vollends einprägen, wie ihr Großvater die Bücher geführt hatte und in seinem Stil weitermachen.

Das hieß, sofern sie hierblieb.

Nachdenklich betrachtete sie ihr blasses Bild im Spiegel. Die Leitung des Gasthofs könnte sie bewältigen. Sie würde es sogar gern tun. Justina würde eine Hilfe sein, auch Pearl und Zeke. Und Joel würde ihr beistehen. Sogar Clarence. Und ganz besonders Maxine – sie war so freundlich und hilfsbereit. Es würde sehr angenehm sein, eine gute Freundin wie Maxine in der Nähe zu haben, sich ihr anzuvertrauen, mit ihr zu plaudern, zu lachen. Lachen – das hatte es in den letzten Jahren ihres Daseins nicht mehr gegeben. Joel hatte wahrscheinlich recht – man brauchte es.

Aber wenn – sie hielt in ihrem Gedankengang inne, als die Erinnerung an die bösartige Attacke auf ihr Leben zurückkehrte. Und an die Ermordung Roscoes. Jemand wollte sie nicht hierhaben – jedenfalls nicht lebend – hier im ›Gasthof zur Goldenen Gans‹. Irgendwo gab es dunkle Schatten, irgendwelche Geheimnisse, von denen sie nichts wußte. Sie schauderte unwillkürlich und griff nach einem leichten Kaschmirschal, um ihn sich über die Schultern zu legen. Jemand wünschte ihren Tod.

Sie fuhr zusammen, als an die Tür geklopft wurde.

»Miss Sarah? Sind sie wach? Mama sagt, es sei Zeit zum Abendessen, Miss Sarah«, drang Zekes leicht erhobene Stimme herein.

Erleichtert öffnete sie die Tür und lächelte dem großen, kräftigen Jungen zu. Eigentlich war sie von Beschützern umgeben.

»Und ich bin so hungrig, daß ich einen ganzen Schweinebraten allein aufessen könnte, Zeke«, sagte sie vergnügt.

Sarah war nicht überrascht, Joel in der Küche vorzufinden; er stand neben dem riesigen Herd und neckte Justina, die übers ganze Gesicht strahlte.

»Bleiben Sie zum Essen, Joel«, sagte sie, froh nicht allein am Tisch sitzen zu müssen.

»Dazu brauchen Sie mich nicht zweimal aufzufordern, Sarah«, sagte er und seine grauen Augen blinzelten. »Sie werden bald glauben, ich hauste hier. Genau genommen tue ich das im Winter auch manchmal. Das heißt, ich habe es getan, als der alte Adam noch lebte. In den vergangenen Jahren habe ich ihm auch was für die Verpflegung bezahlt«, fügte er schnell hinzu.

Er hatte also auch seinen Stolz. Das wunderte sie nicht. Er zog ihren Stuhl zurück, und sie setzten sich zum Essen nieder. Während Justina das Gemüse brachte, sagte sie: »Miss Maxine ist geschlagene drei Mal heute abend gekommen und wollte Sie sprechen, Miss Sarah. Sie ist ganz aufgeregt wegen irgend 'nem Stoff, den sie für die Sofas hernehmen möcht'.«

»Was, jetzt schon? Das ist ja herrlich. Wir können das morgen entscheiden.«

»Ich glaub', sie möcht', daß Sie's noch heut' abend aussuchen, Miss Sarah«, sagte Justina mit einem Seufzer. »Sie ist ganz scharf drauf, morgen früh mit Nähen anzufangen. Wenn sich Miss Maxine was in 'n Kopf setzt, tun Sie gut dran, sie machen zu lassen. Die hat 'nen Dickkopf.«

Joel lächelte nicht, sondern blickte gedankenvoll auf seinen Teller. Sarah nahm an, daß er gar nicht zuhörte.

Maxine kam, bevor sie mit dem Essen fertig waren und ließ sich prompt nieder, nachdem Sarah sie dazu aufgefordert hatte.

»Nein, danke, ich möchte nichts – oh, Justina, es gibt doch nicht etwa Kürbispastete!« fügte sie dann in fast vorwurfsvollem Ton hinzu.

»Doch, Miss Maxine. Aber wenn Sie schon zu satt sind, um was davon zu essen...« Justina lachte über ihren eigenen Scherz.

Maxine schüttelte das goldblonde Haar.

»Wenn ich Vernunft walten ließe – nein, ich denke nicht daran. Bitte, Justina, nur ein winzig kleines Stück.«

Justina brachte ihr ein Riesenstück und Maxine aß jeden Krümel auf. »Ach, köstlich.« Sie seufzte. »Wenn ich solche Pasteten machen könnte, würde ich eines glücklichen Todes sterben.«

Sarah zuckte zusammen. Sie wurde neuerdings immer nervös, wenn jemand vom Tod sprach.

Maxine redete unbefangen weiter und merkte nichts.

»Sarah, Liebste, Sie müssen herüberkommen und die Stoffe ansehen, die ich herausgesucht habe. Dad hat sie weggepackt, aber Leonard hat sie mir wieder herausgeholt, und sie sind wunderschön. Ich habe noch die Stoffe gefunden, die der alte Adam bei der blauen Garnitur und den cremefarbenen Satinsesseln benutzt hat. Der pfirsichfarbene Satin ist auch da. Aber pfirsichfarben wollen Sie doch sicher nicht mehr haben, oder? Nein, natürlich nicht. Es gibt ja ein Pflaumenblau...«

Joel erbot sich an, die beiden Frauen zu begleiten, und Zeke ging ebenfalls mit, um die schweren Stoffballen hochzuheben.

»Oh, dieser pflaumenblaue Satin gefällt mir sehr«, sagte Sarah voller Eifer zu Maxine. »Meinen Sie, mit Goldborte wäre er zu auffällig?«

Maxine hielt ein Stück Goldborte gegen den Stoff und alle vier äußerten sich ernsthaft zu dem Problem, um zu dem Schluß zu kommen, daß es sehr schön aussehen würde. Sarah fingerte am nächsten Ballen herum, es war ein bezaubernder altrosa Seidenstoff.

»Der ist zu dünn für einen Bezugsstoff, Liebes«, sagte Maxine sachlich. »Wir verkaufen ihn für Kleider.«

»Das habe ich schon vermutet«, sagte Sarah und seufzte. »Ich dachte an ein Kleid für mich – ach nein, das wäre albern.«

»Albern? Aber überhaupt nicht!« rief Maxine voller Eifer und hielt einen Teil der Seide an Sarahs Kinn. »O Joel, schau dir das an! Die Farbe ist einfach perfekt für sie – mit ihrer hübschen Haut und dem goldbraunen Haar. Natürlich paßt Blau besser zu ihren Augen, aber Sie können schließlich nicht die ganze Zeit über Blau tragen, Liebling. O bitte, nehmen Sie was davon. Ich werde Ihnen beim Nähen helfen, und wir sehen uns heute abend noch die Schnittmuster an...«

Bevor Sarah Luft holen konnte, maß Maxine bereits den altrosa Seidenstoff ab, suchte als Besatz schwarzen Samt heraus und entschied sich für schwarze Knöpfe. Sie schnitt, kramte und redete so schnell und eifrig, als handle es sich um ein Kleid für sie selbst.

Danach kehrten alle vier in die helle Küche zurück, wo Justina vor dem heruntergebrannten Feuer in einem Schaukelstuhl saß und in ihrer Bibel las. Die beiden Frauen ließen sich mit ihren Schnittmustern, Stoffen und ihrem Nähzeug nieder. Joel setzte sich dazu, eine Pfeife in der Hand.

Es war ein sehr gemütlicher Abend, fand Sarah. Maxine wollte ihr am nächsten Tag beim Nähen zur Hand gehen, und danach würden sie und Pearl sich an die Arbeit des Flickens und Stückeeinsetzens an dem blauen Sofa und den dazu passenden Sesseln machen, die am wenigsten Schaden davongetragen hatten.

»Schließlich muß ja etwas für die Gäste fertig sein, wenn der Regen nachläßt«, sagte Maxine sachlich. »Ob Sie nun hier bleiben oder nicht, Sarah! Und Sie wollen doch hierbleiben, ja?«

Plötzlich starrten alle Sarah an. Sie errötete leicht und wußte, daß sie ihre Entscheidung praktisch getroffen hatte. Trotz der Gefahren, der echten Bedrohung ihres Lebens, wollte sie hierbleiben. Zum erstenmal seit langem hatte sie das Gefühl, geliebt zu werden, es warm und behaglich zu haben, sich unter Freunden zu befinden. Hier konnte sie die langen, erschöpfenden Jahre des Kriegs vergessen, die Alpträume, den Tod ihres Vaters und ihres Bruders, die vielen verwundeten und sterbenden Männer im Lazarett.

»Ja, ich möchte hierblieben«, sagte sie schließlich.

Justina murmelte beglückt irgend etwas über ihrer Bibel und lachte dann leise in sich hinein.

Joel tätschelte Sarahs Hand.

»Braves Mädchen. Ich wußte, daß Sie Mut haben«, sagte er.

Zeke und Pearl saßen dicht bei ihrer Mutter. Sie äußerten sich nicht, aber Zeke sah vergnügt drein. Pearls Augen waren nach wie vor auf ihre Hände gesenkt, ihr kleines verängstigtes Gesicht so düster, daß Sarah beunruhigt war.

»Gut«, sagte Maxine energisch. »Das ist gut. Dann wollen wir uns so schnell wie möglich an die Arbeit machen. Wenn es weiter regnet, lassen wir die Möbel, wo sie sind und richten sie in den Wohnräumen her. Wenn der elende Regen nachläßt – hoffentlich noch bevor ich wahnsinnig werde –, dann können wir die Sachen in den Hinterraum des Ladens hinüberschaffen, und Pearl kann mir dort beim Nähen helfen.«

Sie sprach weiter, ihre Vorschläge folgten so schnell aufeinander, daß Sarah kaum nachkam.

Joel blinzelte Sarah ein paarmal zu, während Maxine kein Ende fand.

Als sie schließlich auch noch auf Sarahs altrosa Seidenkleid zu sprechen kam, stand er auf, ging zum Kamin hinüber und klopfte seine Pfeife aus.

»Ihr Mädchen habt jetzt auf einen Monat hinaus Pläne gemacht«, sagte er energisch. »Sarah sieht wieder blaß aus, und du, Maxine, bist auch müde. Ich merke es daran, wie du daherplapperst. Komm, ich bringe dich nach Hause.«

Sie seufzte, gab aber bereitwillig nach, woraus Sarah schloß, daß sie tatsächlich müde war.

»Ich hätte Sie nicht so lange aufhalten sollen«, sagte sie besorgt. »Aber es hat mir solchen Spaß gemacht.«

»Mir auch«, sagte Maxine, während sie aufstand. Unversehens beugte sie sich vor und schmiegte ihre Wange an die Sarahs. »Sie sind dem alten Adam sehr ähnlich«, sagte sie, »und doch ein so liebes Mädchen – ich hoffe, wir werden gute Freundinnen sein.«

Sie wandte sich schnell ab, so, als hätte sie Tränen zu verbergen.

Sarah war zutiefst gerührt durch dieses Zeichen von Freundschaft und Zuneigung. Sie begleitete die beiden bis zur Haustür und kehrte dann nachdenklich in die Küche zurück. Draußen regnete es erneut.

Zeke wollte sie in ihr Zimmer begleiten. Aber als sie den Seidenstoff zusammengefaltet und das Schnittmuster weggeräumt hatte, kehrte Joel schon wieder zurück.

»Ich werde Sie hinaufbringen und mich überzeugen, daß das Schloß in Ordnung ist«, sagte er.

Er begleitete sie nach oben, blickte in beide Zimmer und überzeugte sich davon, daß sich nirgendwo jemand versteckt hatte. Danach ging er auf die Tür zu, hielt jedoch plötzlich inne.

»Ich weiß, Sie sind müde, Sarah«, sagte er. »Aber ich muß mit Ihnen reden.«

Sie sah ihn neugierig an. Er war wesentlich ernster als gewöhnlich.

»Natürlich, setzen Sie sich, Joel.«

Sie wies auf einen bequemen Sessel gegenüber dem Schaukelstuhl, in dem sie selbst sich niederließ. Die Tür zum Korridor stand offen.

Er verschränkte die Hände zwischen den Knien und starrte eine Weile darauf hinunter. Dann sah er sie mit seinen dunkelgrauen Augen direkt an.

»Sarah, ich glaube, Sie sollten nicht hierbleiben«, sagte er rundheraus. »Ich möchte den Gasthof kaufen. Ich werde Ihnen ein gutes Angebot machen. Wir regeln alles, und dann fahren Sie von hier weg, sobald der Regen nachläßt.«

Wenn er ihr eine Ohrfeige gegeben hätte, so hätte sie nicht schockierter sein können.

»Wegfahren«, fragte sie verdutzt. »Wegfahren?«

»Hier ist es nicht sicher für Sie«, sagte er ruhig. »Ich kann nicht immer um Sie herum sein. Sie können nicht überall beschützt werden. Sie sind in Gefahr, Sarah, das weiß ich. Eine Ahnung vermutlich. Etwas, das ich hier im Magen spüre. Ich möchte Sie von hier weg haben, so schnell wie irgend möglich. Billy Dexter wird Sie zum Bahnhof bringen, und Sie nehmen den nächsten Zug zurück in den Osten.«

Sie schluckte die aufsteigenden Tränen hinunter. Sie hatte gedacht, er habe sie gern, wünschte sich, daß sie hierbliebe. Wie hatte sie sich so täuschen können?

»Ich kaufe Ihnen den Gasthof ab. Ich werde ihn im Sinn Ihres Großvaters leiten, darum brauchen Sie sich keine Gedanken zu machen. Ich behalte auch Justina und ihre Kinder. Aber Sie *müssen* weg!«

»Ich – ich kann heute abend nicht darüber nachdenken«, sagte sie, was die reine Wahrheit war. »Ich kann einfach nicht nachdenken.«

»Na gut, Sarah. Überlegen Sie es sich morgen. Aber entscheiden Sie sich schnell. Wenn Sie den Gasthof an mich verkaufen, sind Sie, glaube ich, nicht mehr in solcher Gefahr.«

Er stand auf, das Lampenlicht unterstrich noch seine Größe und Schlankheit. Sie blickte zu ihm auf, und für den Bruchteil einer Sekunde hatte sie plötzlich Angst vor ihm. Schließlich hat er im Krieg getötet, dachte sie.

O Gott, er hatte im Krieg Menschen umgebracht. Das konnte er wieder tun.

Was denke ich da? O nein, nein, doch nicht Joel Walden, er ist so freundlich, er lacht, er bringt auch mich zum Lachen. Nein, nein.

»Gute Nacht, Sarah.« Er ging zur Tür und blieb wieder stehen. »Kommen Sie, ich will, daß Sie die Tür hinter mir verschließen«, sagte er einigermaßen ungeduldig.

Es fiel ihr auf, daß er sehr müde aussah, er hinkte auch ausgeprägter als zuvor.

»Ich komme.«

Sie stand auf und ging zur Tür. Er trat auf den Korridor

hinaus und drehte sich zu ihr um, um sie anzusehen. Der Korridor war sehr dunkel. Bewegte sich dort draußen etwas? Oder war es der Mann vor ihr, den sie zu fürchten hatte? Sie blickte mit sehr großen und verängstigten Augen zu ihm auf.

Er streckte die Hand aus, und sie erstarrte. Er tätschelte sachte ihre Wange und senkte dann den Arm wieder.

»Gute Nacht, Sarah«, wiederholte er. »Ich möchte hören, wie Sie zuschließen.«

»Gute Nacht, Joel«, sagte sie und verschloß die Tür mit zitternden Händen hinter ihm.

Sie kehrte zum Schaukelstuhl zurück und setzte sich. Ihr Blick fiel auf das Kontobuch auf dem Tisch, und endlich begann ihr Kopf zu arbeiten. All das Geld. All das Gold. Ob er dafür morden würde? Wußte er, wo es war?

Er war arm, verdiente wenig Geld. Und doch hatte er ihr angeboten, den Gasthof zu kaufen! Womit?

Joel war am darauffolgenden Morgen nicht in der Küche. Sarah vermutete, daß er irgendwo arbeitete. Der Regen hatte noch immer nicht nachgelassen. Justina plapperte munter, Pearl war verschwunden, sie half Maxine beim Nähen. Zeke hockte in einer Ecke auf einer Bank und flickte an einem Zaumzeug herum.

Sarahs Verstand funktionierte heute morgen besser. Als Hugo Forrester später zum Frühstück herunterkam, hatte sie in einem Punkt eine Entscheidung getroffen. Sie wollte ihn, den einzigen ihr bekannten freundlichen Menschen, für den selbst keinerlei Interessen auf dem Spiel standen, um Rat fragen.

Während Justina ging, um Schinken und Ei für ihn zu holen, sagte sie leise zu ihm:

»Ich muß nach dem Frühstück mit Ihnen sprechen. Würden Sie für ein paar Minuten in meine Zimmer hinaufkommen?«

»Natürlich, ich stehe ganz zu Ihrer Verfügung«, sagte er mit gewohnter Höflichkeit.

Also gingen sie nach dem Frühstück in ihr Wohnzimmer hinauf. Wie es die Schicklichkeit erforderte, ließ Forrester die Tür einen Spalt breit offen. Sie setzten sich beide, Sarah in den Schaukelstuhl, er in den Sessel, in dem Joel gestern abend gesessen hatte.

»Mr. Forrester, ich habe die Kontobücher durchgesehen«, sagte sie. »Und ich habe festgestellt, daß mein Großvater beachtlich viel Geld verdient hat. Die Gerüchte über das Gold, das versteckt worden ist, könnten durchaus zutreffen.«

Er nickte bedächtig.

»Es würde mich nicht überraschen, Miss Sarah. Wann immer ich in den Gasthof gekommen bin, war er ausgebucht, und das Restaurant war stets gedrängt voll. So gut Justina auch kocht, die Köchin, die der alte Adam hatte, war noch besser.« Er schüttelte den Kopf. »Wenn Sie sie zurückbekommen könnten, wäre das gut für Sie, glaube ich.«

»Mr. Forrester, glauben Sie – ehrlich –, daß ich in der Lage wäre, den Gasthof so gut zu leiten, daß es sich für mich rentieren würde?«

Er betrachtete eingehend ihr Gesicht und sagte dann mit gewohnter Ruhe:

»Ja, Miss Sarah, das glaube ich schon. Sie würden allerdings mehr Hilfskräfte brauchen als Adam. Einen Mann, der Ihnen am Empfang und bei schwierigen Gästen hilft, die zu freizügig dem Wein zusprechen.« Er lächelte. »Was die Abrechnungen und die Leitung betrifft, so würden Sie das sicher glänzend bewältigen, allen Beobachtungen nach, die ich bisher bei Ihnen angestellt habe.«

»Warum – warum warnt mich dann Joel Walden, hierzubleiben? Warum bietet er mir an, den Gasthof zu kaufen und sagt mir, ich könne ihn nicht leiten? Woher bekommt er das Geld, um ihn zu erstehen?«

Sein Atem stockte, als ihm die Tragweite ihrer Fragen aufging.

»Joel Walden hat sich anerboten, den Gasthof zu kaufen? Aber er ist arm – und er warnt sie, hierzubleiben? Ja, ja, wegen des alten Roscoe und der Attacke auf Sie... Aber ich frage mich...« Er schwieg und sah sie besorgt an.

»Woher will er das Geld nehmen?« wiederholte sie.

»Das weiß ich nicht, Miss Sarah«, sagte er einfach.

»Sie haben doch mit Billy Dexter gesprochen. Ich glaube, er vertraut Ihnen. Meint er, ich sei hier nicht sicher?«

Mr. Forrester nickte. Auf seinem Gesicht lag jetzt ein besorgter Ausdruck.

»Ja, das befürchtet er, und ich bin derselben Meinung. Der Sheriff ist nicht hier. Natürlich haben Zeke und Joel Sie bisher beschützt...«

Plötzlich wurde ihnen beiden bewußt, was das bedeutete. Sie saßen da und starrten sich an. Zeke, mit dem Joel so gut wie nur irgend möglich stand. Joel, der sich anerboten hatte, den Gasthof zu kaufen, der sie gewarnt hatte, hierzubleiben.

Mr. Forrester stand schließlich auf.

»Miss Sarah, ich werde mich in der Stadt erkundigen, noch einmal mit Billy Dexter reden. Ich lasse Sie dann wissen, was ich herausgefunden habe. Und ich brauche Zeit, um mir das alles durch den Kopf gehen zu lassen. Ich möchte keinesfalls, daß Sie hierbleiben, wenn Sie in ernsthafter Gefahr sind.«

»Vielen Dank, Mr. Forrester.«

Sie streckte ihm impulsiv die Hand hin, und er ergriff sie voller Wärme. Danach begleitete sie ihn zur Tür, und er ging die Hintertreppe hinab.

»Sarah!«

Die Stimme neben ihr ließ sie zusammenfahren. Es war Joel, der den Korridor entlanggehinkt kam. Unwillkürlich zog sie sich in ihr Zimmer zurück.

»Sarah – ich muß mit Ihnen reden.«

Sie wollte die Tür schließen, aber er stieß sie heftig auf und trat ins Zimmer. Sein Gesicht war finster und zornig, die grauen Augen schwarz.

»Schließen Sie mich nicht aus Ihrem Zimmer aus!« tobte er. »Wie können Sie wagen, mit diesem Mann über mich zu reden? Was fällt Ihnen ein, ihm zu sagen...«

Sie richtete sich straff auf, der Schreck weckte ihren Mut.

»Ich rede, mit wem es mir paßt! Ich vertraue Mr. Forrester, er ist mir gegenüber immer freundlich und ein Gentleman gewesen.«

»Sie haben ihm gesagt, ich wolle den Gasthof kaufen! Sie haben ihn gefragt, woher ich das Geld nähme! Haben Sie nie etwas von Bankkrediten gehört?«

Sie starrte ihn an. Nie hätte sie sich träumen lassen, daß sich unter seiner für gewöhnlich so heiteren Art ein solcher Vulkan an Wut verbergen konnte. Nun konnte sie sich durchaus vorstellen, daß er im Krieg getötet hatte. Solche möglichen Zornesausbrüche waren latent vorhanden, versteckt unter seiner sonstigen Gelassenheit und seinem Humor.

»Oder glauben Sie vielleicht, *ich* wüßte, wo das Gold des alten Adams versteckt ist? Glauben Sie, *ich* hätte es gestohlen, *ich* würde Sie damit bezahlen wollen? Antworten Sie, was haben Sie sich gedacht?« zischte er sie an.

»Ich habe – nicht gedacht – Joel, ich weiß einfach nicht, was ich denken soll. Der alte Roscoe ist tot, mein Großvater ebenfalls. Und auf mein Leben wurde ein Anschlag verübt. Und ihr alle hier seid für mich Fremde«, schloß sie und sah ihn an.

»Wir sind alle Fremde für Sie! Klar, das verstehe ich. Aber mit Forrester steht es nicht anders. Warum haben Sie sich also ihm anvertraut? Vielleicht hat er das Gold gefunden? Vielleicht will er Sie um die Ecke bringen? Geriebene Anwälte haben immer einen Sinn für Geld.«

»Das ist unwahr und ungerecht!« zischte sie zurück. »Sie haben kein Recht, so etwas über Mr. Forrester zu sagen!«

»Und Sie haben kein Recht, so über mich zu reden wie Sie das getan haben! Klar, ich habe gelauscht. Sie haben mich auseinandergenommen wie eine Lumpenpuppe. Wie kommen Sie auf die Idee, Forrester sei so großartig? Wir sind doch alle Fremde für Sie, wir alle! Wie können Sie überhaupt einem von uns trauen?«

»Das kann ich auch nicht. Das ist es ja, ich kann es nicht.«

Ihre Stimme zitterte. Sie biß sich auf die Lippen und verdrängte das aufsteigende Gefühl von Verlassenheit und Schmerz. Joel riß die Schutzhülle ab, mit der sie sich diese ganzen letzten Jahre umgeben hatte. Er zwang sie dazu, die tiefen Empfindungen zur Kenntnis zu nehmen, die sie die ganze Zeit über zurückgedrängt hatte. Sie brauchte aber diese Schutzhülle.

Joel murmelte etwas, starrte auf sie hinab, seine Augen waren noch immer schwarz vor Zorn.

»Vertrauen... verdammt – er vertraute.«

»Was sagen Sie?« fragte sie.

»Schon gut, Sarah. Aber Sie *müssen* mir vertrauen. Der alte Adam hat es auch getan, und er hatte es nie zu bereuen.« Seine Stimme klang eine Spur ruhiger. »Ich will, daß Sie mir völlig vertrauen. Ich werde Ihnen beistehen. Ich kann sie beschützen, das weiß ich. Zeke wird auf Sie aufpassen. Vertrauen Sie mir!«

»Nein«, sagte sie verstockt. »Ich werde niemand vertrauen. Ich kenne keinen von euch! Ich werde meine Türen verschließen.«

»Sarah, Sie dumme, entzückende, kleine Idiotin, verschlossene Türen halten keinen Mörder und Dieb ab! Sie müssen einfach ein paar von uns vertrauen. Ich kann Ihnen helfen, ich werde es tun. Hören Sie auf mich.« Er packte ihren Arm.

Sie versuchte sich loszureißen.

»Nein, Joel. Lassen Sie los. Ich habe jahrelang für mich selbst gesorgt, ich kann es wieder tun. Sie haben kein Recht, mich zu tyrannisieren!«

»Sie tyrannisieren! Es ist doch zu Ihrem eigenen Schutz!«

Sie blickte zornig zu ihm empor. Noch nie zuvor hatte sie sich so zwischen den verwirrendsten Empfindungen hin und her gerissen gefühlt. Die Schutzhülle war dahin, vielleicht unwiederbringlich. Sie war wieder anfällig für Schmerz, Liebe, Furcht, Haß, Zweifel...

»Lassen Sie mich in Ruhe. Ich will mir von niemanden Vorschriften machen lassen! Ich kann für mich selbst sorgen!«

Und sie war dumm genug, sich mit Gewalt von ihm losreißen zu wollen.

Er hielt sie fest und starrte in ihre Augen. Dann sagte er noch etwas und zog, ja riß sie an ich.

Sie verlor das Gleichgewicht, fiel gegen ihn, spürte die Härte und Wärme seines Körpers an ihrem eigenen. Mit der einen Hand hielt er ihren Arm fest, die andere hob sich zu ihrem Kopf, seine Finger fuhren durch ihr Haar, brachten es durcheinander, so daß es in losen Locken auf die Schultern fiel. Sein Gesicht war unmittelbar über dem ihren. Er beugte es tiefer, immer tiefer. Sie sah die dunkeln, zornigen Augen, sie wechselten die Farbe wie das Meer unter einem Sturm. Dann war sein Mund auf dem ihren.

Seine Lippen waren fest. Flüchtig empfand sie Schmerz, bevor der Druck nachließ. Sie spürte, wie sich seine Lippen erneut gegen ihren halb geöffneten Mund preßten, und er küßte sie mit einer besitzergreifenden Heftigkeit, die ihren ganzen Körper mit einer Mischung aus Entsetzen und Wärme erfüllte.

Er drehte leicht seinen Kopf, so daß sein Mund sich auf dem ihren bewegte, seine Hand hielt noch immer ihren Kopf fest. Er war zornig, das spürte sie mit ihrem gesamten Körper, aber da war auch noch etwas anderes. Besessenheit? Ja, vielleicht – und Liebe? Vielleicht auch – Verlangen – Verlangen nach einer Frau, Gier, eine rasende Gier nach einer Frau...

Das alles begriff sie, aber noch bevor sie es wußte, hatte Schwäche sie erfaßt. Wenn er sie vergewaltigt hätte, wäre sie hilflos gewesen. Im Lazarett hatte man sie gelehrt, wie sie sich vor einem verrückt gewordenen Patienten schützen konnte. Aber sie hätte nicht einen Finger rühren können, um diese Kenntnisse anzuwenden.

Schließlich lösten sich seine Lippen von ihrem Mund, und sie konnte krampfhaft Atem holen.

Sie fand ihre Stimme wieder.

»Lassen Sie mich los – Joel! Lassen Sie mich los! Wie können Sie es wagen – lassen Sie los!«

Es gelang ihr, ihren Arm loszureißen, und sie stieß mit der Hand heftig gegen seine Brust.

Er ließ sie schließlich los, hielt sie auf Armeslänge von sich weg und sah auf sie hinab. Sie merkte, daß sie seinem Blick nicht begegnen konnte. Seine Augen waren so wild, so voller Leben, so voll einer Botschaft, die sie nicht verstehen wollte. Noch nicht.

»Du gehörst zu mir, Sarah«, sagte er, und seine Stimme klang rauh. »Du gehörst zu mir.«

Er ließ sie in den Schaukelstuhl gleiten, ging aus dem Zimmer und schloß leise die Tür hinter sich.

Sie fühlte sich völlig schwach. Es war, als ob er ihr durch die Stärke seines Körpers alle Kraft entzogen hätte. Sie war wie ausgetrocknet, er schien all ihre Willenskraft an sich gesogen zu haben. Noch immer spürte sie die besitzergreifende Härte seines Körpers, seiner Lippen und seiner Hände.

6

Lange Zeit blieb Sarah im Schaukelstuhl sitzen. Sie schämte sich, und sie war schockiert. Sie hatte – sie hatte es genossen! Sie hatte es genossen, wie Joel sie geküßt hatte, so hart, so besitzergreifend.

Trotzdem, er hatte keinerlei Anspruch auf sie, überhaupt keinen. Vor einer Woche hatten sie einander noch nicht einmal gekannt! Nun hatte er sich benommen, als gehöre sie ihm, und hatte das auch gesagt! Sie rieb sich immer wieder die geröteten Wangen, berührte verwundert ihre Lippen. Außerhalb ihrer Familie war er der erste Mann, der jemals ihren Mund geküßt hatte.

Sie wusch sich das Gesicht. Sie durfte nicht mehr an Joel denken. Er war zu eigenmächtig, alles war zu schnell geschehen.

Sie versuchte, ihren Zorn auf ihn anzustacheln. Er hatte kein Recht, sich ihr gegenüber so zu benehmen. Natürlich, fügte sie ehrlichkeitshalber hinzu, sie hatte ihn provoziert, ihn wütend gemacht. Vielleicht war es das gewesen. Er liebte sie nicht, er war einfach zornig gewesen. Eine Frau derart zu küssen, hatte dieselbe Bedeutung wie einem Mann ins Gesicht zu schlagen.

Sie würde ihm aus dem Weg gehen müssen, ihn voller Kälte behandeln. Er durfte sich nicht einbilden, ungeschoren solche Dinge tun zu können.

Entschlossen machte sie sich daran, den Stoff für ihr Kleid zurechtzuschneiden und verbannte Joel energisch aus ihren Gedanken. Gegen Mittag hatte sie bereits die wichtigsten Säume genäht. Sie war ganz zufrieden mit sich selbst, als sie zum Lunch in die Küche hinunterging. Wieder hatte Zeke draußen im Korridor auf sie gewartet, und war leise hinter ihr die Treppe hinuntergetappt.

»Haben Sie geschlafen, Miss Sarah?« fragte Justina, während sie Schinken und braune Bohnen auftrug. »Es war den ganzen Vormittag über so ruhig, ich dachte, Sie würden schlafen.«

»Nein, ich habe an meinem neuen Kleid genäht, Justina. Ich glaube, in ein oder zwei Tagen bin ich damit fertig.«

»Oh, das ist nett. Sie sollten wirklich mal was Helles und Hübsches tragen, Miss Sarah. Der alte Adam, der hat helle Farben gemocht. Er wär' traurig gewesen, wenn er Sie mit all dem dunklen Zeug gesehen hätt'.«

Mr. Forrester kam herein, als sie eben zu essen begonnen hatte. Er lächelte ihr zu, seine freundlichen braunen Augen hellten sich bei ihrem Anblick auf.

»Ich dachte mir schon, daß ich zu spät kommen würde, Miss Sarah. Ich habe mich in der Stadt herumgetrieben und dem Klatsch gelauscht.«

Er sah sie bedeutungsvoll an, und sie nickte verständnisvoll. Während des Essens unterhielten sie sich über Nebensächlichkeiten. Justina äußerte mehrmals ihre Verwunderung darüber, daß Joel nicht auftauchte. Pearl war noch nicht zurückgekehrt. Zeke hatte berichtet, sie äße bei den Gibsons drüben, und die ersten Polster seien bereits fertig.

»Das ist eine Arbeit, die sie freut«, sagte Justina. »Arme Frau, sie war fast verrückt, als ihr schöner Mann umkam.«

»Schöner Mann?«

Sarah war erstaunt über die Bezeichnung.

»Ah ja, Miss Sarah. Dieser Mr. Tim Gibson war'n toll gut aussehender Mann. Schönes blondes Haar hatte er und dunkelblaue Augen, noch 'n bißchen dunkler als Ihre. Und groß war er, und schlank. Meine Güte, wie hat sie geweint, als sie hörte, daß er tot war, es brach ihr's Herz.«

»Sein Vater sieht auch sehr gut aus«, sagte Sarah, aber sie dachte an Maxine und ihren Schmerz. Sie mußte ihren Mann innig geliebt haben.

»Ja, aber nich' so hübsch wie Mr. Tim. Er hat das gute Aussehen von seiner Ma und seinem Pa zusammen gehabt. Du meine Güte, wie wütend sein Pa war, als er zu den Soldaten ging! Er und Maxine haben versucht, es ihm auszureden, aber er, er hörte nur auf 'n alten Adam, und er hat uns Schwarze befreien wollen, das wollt' er.« Sie seufzte schwer.

Mr. Forrester sah Sarah bedeutungsvoll an, und sie erwiderte seinen Blick. Es war interessant für sie. Die Stadt war der Sklaverei wegen schlimm zerstritten gewesen, selbst die Familie Gibson hatte sich in dieser Hinsicht entzweit, Tim hatte es mit dem Norden, sein Vater mit dem Süden gehalten. Wahrscheinlich war Maxine, was ihre Loyalität betraf, hin- und hergerissen gewesen. Sie schien den Vater ihres Ehemanns außerordentlich zu verehren.

Nach dem Lunch ging Sarah mit Hugo Forrester in ihre Zimmer hinauf. Diesmal mißachteten sie die Gebote der Schicklichkeit und schlossen die Tür. Sarah wollte unter vier Augen mit Forrester reden. Daß Joel ihre Unterhaltung gestern belauscht hatte, erzählte sie ihm nicht. Sie war nicht in der Stimmung, über Einzelheiten zu sprechen, was ihn betraf.

»Also, Miss Sarah«, sagte Forrester, nachdem er sich im Sessel niedergelassen hatte. »Ich habe in den letzten paar Stunden in Paintsville eine ganze Menge erfahren. Auch über Joel Walden.«

Sie sah ihn voller Interesse an.

»Was – was haben Sie denn erfahren? Wie konnte mir Joel anbieten, den Gasthof zu kaufen?«

»Nun ja, das Wahrscheinlichste ist, daß er von der lokalen Bank einen Kredit angeboten bekommen hat. Er ist hier in der Stadt recht angesehen, selbst bei den ›Copperheads‹. Er hat sein ganzes Dasein hier zugebracht, kennt alle Leute beim Namen.«

Sie war so erleichtert, daß sie einen großen Seufzer ausstieß. Er lächelte ihr zu.

»Oh, ich bin so froh. Ich hätte nicht gern angenommen, daß Joel – daß er...«

»Ich bin direkt eifersüchtig, Miss Sarah«, sagte er unerwarteterweise, und seine Mundwinkel zuckten eine Spur.

»Nach vier Tagen nennen Sie Joel Walden beim Vornamen. Ich habe einen Tag Vorsprung vor ihm, und Sie nennen mich noch immer Mr. Forrester. Mein Vorname ist Hugo. Ich bitte sie, ihn zu benutzen.«

Sie errötete eine Spur.

»Aber natürlich – mit Vergnügen. Sie sind so freundlich zu mir gewesen. Ich weiß nicht, warum – aber ich komme mir bei Ihnen so gut aufgehoben vor, Mr. ...«

»Hugo«, sagte er energisch.

»Hugo«, pflichtete sie bei. »Darf ich Sie noch um weiteren Rat bitten?«

»Es soll mir eine Ehre sein.«

»Ich – ich möchte sagen – bitte, seien Sie deshalb nicht verletzt –, daß ich gern einen juristischen Rat von Ihnen haben möchte, und ich will dafür bezahlen ...«

»Keinesfalls«, sagte er. »Ich bin nur zu froh, wenn ich Ihnen in jeder Weise, die mir möglich ist, helfen kann.«

»Aber, Mr. Forrester ...«

»Hugo!« verbesserte er sie, und seine braunen Augen lachten.

»Wirklich, ich möchte gern eine juristische Beratung haben, was den Gasthof und die Geschäftsführung betrifft«, fuhr sie einigermaßen schüchtern fort. »Sehen Sie, ich habe die Kontobücher meines Großvaters durchgesehen, und ich habe da ein paar Fragen.«

Sie zog das auf dem Tisch liegende Kontobuch zu sich. Er rückte seinen Sessel näher an sie heran und blickte hinein.

Sie unterhielten sich über das System von Kontobüchern, und er riet ihr, sie vorläufig in der gleichen Weise weiterzuführen.

»Später werden Sie vielleicht einmal eine etwas systematischere Methode anwenden wollen, aber das hier wirkt recht brauchbar«, sagte er anerkennend, während er die Eintragungen studierte.

»Sie sehen die Gesamtsumme am Ende, Hugo – und wie hoch sie ist. Ich glaube, daß Großvater einiges an Gold weggesteckt haben muß. Ich glaube, er hat viel für die

Freilassung von Sklaven bezahlt. Aber diese Eintragungen tauchen hier und dort in den vorhergehenden Büchern auf. Also muß es sich um ein noch vorhandenes Vermögen handeln.«

»Hm.«

Er betrachtete stirnrunzelnd die Abrechnungen und zog auch zwei der früheren Kontobücher zu Rate.

»Würden Sie nicht annehmen«, fragte sie schließlich, »daß er das Vernünftigste getan und das Geld auf die Bank gelegt hat? Meinen Sie, ich sollte dort nachfragen?«

»Natürlich sollten Sie auf der Bank nachfragen. Der Bankier wird Ihnen nur zu gern Auskunft über die Konten Ihres Großvaters geben. Ich glaube nicht, daß es irgendwelche Schwierigkeiten geben wird, seine Angelegenheiten auf Sie zu übertragen, das wird eine reine Formalität sein. Trotzdem, es würde mich überraschen, wenn Sie auf den Konten mehr als nur angemessene Ersparnisse vorfinden würden. Die Gerüchte über den Goldschatz des alten Adams sind sehr ausgeprägt.«

Sie unterhielten sich noch eine Weile, und Hugo Forrester gab ihr einige praktische Ratschläge bezüglich der Leitung des Gasthofs. Er schlug vor, Justina und ihren Kindern ein reguläres Gehalt zu zahlen und auch Maxines Bemühungen um die Wiederherstellung der Möbel zu honorieren. Sarah griff schließlich, als es ihr zu kompliziert wurde, nach Notizblock und Bleistift, um sich alles aufzuschreiben. Einen Gasthof zu leiten, war keineswegs so einfach, wie sie auf die Eintragungen ihres Großvaters hin geglaubt hatte.

Hugo erklärte sich schließlich auch bereit, mit ihr zur Bank zu gehen und sie dem Bankier vorzustellen. Sie sollte alle Unterlagen mitbringen, um ihre Ansprüche zu untermauern.

Sie redeten miteinander bis in den späten Nachmittag hinein, und als es dunkler wurde, entzündete Sarah die hübsche rosafarbene Lampe. Zweimal tätschelte Forrester beruhigend ihre Hand, als sie ihren Zweifeln über ihre eigene Fähigkeit, einen Gasthof zu leiten, Ausdruck verlieh. Sie sah an seinem Augenausdruck, daß er nicht nur als mögliche Klientin an ihr interessiert war.

Ja, er mochte sie gern, und das war sehr angenehm, dachte sie. Er war ein freundlicher, intelligenter Mann. Ein junger Rechtsanwalt aus guter Familie mit Aussichten auf eine erfolgreiche Karriere. Sie hätte etwas Schlechteres bekommen können. Im Geist hörte sie förmlich irgendeine ältere Matrone diesen Satz aussprechen.

Sie selbst mochte Mr. Forrester – Hugo gerne. Er war in Paintsville geblieben, obwohl er sicher leicht mit einem Boot weggekommen wäre. Er war kräftig und kein Feigling. Sie hatte das Gefühl, daß Hugo dageblieben war, weil er um sie, Sarah, und ihre Sicherheit besorgt war.

Das Gesprächsthema wandte sich ihrem Großvater zu. Hugo erzählte ihr, er könne sich an ihn erinnern, obwohl er ihn nur gelegentlich getroffen hatte, wenn er im Gasthof abgestiegen war.

»Aber Sie erinnern mich wirklich an ihn, Sarah. Er hatte einen guten, schnellfunktionierenden Verstand, war rücksichtsvoll – und ein bißchen eigensinnig, in einem guten Sinn«, fügte er lächelnd hinzu. »Trotzdem, Sie werden Ihren ganzen Mut zusammenraffen müssen, um alles zu bewältigen. Aber ich freue mich, wenn ich Ihnen mit Rat und Tat beistehen kann.«

Er tätschelte erneut ihre Hand.

Es wurde nachdrücklich an die Tür geklopft. Sarah fuhr nervös zusammen. Hugo stand auf und ging zur Tür, die rechte Hand in der Hosentasche. Sarah starrte darauf. Trug er da eine Waffe, eine kleine Pistole oder ein Messer? Überrascht hätte es sie nicht.

Hugo öffnete die Tür. Clarence Gibson starrte erst ihn, dann an ihm vorüber Sarah an.

»Nun – Entschuldigung, wenn ich störe«, sagte er in überraschtem Ton und lächelte dann. »Ich gehe gleich wieder. Maxine hat versucht, Sie zu finden. Justina sagte, Sie seien in den Regen hinausgegangen, aber das konnte ich mir nicht vorstellen. Es gießt ja aus allen Kübeln.«

Justina hatte ihn abwimmeln wollen, dachte Sarah. Sie

wußte wahrscheinlich ganz gut, daß Sarah und Hugo Forrester hier oben ein wichtiges Gespräch miteinander führten.

»Bitte kommen Sie herein, Mr. Gibson. Wir haben miteinander gesprochen, aber ich glaube, im Augenblick ist alles erledigt.«

Sie stand auf und drängte ihn, hereinzukommen. In dieser kleinen, nach Klatsch dürstenden Stadt tat sie gut daran, auf ihren Ruf zu achten, dachte sie.

Obwohl Hugo finster dreinblickte, trat Clarence Gibson ein und ließ sich in dem Sessel nieder, in dem Hugo zuvor gesessen hatte. Er mußte sich einen anderen, unbequemeren Stuhl heranholen.

»Hoffentlich hat er Ihnen gute Ratschläge gegeben«, sagte Mr. Gibson mit leicht sarkastisch verzogenem Mund.

Hugo runzelte grimmig die Stirn und Sarah sagte schnell:

»Ganz ausgezeichnete. Er erwähnte Details, die ich einfach wissen muß, wenn ich den Gasthof leiten will. Und ich habe auch Einzelheiten über die Angelegenheiten meines Großvaters erfahren.«

»Den Gasthof leiten?« Mr. Gibson beugte sich vor und starrte sie an. »Sie wollen also hier bleiben? Sie haben vor, die ›Goldene Gans‹ zu leiten?«

Sie zögerte. Nach wie vor war sie sich nicht ganz sicher.

»Ich weiß es noch nicht, Mr. Gibson«, sagte sie. »Ich möchte alle Gesichtspunkte in Betracht ziehen. Es ist eine erhebliche Aufgabe, einen solchen Betrieb zu führen, nicht wahr?«

»Eine gewaltige Aufgabe, ja. Eine harte Sache«, sagte Clarence.

Er lehnte sich zurück, und seine langen Finger trommelten auf die Seitenlehne des Sessels. Als er bemerkte, daß Sarah auf seine Hand blickte, hörte er damit auf.

»Ihr Großvater hatte alle Hände voll zu tun, den Gasthof in Schuß zu bringen.«

»Ja, Sie haben ihn damals sicher gekannt, oder nicht?« sagte sie, um ihn zu ermuntern.

»Na ja, ich habe ihn ziemlich bald kennengelernt. Er war beträchtlich älter als ich. Mehr so eine Art Großvater.« Er biß sich auf die Lippen und schien mit sich selbst zu kämpfen. »Er hat sich gern in alles eingemischt, wie Großväter das so zu tun pflegen.«

Sarah hatte plötzlich das Gefühl, daß Clarence Gibson damit etwas für sie Wichtiges geäußert hatte. Sie versuchte, hinter die Bedeutung seiner Worte zu kommen.

»Das kann ich eigentlich nicht beurteilen«, sagte sie leise, um ihn weiter zum Sprechen zu ermuntern. »Ich kannte meine Großeltern nicht richtig, wissen Sie.«

»Es war aber so. Bei jedem in der Stadt hat er sich eingemischt. Immer mußte er wissen, was vor sich ging, und warum. Aber wehe, wenn sich jemand in *seine* Angelegenheiten eingemischt hat! Da wurde er fuchsteufelswild«, fügte er mit einiger Befriedigung hinzu. »Oft genug hat er sich in Schwierigkeiten hineingeritten, aus denen er dann nicht herauskam.«

»Oh, erzählen Sie mir davon«, bat sie.

Er runzelte die Stirn.

»Das ist Vergangenheit. Maxine hätte es nicht gern, wenn ich zu viel darüber rede«, sagte er. »Ich muß außerdem in den Laden zurück. Maxine und Pearl nähen wie die Verrückten. Leonard kümmert sich ums Geschäft und verkauft Hüte, was er haßt. Aber es ist ganz gut für ihn, wenn er etwas tun muß, das er haßt. Er muß das lernen. Wenn Maxine ihn heiratet, kriegt er vielleicht eines Tages den Laden.«

Darauf wußte Sarah nicht recht, was sie sagen sollte. Sie kannte Leonard zwar nicht gut, aber sie fand, daß er neben Maxines heiterer Art ziemlich düster wirkte. Möglicherweise konnte Maxine etwas Besseres finden als ihn, und sie schien auch nicht übermäßig begierig zu sein, allzu viel Zeit in seiner Gesellschaft zu verbringen.

Ihre Gedanken verharrten bei Maxine. Wahrscheinlich bestand hier in der Gemeinde ein Mangel an Männern, die für eine Heirat in Frage kamen, und natürlich hatte sie ihren attraktiven Mr. Tim zutiefst geliebt. Sicher war sie überhaupt noch nicht für eine Ehe bereit, aber wenn es soweit war, würde sie hoffentlich einen umgänglicheren Menschen finden als Leonard.

»Ihr Großvater hat sich viele Feinde gemacht, sowohl in der Stadt als auch außerhalb«, sagte Clarence, den Blick so eindringlich auf die Buchregale gerichtet, als wolle er alle Titel lesen. Aber Sarah sah, daß seine dunkelblauen Augen in Wirklichkeit gar nichts wahrnahmen. »Viele Feinde. Er hatte so eine Art. Eigensinnig, immer wollte er sich durchsetzen.«

Sarah sah zu Hugo hinüber. Dessen Blick war auf Clarence gerichtet, nachdenklich, eindringlich und zugleich distanziert.

»In den Tagen vor dem Krieg – schon lange vorher – war diese Stadt hier in zwei einander erbittert bekämpfende Parteien gespalten. Es gab eine Menge Streitereien über Sklaverei, über die Rechte der Staaten und dergleichen. Wir haben den Krieg schon lange bevor er begann hier unter uns ausgefochten.«

Sarah schwieg. Clarence Gibson hatte angefangen zu reden, und was er sagte, war von immenser Wichtigkeit für sie, das spürte sie. Sie hatte ein seltsames Gefühl in der Magengrube.

»Paintsville ist eine kleine Stadt, aber voll von Haß und Liebe«, sagte Clarence, und sein Blick kehrte endlich wieder zu ihr zurück. »Ich habe den alten Adam bewundert, obwohl wir einander bekämpften. Wissen Sie, Sie sollten das Gold finden. Es gibt da Gold, ich weiß es. Er hat mich damit gehänselt, sagte, wenn er stürbe, würde ich es niemals finden. Aber es muß sich irgendwo hier befinden, das weiß ich.«

»Versteckt«, sagte sie leise, um ihn nicht aus dem Konzept zu bringen.

»Ja, versteckt. Irgendwo. Das war typisch für den alten Adam, nie hat er jemand seine Geheimnisse mitgeteilt. Aber wenn mal was herauskam, wurde er wütend.« Clarence machte eine Pause. »Sie sollten wirklich versuchen, das Gold zu finden, Miss Sarah«, sagte er sehr leise, fast im Flüsterton. »Und wenn Sie es haben, kehren Sie damit in den Osten zurück, geben Sie es aus, machen Sie sich ein schönes Leben. Dort geht es nicht so gewalttätig zu wie hier.«

Sarah starrte ihn aus weit aufgerissenen Augen an.

»Ja, der alte Adam hat sich Feinde gemacht«, wiederholte er und stand auf. »Ich fürchte, da sind noch eine Menge Ressentiments zurückgeblieben. Denken Sie darüber nach, Miss Sarah. Entschließen Sie sich nicht dazu, hierzubleiben, bevor Sie sich das gründlich überlegt haben, ja?«

Er nickte ihr zu und verließ schnell das Zimmer.

Hugo und sie blieben zurück und schwiegen, bis Clarences Schritte auf der Hintertreppe verstummt waren. Sie hörten, wie er mit munterer Stimme zu Justina sagte:

»Na, Justina, was sagen Sie dazu? Miss Sarah ist oben in ihrem Zimmer! Natürlich ist sie viel zu vernünftig, um in den Regen hinauszugehen!«

Danach hörten sie sein Lachen, und gleich darauf schlug die Haustür hinter ihm zu.

Schließlich bewegte sich Hugo, stand auf und ging zur Tür, wo er sich zu Sarah umdrehte. »Nun ja, da haben Sie einiges, worüber Sie nachdenken müssen, Miss Sarah. Wenn ich Ihnen in irgendeiner Form helfen kann, brauchen Sie mich nur kommen zu lassen.«

Sein auf sie gerichteter Blick war ausgesprochen besorgt.

»Vielen Dank – Hugo.«

Sie stand auf, ging zu ihm und legte ihre Hand in seine ausgestreckte Rechte. Sie hatte das Gefühl, sie müßte sich an ihn klammern und ihn um Hilfe anflehen. Aber das brachte sie nicht über sich. Sie zwang sich zu einem Lächeln. »Ja, ich muß über vieles nachdenken. Über Ihre Ratschläge und über die Clarence Gibsons.«

»Ja, tun Sie das. Ich gehe jetzt. Sie verschließen doch die Tür hinter mir, nicht wahr?«

Sie nickte, und er verschwand. Sie verschloß die Tür und sah sich dann in dem schönen Zimmer um, das jetzt, nachdem die beiden Männer gegangen waren, leer und irgendwie düster wirkte.

Ihr war nicht nach weiteren Näharbeiten zumute. Es gab einfach zu viel, das ihr durch den Kopf ging.

Joel gestern abend. Sein Angebot, den Gasthof zu kaufen, seine Warnung, sie würde besser abreisen. Sein Zorn, seine besitzergreifenden Küsse.

Hugo, seine Ratschläge, die so verwirrend, so überwältigend waren, die Anhäufung ihrer Pflichten.

Clarence Gibson mit seinen kaum verhüllten Hinweisen auf mögliche Gefahren.

Roscoe, dem das Blut über den Körper strömte, dem man die Kehle durchschnitten hatte.

Die Hände, die sich auf dem Treppenabsatz um ihren Hals gelegt hatten. Wessen Hände? Die Joels? Clarence? Leonard? Zeke? Oder sogar Hugo? Nein, nein, Hugo nicht, er war zusammen mit Billy Dexter die Treppe heruntergerannt gekommen und hatte sie gerettet.

Aber wer dann? Und warum? Wußte jemand um das Geheimnis des Goldes? Mußten die Betreffenden sie ermorden, um an dieses Gold heranzukommen? Warum war Roscoe umgebracht worden?

»Das Pferd – es hat nie gescheut, Miss«, hatte er gesagt. Welches Pferd? War das bloß die abwegige Bemerkung eines senilen alten Mannes gewesen? Oder war es ein wichtiger Hinweis?

Zeke erschien und begleitete sie zum Abendessen hinab. Aus irgendeinem Grund war sie zutiefst deprimiert. Joel tauchte nicht auf. War er wütend auf sie? Vielleicht war es besser, wenn sie einander nicht sahen. Sie, Sarah, hätte zornig auf ihn sein müssen, ihm kalt und hochmütig gegenübertreten. Aber sie wollte nicht zornig auf Joel sein, sie mochte ihn wirklich gern.

Er war so fröhlich. Zweimal hatte er sie schon zum Lachen gebracht.

»'N stiller Abend«, bemerkte Justina. »Ist'n Jammer,

daß Mr. Joel im Postkutschenbüro drüben arbeiten muß. Er hat's mir gesagt.«

»Aber zum Essen hätte er doch kommen sollen«, sagte sie. »Er braucht etwas Warmes in den Magen. Er ist so dünn.«

»Ist er«, sagte Justina mit Wärme. »Schrecklich dünn. Ich werd' mal Zeke ganz schnell mit was zu essen 'rüberschicken.« Das geschah auch, aber der Junge kehrte nicht zurück. Er mochte Joel gern, bemerkte seine Mutter mit einem Seufzer. Wahrscheinlich half er ihm drüben bei irgend etwas.

Nach dem Essen stand Sarah auf.

»Ich gehe nach oben, Justina. Ich will noch in meinem Zimmer Großvaters Kontobücher durchgehen.«

»Miss Sarah, warten Sie, bis Zeke zurück ist. Sie sollten nich' allein raufgehen.«

»Das ist schon in Ordnung so. Warten Sie unten an der Treppe, Justina. Ich rufe Ihnen zu, wenn ich vor meinem Zimmer bin.«

Justina gefiel das alles gar nicht, und sie äußerte sich dementsprechend. Aber Sarah blieb beharrlich. Sie konnte nicht ihre gesamte Zeit mit schwarzen Ängsten zubringen. Also stieg sie tapfer die Treppe hinauf, wobei sie einen Schauder unterdrückte, als sie an Roscoes Tür vorüberkam. Vor ihrer Zimmertür oben angelangt, schloß sie sie auf und blickte hinein. Die Lampe auf dem Tisch brannte noch hell.

»Es ist alles in Ordnung, Justina!« rief sie hinab.

»Gut, Lämmchen, schließen sie die Tür ab, so daß ich's hören kann. Und schlafen Sie gut.«

»Danke, gute Nacht, Justina.«

Sie setzte sich wieder in den Schaukelstuhl. Es war alles nur Einbildung. Als sie die Tür aufgeschlossen hatte, hatte sie geglaubt, einen schwarzen Schatten weiter unten im Korridor zu sehen, gegen die Vorderseite des Gebäudes zu. Er hatte sich von der Wand gelöst, so hatte es ihr geschienen, und sich langsam auf sie zubewegt. Die Gestalt eines Mannes? Es war ihr so vorgekommen.

Alles nur Einbildung, sagte sie tapfer zu sich selbst. Sie gaukelte sich vor, daß da...

Sie blieb wie erstarrt sitzen und starrte auf die Tür. Hatte sie dort ein Geräusch gehört? So als ob etwas raschelte? Sie blickte auf den Türknauf.

Und während sie hinsah, glitzerte das Licht auf dem blanken Messing. Der Knauf drehte sich langsam.

Sarah hielt den Atem an. Ihr war kalt vor Angst.

Der Knauf drehte sich erst langsam nach rechts, dann wieder ebenso langsam zurück. Stille. Dann wieder das leise Rascheln, so als ob jemand draußen stünde.

Sarah wartete lange Zeit. Aber es war nichts mehr zu hören, nichts rührte sich mehr. Sarahs Mund war trocken, ihr Herz pochte wie rasend. Sie konnte es nicht über sich bringen, sich zu bewegen, ins Bett zu gehen.

Es war spät, bis sie sich so weit beruhigt hatte, daß sie vom Schaukelstuhl aufstehen und ins Schlafzimmer hinübergehen konnte.

Jemand war an der Tür gewesen. Jemand hatte versucht, sie zu öffnen, zu ihr einzudringen. Aber wer?

7

In der Morgenfrühe pflegte Sarah im allgemeinen alles positiver zu sehen. So war es auch am nächsten Morgen, ihrem fünften Tag in Paintsville, wie sie mit einiger Überraschung feststellte. Ihr schien es, als sei sie wesentlich länger hier, vielleicht schon Monate.

Sie wusch sich, zog ihr hellstes blaues Wollkleid an und ging zum Frühstück hinunter, gefolgt von Zeke, der zwar schwieg, jedoch ob seiner Rolle als Leibwächter vergnügt grinste. Justina begrüßte sie erfreut, selbst Pearl blickte mit einem schüchternen, andeutungsweisen Lächeln auf.

»Na, Sie seh'n aber schon viel ausgeruhter aus, Miss Sarah«, sagte Justina. »Es gefällt Ihnen doch hier, nicht wahr?«

Sie sah so hoffnungsvoll drein, daß Sarah unwillkürlich sagte: »Ja, sehr. Ich hoffe, daß ich hierbleiben kann.«

»Dafür bete ich die ganze Zeit, Miss Sarah. Da ist ein bißchen frischer Schinken. Ich hab' 'n paar Biskuits gebakken, die sind gleich fertig. Mögen Sie Ihren Kaffee so oder ein bißchen weniger schwarz, vielleicht mit Rahm?«

Sie war so offensichtlich bemüht, ihr zu Gefallen zu sein! Wenn Joel den Gasthof kaufte, würde Justina gut dran sein, sogar noch besser als mit ihr, Sarah. Denn die beiden schienen gute Freunde zu sein. Aber wenn natürlich Clarence Gibson oder irgendein anderer ›Copperhead‹ die ›Goldene Gans‹ erstand, würde das wesentlich ungünstiger für sie sein.

Trotzdem, es war angenehm zu glauben, daß Justina sie um ihrer selbst willen gern hatte.

Die Eier waren köstlich, der Schinken perfekt. Als die Biskuits fertig waren, klein, heiß, leicht, mit frischer Butter und Honig bestrichen, seufzte Sarah tief.

»Ich werde zu fett werden, Justina.«

»O nein, Miss Sarah.« Justina kicherte. »So jemand wie

Sie wird nie fett. Aber Sie brauchen wirklich 'n bißchen Fleisch auf die Knochen, wie Mr. Joel sagt.«

»Ganz recht«, sagte Joel, der durch die Hintertür hereinkam.

Sarah sah auf, mitten in die unbefangen dreinblickenden grauen Augen hinein, errötete prompt und betrachtete dann angelegentlich ihr Biskuit.

»Sie sieht ja schon besser aus, oder nicht, Justina? Füttern Sie sie nur gut weiter.«

Maxine stand hinter ihm und pflichtete ihm bei. Joel hielt ihr die Tür auf. Sie trat anmutig ein, samt Nadeln, Faden und Stoffen. »Aber nicht zuviel! Ihre gute Figur muß sie behalten. Wie geht's, Sarah?«

»Nach all den Komplimenten bin ich natürlich im Siebten Himmel«, erwiderte Sarah trocken.

Alle lachten. Maxine erschnupperte die Biskuits und wurde prompt von Justina aufgefordert, sich zu setzen.

»Ich sollte es wirklich nicht tun«, sagte Maxine und setzte sich so schnell, daß Sarah sie anlächelte.

»Niemand kann Justinas Kochkünsten widerstehen, Maxine, versuchen Sie es also gar nicht erst.«

Sie hatte gedacht, es würde ihr peinlich sein, Joel wiederzutreffen. Es war nun das erstemal seit seiner ebenso leidenschaftlichen wie besitzergreifenden Umarmung. Aber er wirkte so leger, heiter und ruhig, daß sie fast glaubte, sie habe sich alles nur eingebildet. Allerdings nur bis zu der Sekunde, als sie seinem Blick begegnete; in seinen dunkelgrauen Augen lag ein Ausdruck heftiger Erregung. Auch wenn er äußerlich ruhig wirkte, innerlich war er es nicht, dachte sie. Sie war froh, daß Maxine da war.

»Oh, Maxine, ich habe mich an mein altrosa Kleid gemacht. Ich möchte, daß Sie es sich ansehen und mir sagen, ob es so in Ordnung ist.«

Maxines zartes, schönes Gesicht strahlte, und ebenso die großen, veilchenblauen Augen.

»Aber natürlich, gern! Kümmern wir uns heute vormittag doch lieber darum statt um die Sofas. Wissen Sie, daß ich mit einer kompletten Garnitur Sofa und Sessel fertig geworden bin? Pearl war mir dabei eine phantastische Hilfe.« Sie lächelte dem zierlichen, schwarzen Mädchen auf ihre bezaubernde Art zu. Die Kleine starrte verlegen auf ihre Füße.

Anschließend sprachen sie über die Wiederherstellung der Möbel.

»Ich sollte wirklich eine bestimmte Summe für die Arbeit festsetzen«, sagte Sarah. »Bitte, protestieren Sie nicht, Maxine. Natürlich will ich dafür zahlen. Ich habe mit Hugo – ich meine Mr. Forrester, darüber gesprochen, und er ist auch dieser Ansicht. Das ist nur korrekt«, fügte sie energisch hinzu, als Maxine zu widersprechen begann.

»Aber ich tue es doch so gern! Wenn Sie wüßten, was für ein Vergnügen das bedeutet, neben dem ganzen alltäglichen Kram im Laden hier! Bitte, bezahlen Sie mir nichts, Sarah, das ist einfach albern. Sie brauchen das Geld für andere Dinge. Außerdem...« Maxine machte eine nachdenkliche Pause und leckte sich geistesabwesend den Honig von den kleinen, zierlichen Fingern. »Dad hat gesagt, Sie blieben vielleicht nicht hier. Er meint, Sie sollten nicht hierbleiben, die Arbeit sei zu viel für Sie. Finden Sie das auch, Sarah?«

Sarah zögerte, so lange, daß schließlich alle in der Küche sie ansahen.

»Ich weiß es einfach nicht, Maxine. Ich habe mich noch immer nicht entschieden, ob ich hierbleiben oder – nach Hause zurückkehren soll.« Sie benutzte das Wort ›zu Hause‹, obwohl sie sich inzwischen im Gasthof zur ›Goldenen Gans‹ wesentlich mehr zu Hause fühlte als in Pennsylvania. »Wie dem auch sei, jedenfalls sollte alles hier in gutem Zustand sein, bevor ich den Gasthof verkaufe, nicht wahr?«

Justinas Gesicht verdüsterte sich, sie wandte sich schweigend dem riesigen Herd zu. Joel starrte auf seinen Teller mit Schinken und Ei, als hinge sein Leben davon ab.

Nur Maxine äußerte sich.

»O Sarah, ich wollte, Sie würden nicht so reden. Sie sind die erste gute Freundin, die ich seit Jahren habe.« Sie zögerte und fügte dann hinzu: »Wissen Sie, alle waren hier immer so eifersüchtig auf mich – weil Tim mich schon bevorzugt hat, als wir noch Kinder waren. Und nach unserer Verlobung wollte keine mehr mit mir reden. Das stimmt doch, Joel, oder nicht?« Sie wandte sich ungeduldig Joel zu, der sie angrinste.

»Nein, es stimmt nicht, Maxine, und das weißt du auch. Du übertreibst wie gewöhnlich.« Seine grauen Augen funkelten verschmitzt. »Die Mädchen waren sehr nett zu dir, sie gaben Gesellschaften für dich – auch wenn sie sich die ganze Zeit über die Augen aus dem Kopf geweint haben. Sie hätten das erleben sollen, Sarah, dieses Jammergeschrei, man konnte es durch die ganze Stadt hören.«

Selbst Maxine lächelte eine Spur, trotz der verdrossenen Handbewegung, die sie in seine Richtung machte.

»Nein, im Ernst. Ich habe das Gefühl, daß wir sehr gute Freundinnen werden könnten. Sie gleichen so sehr dem alten Adam, und er hat zu meinen *liebsten* Freunden gehört. Er war so stark und selbstsicher, er gab einem so gute Ratschläge und schien einen zu verstehen.«

Justina brachte einen Teller mit frischen Biskuits an den Tisch. »Ja, Sir«, sagte sie, »der alte Adam hat die Leute wirklich verstanden, das stimmt. Schwarze und Weiße, er verstand sie, möge seine Seele in Frieden ruh'n.«

»Mr. Joel«, sagte Zeke plötzlich, »möchten Sie nich' heut' die Schlösser reinmachen? Ich hab' die Nägel rausgesucht, so wie Sie gesagt haben.«

»Oh – ja, das ist eine gute Idee. Sarah, bitte verschließen Sie Ihre Tür nicht, wenn Sie und Maxine in Ihre Zimmer hinaufgehen. Wir kommen nach und setzen neue Schlösser ein.«

»Neue Schlösser?« fragte Maxine schnell.

»Ganz recht. Wir benutzen jetzt alle neue Schlüssel, für den Fall, daß es für die jetzigen Schlösser hier noch irgendwo Zweitschlüssel gibt.«

Er stand auf und traf Anstalten, die Küche zu verlassen.

»Joel?« sagte Sarah und nahm überrascht den kleinen Schock wahr, den sie empfand, als er sich umdrehte und ihr geradewegs in die Augen sah. »Können Sie bei mir oben auch einen Riegel anbringen? Dann bin ich, wenn ich mich innen aufhalte, doppelt abgesichert.«

»Das habe ich ohnehin vorgehabt«, sagte er brüsk und ging.

Maxine sah verdrossen drein.

»Solches Geschwätz kann ich nicht leiden. Kein Wunder, daß Sie Angst haben und weggehen wollen! Sarah, hören Sie nicht auf sie. Ich bin ganz sicher, daß die Gefahr vorbei ist. Wahrscheinlich war es irgendein Landstreicher, der hereingekommen ist, irgendein Strolch, der Roscoe umgebracht hat. Früher kamen häufig Männer, die hier in den Zimmern übernachteten, ohne daß der alte Adam etwas davon wußte. Er wurde immer entsetzlich wütend, wenn er dahinterkam.«

»Möglich«, sagte Justina nachdenklich. »Hier gibt's so viele Türen, da könnt' schon einer reingekommen sein. Strolche, die nach diesem Teufelsgold suchen. Jeder hat mal von diesem alten Gold gehört und sucht jetzt danach und glaubt, er würd' reich werden.« Sie schnaubte. »Ich wollt', ich hätt' 'n bißchen was von dem Gold, von dem sie alle reden, dann wär' ich reich.«

Sarah lachte, aber sie war die einzige. Maxine sah nach wie vor aufgebracht und sorgenvoll drein. Nach dem Frühstück gingen die beiden Frauen hinauf in Sarahs Wohnzimmer. Maxine betrachtete das Kleid, kritisierte den einen Saum, erbot sich an, ihn aufzutrennen und neu zu nähen, und setzte Sarah anschließend wieder zu. Sie wollte ihr das Versprechen abnehmen, daß sie hierbliebe, sie, Maxine, habe seit Jahren niemand kennengelernt, den sie auch nur halb so gern hätte. Sie sei sicher, daß die Gefahr vorüber sei, und zudem gäbe es eine Menge Männer um sie herum, die sie beschützten.

Sarah war erfreut über Maxines Eindringlichkeit. Sie

selbst hatte ebenfalls seit Jahren keine wirkliche Freundin gehabt. Es würde gut sein, dachte sie, ein so reizendes weibliches Wesen wie Maxine nebenan wohnen zu haben, mit dem man sich vertraulich unterhalten, arbeiten, nähen und das man um Rat fragen konnte.

Sie verschlossen die Tür, damit Sarah das altrosa Seidenkleid anprobieren konnte. Es sah jetzt, nachdem Maxine den beanstandeten Saum korrigiert hatte, sehr schön aus. Maxine schlug ihr vor, von nun an hellere Farben zu tragen, sie wolle in den Laden hinübergehen und einen herrlichen blauen Stoff für sie holen, der drüben lag.

Sarah lehnte dankend ab und lachte ein bißchen.

»Nein, nein, ein neues Kleid reicht mir für den Augenblick, Maxine. Ich frage mich sogar, wann ich das hier tragen werde. In Paintsville ist doch nichts los, oder?«

»Sie werden überrascht sein! Warten Sie, bis der Regen nachläßt und der Winter beginnt. An jedem Samstag abend wird getanzt.«

In diesem Augenblick klopfte Joel heftig an die Tür und sah Sarah stirnrunzelnd an, als sie öffnete.

»Ich hatte Ihnen doch gesagt, Sie – oh, Sie haben Ihr neues Kleid an.« Er betrachtete sie von oben bis unten, und sie errötete unwillkürlich. Er hatte kein Recht, sie so anzusehen. »Es gefällt mir«, sagte er wesentlich freundlicher. »Die Farbe ist gut. Sie sollten öfter hellere Farben tragen.«

»Das habe ich ihr gerade auch gesagt. Verschwinde jetzt, damit Sarah sich wieder umziehen kann und wir ein bißchen zum Nähen kommen, während du hier arbeitest.«

Maxine drückte ihm die Hand gegen die Brust und schob ihn auf den Korridor hinaus.

Trotz des Regens und der Staubwolken draußen wurde es insgesamt ein vergnüglicher Vormittag. Maxine und Sarah arbeiteten jeweils an einer Seite des neuen Kleides, Joel und Zeke nahmen das alte Schloß heraus und setzten ein neues ein. Dann brachten sie einen riesigen, schweren

Riegel an, was Maxine zu einer verächtlichen Bemerkung veranlaßte.

»Sarah wird sich aus Versehen selbst einschließen, und dann muß jemand durchs Fenster klettern, um sie zu befreien! Joel, das kann nur einem *Mann* einfallen, so was Gedankenloses. Was soll sie mit diesem häßlichen, schweren alten Ding?«

»Ich schätze, sie ist noch immer in Gefahr«, sagte Joel ruhig, sobald Maxine ihn zu Wort kommen ließ.

»Ach, Unsinn! Ich habe doch gesagt, es war wahrscheinlich ein Landstreicher, der eingedrungen ist. Und vielleicht hat Roscoe ihn dabei überrascht, als er in den Zimmern nach dem Gold gesucht hat. Dieses blöde alte Gold. Sarah, ich wollte, Sie würden es sobald wie möglich finden und dem ganzen Ärger ein Ende machen. Sie sind dem alten Adam doch so ähnlich, Sie denken genau wie er. Warum können Sie nicht dahinterkommen, wo es ist?«

Alle sahen sie an. Sarah zuckte lächelnd die Schultern.

»Ich werde mich damit befassen, wenn euch das allen so wichtig scheint. Aber ich wollte, ich würde mehr über meinen Großvater erfahren. Wie kann ich auf dieselben Gedanken kommen wie er, wenn ich nicht weiß, wie er wirklich war?«

Maxine begann prompt mit einem langen, enthusiastischen Monolog über den alten Adam, was er für die Leute getan und wie jedermann ihn entweder geliebt oder gehaßt hat. Sie unterbrach ihren Redefluß nur kurz, um in den Laden hinüberzugehen und einen hellblauen Seidenstoff herüberzubringen, aus dem, wie sie energisch erklärte, unbedingt ein weiteres neues Kleid für Sarah geschneidert werden müßte.

Sarah seufzte und gab nach. Maxine machte sich umgehend ans Zuschneiden, während Sarah die schwarzen Samtborten an das rosa Kleid nähte.

Joel forderte sie auf, mehrere Male den Riegel vor- und zurückzuschieben, bevor er mit seinem Werk zufrieden war. Er war, so dachte sie, in seiner Arbeit genauso exakt wie Maxine bei ihrer Näherei.

Danach verließen er und Zeke das Zimmer, und er forderte Sarah auf, hinter ihm die Tür zu verriegeln – sehr zu Maxines offener Geringschätzung.

»Diese Männer!« beschwerte sie sich. »Leonard ist genauso schlimm. Neulich bin ich nachts einmal in die Dunkelheit hinausgegangen, und man hätte glauben können, ich hätte einen Einbruch geplant! Leonard war einfach gräßlich, er hat mich beschimpft – und Dad war fast ebenso schrecklich. Sie können doch nicht im Ernst glauben, daß irgendeine Gefahr besteht!«

»Vielleicht schon, Maxine«, sagte Sarah vorsichtig. »Immerhin ist der arme, alte Roscoe umgebracht worden. Aber wie Sie schon sagten, möglicherweise *war* es ein Landstreicher. Aber die Männer wollen nun mal unseretwegen vorsichtig sein. Es war doch nett von Joel, sich solche Mühe zu machen.«

»Oh, er ist bereits in Sie vernarrt«, sagte Maxine mit ihrer entwaffnenden Offenheit. »Ich merke es daran, wie er Sie ansieht. Früher hat er Ihren Großvater immer von Ihnen erzählen lassen, und er hat auch alle Ihre an ihn gerichteten Briefe gelesen. Und er war hingerissen von Ihrem Bild.« Sie machte eine Pause und betrachtete die verblüffte Sarah kritisch. »Es ist Ihnen nicht mehr *sehr* ähnlich. Aber der Krieg...« Ihre Stimme wurde leise. »Der Krieg hat uns vermutlich alle älter gemacht. Schrecklich, ich glaube, ich bin damals um dreißig Jahre gealtert, als ich – das von – Tim gehört habe.«

Sie verbarg für ein paar Sekunden das Gesicht in der Hand.

»Oh Maxine – es – es tut mir so leid.«

Wie armselig Worte doch waren, dachte Sarah.

Maxine hob den Kopf, wischte sich sorgfältig die Augen, schneuzte sich und richtete sich entschlossen auf.

»Ich muß damit anfangen, alles zu vergessen«, sagte sie mit nach wie vor unsicherer Stimme. »Ich *muß* einfach. Vergangenheit ist Vergangenheit, man kann nichts ändern. Aber wann immer ich – an die Zukunft denke – dann ist sie so leer, und ich kann es nicht ertragen...«

Sarah war immens erleichtert, in diesem Augenblick Joels Stimme draußen vor der Tür zu hören.

»Sarah! Aufmachen! Los, ihr Mädchen, hört mit dem Tratsch auf und kommt zum Lunch herunter. Justina hat himmlische Hühnchen zubereitet, und ich komme um vor Hunger!«

»Männer – immer müssen sie ans Essen denken«, sagte Maxine in fast normalem Ton. Erneut wischte sie sich vorsichtig die Augen. »Kommen Sie, Sarah, gehen wir hinunter.«

Die Hühnchen waren in der Tat ›himmlisch‹ wie Joel gesagt hatte, in Kräutern und Gewürzen, Zwiebeln, Karotten und anderem frischen Gemüse gekocht. Zu Justinas Befriedigung aß Sarah weit mehr, als sie vorgehabt hatte.

Nach dem Dessert, einer köstlichen Himbeercreme – aus eingemachten Früchten zubereitet, die aus dem Garten des alten Adam stammten –, erklärte Maxine, sie hätte wieder einmal zu viel gegessen und ginge nun heim, um sich schlafen zu legen. Auch Zeke gähnte. Joel sagte, er wolle daran gehen, das Dach auszubessern.

Alle blickten Sarah an.

»Schlafen«, sagte sie schließlich mit einem Seufzer. »Justina, kann man Sie nicht davon abbringen, so gut zu kochen?«

Alle lachten.

»Nein, nein, schlagen Sie so was nicht vor«, sagte Joel und tätschelte Justinas braune Hand. »Sie ist perfekt, so wie sie ist.«

Justina kicherte erfreut und strahlte Joel an. Er war wirklich ihr Liebling, dachte Sarah. Kein Wunder, er konnte bezaubernd und freundlich sein, so als ob nichts ihm seine gelassene Heiterkeit rauben könnte. Aber Sarah wußte es jetzt besser.

Er konnte leidenschaftlich, zornig, liebevoll sein, von einem Verlangen erfüllt, das an eine Frau harte Forderungen stellte. Sie fragte sich, wie es wohl wäre, wenn ein Mädchen ihn heiratete, wie es wäre, wenn er... Sie spürte, wie ihr heiße Röte ins Gesicht stieg und verbannte, so gut es ging, derartige Gedanken aus ihrem Kopf.

In ihrem Schlafzimmer angekommen, zog sie ihr Kleid aus, schlüpfte in einen Morgenrock und legte sich zum Schlafen nieder. Aber sie konnte nicht schlafen. Unausgesetzt mußte sei an Joel denken, an seine wilden,dunkelgrauen Augen, die sie angestarrt hatten,wie er sie an seinen warmen Körper gepreßt hatte, wie schwach und hilflos ausgeliefert sie sich unter seinen Lippen gefühlt hatte.

Sie legte sich immer wieder von der linken auf die rechte Seite, versuchte nicht mehr daran zu denken. Lieber an etwas anderes – an das Gold zum Beispiel. Sie versuchte sich vorzustellen, wo ihr Großvater wohl das Gold aufbewahrt hatte.

Die Sklaven fielen ihr ein. Joel hatte gesagt, ihr Großvater habe im Keller einen Raum für sie eingerichtet, hinter den Wänden. Bisher war sie noch kaum dort unten gewesen. Was, wenn der alte Adam diesen Raum verschlossen und versiegelt hatte – nachdem das Gold dort von ihm verstaut worden war? Das war eine Idee, die durchaus zu ihm gepaßt hätte: ein ziemlich naheliegendes Versteck, über das jedermann Bescheid wußte, denn die Sklaven waren ja verraten und entdeckt worden.

Sie fragte sich, wer die Sklaven wohl verraten hatte.

Ihre Gedanken drehten sich im Kreis. Maxine hatte sie gedrängt, das Gold irgendwie aufzufinden, danach würde man sie sicher in Ruhe lassen. Stimmte das? Wenn ja, so war es wirklich das beste, das Gold aufzutreiben und es auf einer Bank unterzubringen.

Es war sehr still im Gasthof. Nur ein schwaches Hämmern war zu hören – Joel, der auf dem Dach arbeitete. Er war wirklich ein Arbeitstier. Wahrscheinlich kauerte er jetzt im strömenden Regen dort oben und nagelte die Schindeln an. Keiner sonst würde bei diesem Wetter im Freien draußen sein.

Schließlich stand Sarah auf, zog ihr kariertes Kleid an und wickelte sich in einen Schal. Sie wollte nur einmal kurz in den Keller gehen und sich umsehen. Das konnte nicht schaden. Sie wollte niemanden mitnehmen, für den Fall, daß sie das Gold tatsächlich fand, und sich dann möglicherweise die genau falsche Person bei ihr befinden würde. Wer diese ›falsche Person‹ sein konnte, daran verschwendete sie keinen weiteren Gedanken.

Leise öffnete sie die Tür, sah sich um. Dann schlich sie die Treppe hinab in die Küche. Alles war still. Justina und Pearl schliefen nachmittags oft, da sie morgens so früh aufstehen mußten. Zeke hielt sich in jeder freien Stunde im Stall auf.

Sarah zögerte, als sie die Tür zum Keller geöffnet hatte. Es war so dunkel dort unten an diesem düsteren Nachmittag. Aber dann fand sie eine Kerze auf einem Regal, zündete sie an und stieg die Stufen hinab. Die Flamme flackerte und malte bewegliche Lichter und Schattenringe um sie her.

Unten an der Treppe angelangt, blieb sie stehen. Sie konnte ein paar Kellerfenster erkennen, hinter denen der Regen herabströmte. Feuchtigkeit rieselte auch an den Kellerwänden herab. Sie mußten frisch gekalkt werden, sobald der Regen einmal nachließ.

Sie sah das Bücherregal und die Vorratsregale, betrachtete sie neugierig und entdeckte schließlich diejenigen, hinter denen sich angeblich der geheime Raum befand. Sie zog erst sachte, dann energischer an ihnen.

Schließlich stellte sie die Kerze auf einen Arbeitstisch in der Nähe und zog noch nachdrücklicher an den Regalen. Angeblich sollten sie von selbst zurückschwingen, sobald man eine Sprungfeder berührte.

Sie hörte nichts, bis es zu spät war. Ein Schritt wurde hinter ihr hörbar, dann spürte sie einen harten Schlag auf den Kopf.

Sie versank in einer tiefen, schmerzhaften Schwärze.

Langsam kam sie zu sich, empfand als erstes ein quälendes Hämmern in Kopf und Schultern. Sie versuchte vom Bett aufzustehen...

Aber sie lag auf dem nassen Kellerboden. Es dauerte lange, bis die Erinnerung zurückkehrte, sie war benommen, immer wieder schossen stechende Blitze durch Hals, Schultern und Kopf. Schließlich bewegte sie sich und stellte fest, daß das Gefühl völliger Steifheit von Fesseln an ihren Handgelenken und Füßen herrührte. Sie lag neben den Regalen, die Kerze war verschwunden, desgleichen ihr Schal.

Panische Angst überfiel sie. Sie kämpfte gegen die Fesseln an, bis es ihr den Atem verschlug. In ihrem Mund steckte ein Knebel. Sarah stöhnte, versuchte zu schreien – ohne Erfolg.

Es gelang ihr, den Kopf zu drehen. Um sie herum war alles weitgehend dunkel, niemand war da. Ihre Augen weiteten sich in erneuter Furcht. Jemand hatte die Fenster geöffnet, der Regen, zuvor von den Scheiben zurückgehalten, ergoß sich in Strömen in den Keller.

Der Boden war bereits überflutet, und das Wasser rings um sie her stieg rapide an. Ihr Kleid war durchweicht, ihre Füße lagen völlig im Wasser, das stetig höher wurde.

Sie versuchte, die Stricke zu verschieben, was ihr jedoch nur Schmerzen einbrachte. Dann wollte sie sich auf die Füße stellen, aber es gelang ihr nicht, sie war bereits zu erstarrt und unbeweglich.

Sie sah den Rand eines Tischchens – wahrscheinlich eines Kindertischchens. Dieser Rand war scharf. Ob sie damit die Fesseln durchscheuern konnte? Sarah schob sich darauf zu, sie schwamm schon fast im tiefen Wasser. Der Knebel hinderte sie daran, richtig atmen zu können. Es gelang ihr, sich so weit aufzurichten, daß sie die Hände an den Rand des Tischchens brachte. Verzweifelt begann sie zu scheuern – das Holz war zu weich, um den Strick durchtrennen zu können.

Sarah lehnte sich gegen das Tischchen und begann vor Anstrengung und Furcht fast zu weinen. Jemand wünschte ihr den Tod. Jemand wünschte ihr, Sarah, den Tod, wollte sie umbringen…

Wenn keine Hilfe kam, würde sie hier ertrinken.

Sie ließ sich vorsichtig an dem Tischchen herabgleiten. Mit dem Hinterkopf rieb sie unausgesetzt am Holzrand des Möbelstücks an den zusammengebundenen Teilen des Knebels, so lange, bis er sich nach oben zu verschieben begann. Es schmerzte, ihr Mund brannte. Sie schloß die Augen und rieb verbissen weiter.

Der Knebel löste sich von ihrem Mund.

Dann begann sie zu schreien. Zuerst nur schwach, sie hatte das Gefühl, halb erstickt zu sein. Sie wollte ›Hilfe!‹ schreien, aber sie brachte keine Worte heraus. Aber dann wurde ihre Stimme lauter und durchdringender. Sie machte eine Pause, um Atem zu schöpfen, dann schrie sie erneut.

Endlich wurde die Kellertür aufgerissen, sie hörte das Poltern schwerer Stiefel auf der Treppe. Kam der Mörder zurück? O Gott... Aber sie schrie weiter.

Dann hörte sie Justinas angstvolle Stimme:

»Was ist los? Mr. Joel – was ist los?«

Joel stürzte durch das aufspritzende Wasser auf Sarah zu, die noch immer gegen das Tischchen gelehnt dasaß. Er verschwendete keine Worte, hob sie mit einem Schwung auf, trug sie zur Treppe und die Stufen hinauf. Wie ein Riese, dachte sie. Merkwürdig, er war doch so schlank, aber so stark...

Sie blickte in Justinas verängstigtes Gesicht und ihre aufgerissenen Augen. Joel trug sie in die warme, erleuchtete Küche und zum Feuer hinüber, wo er sie auf die Bank setzte.

»Ein Messer, Justina«, sagte er kurz. »Sie ist gefesselt.«

»Gott – sei – uns – gnädig«, murmelte Justina und brachte zwei Messer herbei.

Joel bearbeitete die Fesseln an Sarah Knöcheln. Justina machte sich vorsichtig an die Stricke um ihre schmerzenden Handgelenke.

»Wer hat das getan, Sarah?« fragte Joel sie mit gepreßter Stimme, während er einen Augenblick lang innehielt. Seine dunkelgrauen Augen waren finster, er atmete schwer, sein gebräuntes Gesicht wirkte im Licht des Feuers fast grünlich. »Wer war das?«

Sie schüttelte den Kopf und begann dann zu weinen, teils weil alles so weh tat, teils aus Erleichterung. Sprechen konnte sie nicht, ihre Kehle schmerzte zu sehr. Sie schloß die Augen.

8

Auch hinterher konnte sie lange nicht sprechen, sie fühlte sich wie betäubt. Joel brachte saubere Kleidung aus ihrem Zimmer herunter und verließ dann vorübergehend die Küche, während Justina Sarah auszog, sie mit riesigen Handtüchern abtrocknete, und ihr danach das lange Nachthemd und den Morgenrock überstreifte.

In der Zwischenzeit trafen Hugo Forrester, Billy Dexter, Zeke, Maxine und Leonard im Gasthof ein und wollten wissen, was vorgefallen war.

»Ich weiß es nicht. Wir müssen warten, bis sich Sarah ausreichend erholt hat, damit wir es erfahren können«, antwortete ihnen Joel.

Er war mürrisch und kurz angebunden. Justina ließ schließlich alle in die Küche, wo Sarah in einem einem großen Sessel saß, die Füße auf einem Schemel.

Sie war trocken und fror nicht mehr, aber trotzdem zitterte sie nach wie vor. Die Angst war zu groß gewesen. Justina bereitete ihr Allheilmittel Kräutertee zu und brachte Sarah eine dampfende Tasse hinüber. Sie konnte sie nicht in den Händen halten. Joel nahm die Tasse und kauerte neben Sarah nieder, um ihr etwas einzuflößen.

»Seien Sie ein braves Mädchen, trinken Sie«, sagte er leise. Seine Augen waren nach wie vor düster. Sarah trank einen Schluck und schüttelte dann den Kopf.

»Heiß«, brachte sie heraus.

Er griff nach dem Löffel, schöpfte ein bißchen Tee aus der Tasse, blies darauf und hielt ihn ihr dann an die Lippen. Sie schluckte die Flüssigkeit mühsam hinunter.

Maxine trat hinter sie und begann ihr nasses Haar zu streicheln. Dann nahm sie ein Handtuch und fing an, es sachte trockenzureiben. Sarah zuckte zusammen und rückte von ihr ab.

»Was ist los, Sarah?« fragte Maxine.

»Tut weh«, antwortete Sarah heiser.

Maxine beugte sich vor, teilte das Haar und betrachtete prüfend ihre Kopfhaut. »Das ist eine große Beule – und aufgeplatzt ist sie auch. Du lieber Himmel. Sie muß sich den Kopf angeschlagen haben, als sie gestürzt ist. Ist sie die Treppe hinuntergefallen, Joel?«

»Natürlich – sie ist die Treppe hinabgestürzt und während sie bewußtlos war, hat sie sich selbst an Händen und Füßen gefesselt und sich einen Knebel in den Mund gesteckt, so daß sie nicht schreien konnte«, erwiderte Joel sarkastisch.

Alle schnappten nach Luft und schwiegen eine Zeitlang.

»Aber dann – hat jemand – sie doch umbringen wollen«, sagte Billy Dexter schließlich.

Sarah schauderte heftig trotz des warmen Nachthemds und des Morgenrocks. Hugo Forrester brachte eine Decke herbei, die Joel ebenfalls heruntergebracht hatte. Er hüllte die junge Frau sorgfältig ein.

»Sarah, können Sie uns nicht sagen, wer es war?« fragte er mit besorgtem Gesicht.

Sarah bewegte verneinend den Kopf. Selbst das verursachte ihr einen stechenden Schmerz in Kopf und Hals. Sie zuckte erneut zusammen.

»Justina, hole die Salbe«, sagte Joel.

Maxine untersuchte noch immer die Beule an Sarahs Hinterkopf. Sarah fühlte sich von Zuneigung und Fürsorge umgeben, aber selbst das beschwichtigte nicht die schreckliche Furcht in ihrem Innern.

Jemand hatte versucht, sie umzubringen. Jemand wollte ihren Tod. Jemand hatte ihr einen Schlag auf den Kopf versetzt, sie gefesselt, die Fenster geöffnet, damit sie ertrinken sollte.

»Jemand hier ist wahnsinnig«, sagte Leonard plötzlich mit absoluter Überzeugung. »Das ist es. Irgendwo hier treibt sich ein Irrer herum. Er hat von dem Gold gehört und versteckt sich im Gasthof, um es in die Finger zu bekommen.«

Joel gab Sarah noch ein paar Löffel Kräutertee und stellte dann die Tasse weg. Er stand auf, nahm die Salbe aus Justinas Hand und begann, die aufgeplatzte Stelle an Sarahs Kopf sachte damit zu bestreichen. Das schmerzte einen Augenblick lang heftig, dann ging der Schmerz in ein Pochen über. Als Joel fertig war, stellte er den Salbentopf beiseite und begann, Sarahs geflochtenes Haar zu lösen und über ihre Schultern auszubreiten. Danach nahm er seinerseits ein Handtuch und fing an, der Reihe nach jede einzelne Strähne so vorsichtig zu trocknen, daß Sarah keinerlei Schmerz dabei empfand.

Sie lehnte sich mit einem Seufzer der Erleichterung zurück. Joel kümmerte sich um sie, er würde nicht zulassen, daß ihr etwas zustieß. Aber wer war es denn, der ihr etwas antun wollte? Ein Landstreicher, der hinter dem Gold her war? War sie, Sarah, allzu nahe daran gewesen, es zu finden, und hatte er ihr zuvorkommen wollen? Oder war es gar kein Landstreicher gewesen, war es jemand, den sie kannte – wenn eben auch nicht gut genug? Konnte es Joel sein? Oder Justina oder Zeke? Oder Leonard? Oder selbst die besorgte und freundliche Maxine? Der kräftige, stämmige Billy Dexter, der so hart arbeitete und seine Arbeit allmählich satt hatte? Oder auch der sanfte und höfliche Hugo Forrester, der im Begriff war, seine Anwaltskanzlei zu eröffnen? Jeder konnte es sein, einfach jeder. Clarence Gibson, der Bankier, der Sheriff, der angeblich nicht in der Stadt war – irgendeiner von ihnen.

Sarah schloß die Augen, und Tränen liefen ihr über die Wangen. Um sie herum unterhielten sich die anderen, versuchten sich das Ganze zu erklären. Nur sie selbst, Joel und Justina schwiegen – und natürlich die kleine Pearl, die mit großen Augen an der Tür stand, die zu den Zimmern der Angestellten führte.

»Ich werde sie hinaufbringen«, sagte Joel plötzlich. »All das Gerede tut ihrem Kopf nicht gut«, fügte er derb hinzu.

Er hob sich hoch und trug sie die Treppe hinauf. Justina schloß Sarahs Zimmertür auf und öffnete sie, die anderen drängten sich hinter den dreien herein.

Joel legte sie aufs Bett. Er nahm ihr die Pantoffeln von den Füßen und breitete eine Decke über sie.

»Warm genug, Sarah?« Er blickte auf sie hinab.

»Noch – eine Decke«, sagte sie mit belegter Stimme.

Er breitete eine weitere Decke über ihr aus. Sie schauderte noch immer. Würde ihr jemals wieder warm werden?

Justina brachte weiteren Kräutertee. Maxine wollte gern bleiben, aber sie redete einfach zu viel. Sarah schloß die Augen. Ihr Kopf schmerzte und hämmerte, selbst jetzt, da er auf dem Kissen lag. Sie wäre gern allein gewesen. Aber sie fühlte sich zu müde und erschöpft, um die anderen alle hinauszuscheuchen und die Tür hinter ihnen zu verriegeln.

Joel schickte endlich Hugo, Billy, Maxine und Leonard einfach weg, obwohl sie protestierten.

»Justina, setz dich zu ihr, bis sie schläft«, sagte er. »Ich gehe mit Zeke in den Keller, um diese Fenster zu schließen. Wir müssen das Wasser hinausschaffen. Gibt es irgendwo einen Schlauch?«

Billy bot seine Hilfe an, Hugo ebenfalls. Justina ließ sich im Schaukelstuhl neben dem Bett nieder, faltete die Hände im Schoß und erweckte den Eindruck, als bedürfte es eines Erdbebens, um sie von dort wegzubringen. Dann waren alle anderen gegangen. Stille senkte sich über Sarah. Sie schlief schließlich ein.

Sie schlief bis in die Abenddämmerung hinein. Als sie erwachte, saßen Justina und Pearl neben ihrem Bett, ganz still, ohne ein Wort zu sagen. Pearls große Augen waren das erste, was Sarah erblickte, als sie sich bewegte und selbst die Augen aufschlug. Sie erwachte langsam, erinnerte sich zunächst an nichts, aber dann kehrte die Erinnerung allmählich zurück.

Justina betrachtete sie besorgt. Sarah lächelte ihr zu.

»Oh – ich habe – so tief geschlafen«, sagte sie heiser. Ihre Stimme funktionierte wieder.

Justinas Lächeln verriet ihre Erleichterung.

»Gut, Miss Sarah, das ist gut. Ich bring' Ihnen 'n Rührei, 'n bißchen Tee, irgendwas Leichtes. Pearl, du bleibst hier, rühr dich nich' weg. Wenn jemand kommt, ganz gleich wer, schreist du wie am Spieß, hast du gehört?«

Pearl nickte und blieb sitzen. Sie schien sich in ihrem Sessel zu verkriechen, als ihre Mutter aus dem Zimmer eilte. Fortwährend blickte sie von Sarah zur Tür und wieder auf Sarah wie ein verängstigtes, mißtrauisches kleines Tier.

»Pearl, du – brauchst nie – mehr Angst zu haben«, murmelte Sarah. »Du bist hier – sicher. Warum hast – du solche Angst?«

Pearl starrte sie an, ihre samtigen Augen waren weit aufgerissen. Dann, zu Sarahs Verblüffung, begann sie zu reden.

»Oh, Miss – ich habe Angst. Ich sah – ich sah etwas – ich sah ...«

Etwas wie Schreck über ihren eigenen Mut schien sie zu überkommen. Sie machte den Mund zu und blickte verängstigter drein denn je.

»Du hast etwas gesehen – wo – im Süden unten? Hierher kann niemand kommen, Pearl«, sagte Sarah vorsichtig.

Sie wollte das Mädchen gern beruhigen. Die böse Vergangenheit lag hinter ihr. Würde sie ihr ganzes Leben lang von ihr verfolgt werden?

Pearl nickte und schüttelte dann den Kopf.

»Nicht im Süden. Nein, das ist – das ist vorbei«, flüsterte sie. »Hier, im Gasthof. Ich sah – ich sah ...«, stammelte sie und brach erneut ab.

Justina kam ins Zimmer zurückgeeilt. Sie sah Sarah zu Pearl hinübergebeugt halb aufgerichtet dasitzen.

»Legen Sie sich wieder hin, Honiglämmchen! Sie dürfen sich nich' aufrichten. Ich hab' 'n Omelette gemacht und 'n bißchen Tee und weiche Biskuits im Herd unten. Pearl, geh runter und schau danach.«

Pearl rannte aus dem Zimmer. Sarah legte sich enttäuscht und verdutzt zurück. Was hatte Pearl gesehen oder geglaubt zu sehen? Warum hatte sie solche Angst? Hatte es etwas mit ihr, Sarah, zu tun, und mit dem Gasthof? Oder hatte sie doch noch Alpträume, die mit dem Süden zusammenhingen?

Justina fütterte Sarah, köstliches Omelette, leicht und flaumig, noch eine Tasse Kräutertee. Als sie fertig war, legte sie sich wieder zurück, und Justina strich ihr mit der rauhen Arbeitshand sanft über das Haar.

»So, Miss Sarah, nun ruhen Sie sich noch 'n bißchen aus. Wir kümmern uns schon um Sie, keine Angst.«

Sarah faßte nach ihrer Hand und drückte sie an ihre Wange.

»Danke, Justina. Was würde ich ohne Sie tun?«

»Und ohne Mr. Joel, vergessen Sie den nicht«, sagte Justina. »Er hat Sie gerettet. Er sorgt für Sie, genau wie er für den alten Adam gesorgt hat. Er ist 'n guter, nobler Mann.«

Sarah schloß die Augen und fiel in einen leichten Halbschlaf, beruhigt darüber, daß Justina sich wieder in den Schaukelstuhl gesetzt hatte, nachdem sie erklärt hatte, Pearl würde unten das Essen für die Männer richten, während sie hierbleiben wollte.

Dann mußte sie vollends eingeschlafen sein, denn als sie aufwachte, sah sie eine kleine brennende Kerze, die auf dem Tisch neben der Tür stand. Sarah wandte den Kopf, was nach wie vor schmerzte.

Jemand saß im Schaukelstuhl, den Kopf gegen die Lehne gestützt. Es war nicht Justina.

Sie richtete sich halb auf. »Joel?« sagte sie entgeistert.

»Ja, ich bin's. Legen Sie sich wieder hin, Sarah. Es ist ungefähr drei Uhr früh.«

»Was – haben Sie – in meinem Schlafzimmer zu suchen?« stammelte sie.

»Ich passe auf Sie auf«, sagte er grimmig und ohne jedes Lächeln. »Legen Sie sich hin und schlafen Sie. Heute nacht wird Sie niemand belästigen.«

Sie legte sich zurück und blinzelte. Kein Mann war je

auf diese Weise in ihr Schlafzimmer eingedrungen! Er schien zu glauben, er könne kommen und gehen wie es ihm paßte. Sie dachte an seine Worte: »Du gehörst zu mir, Sarah!« Hatte er das vielleicht wörtlich gemeint?

Joel legte den Kopf auf die Stuhllehne zurück und beobachtete Sarah gelassen. Sein Mund zuckte eine Spur, wie in heimlicher Belustigung. Sie lag da und spürte, wie Zorn in ihr hochstieg. Diese Unverschämtheit! Bildete er sich ein, die Tatsache, daß er ihr das Leben gerettet hatte, räumte ihm spezielle Privilegien ein?

Und was war mit ihrem Ruf? Wenn bekannt wurde – und ganz sicher wurde es bekannt –, daß er die Nacht in ihrem Schlafzimmer zugebracht hatte! In dieser Kleinstadt wurde doch heftig geklatscht. Das würde für alle Interessenten einen saftigen Bissen abgeben!

»Joel«, sagte sie ebenso energisch wie kalt. »Sie müssen gehen. Ich werde aufstehen und hinter Ihnen den Riegel vorschieben. Sie müssen doch selbst einsehen, daß es nicht schicklich ist, wenn Sie hier bleiben. Wie Justina das erlauben konnte ...«

»Alles Quatsch«, sagte er derb. »Sie bleiben im Bett, sonst stopfe ich Sie persönlich unter die Laken! Ich bleibe die Nacht über hier, denn sonst käme nur noch Justina dafür in Frage, und sie braucht ihren Schlaf. Also verhalten Sie sich ruhig, junge Dame aus dem Osten, vergessen Sie, was Sie über Schicklichkeit gelernt haben, und Ihre höflichen Umgangsformen dazu. Vielleicht darf ich Sie daran erinnern, daß es weder höflich noch schicklich ist, ermordet zu werden.«

Sie schauderte. Die Erinnerung an den mit Wasser gefüllten Keller, in dem sie an Händen und Füßen gefesselt hilflos gelegen war, kehrte schlagartig wie eine gewaltsame Woge zurück. Ein Alptraum auf Jahre hinaus, dachte sie.

»Nein«, murmelte sie schwach. »Das wohl nicht.«

»Also legen Sie sich hin und lassen Sie zu, daß man für Sie sorgt. Auf Ihrer Krankenstation waren Sie nachts doch wohl auch oft mit Männern zusammen, oder nicht?«

»Nun – ja.«

»Dann tun Sie jetzt so, als seien Sie im Krankenhaus, und ich bin die Schwester.«

Seine Stimme klang entschieden.

Lange Zeit herrschte Schweigen. Sarah grübelte darüber nach, ob man in der anständigen, klatschsüchtigen Stadt Paintsville wohl Joel als Krankenschwester betrachten würde? Oder doch eher als äußerst attraktiven jungen Mann, der sich gemeinsam mit einem Mädchen in dessen Schlafzimmer aufhielt?

Ihre Gedanken wanderten weiter. Wer haßte sie so sehr, daß er sie umbringen wollte? Warum war sie schon zweimal angegriffen worden? Hing das Ganze mit Roscoes Ermordung zusammen?

Ihr Gehirn arbeitete rastlos. Es gelang ihr nicht, wieder einzuschlafen, vor allem nicht Joels wegen, der mit ihr im Zimmer saß, sie beobachtete, auf eventuelle Geräusche lauschte.

Sie fragte sich, ob es sie gestört hätte, wenn Hugo Forrester der Mann im Schaukelstuhl gewesen wäre. Ob sie da die gleichen Empfindungen gehegt hätte? Er war so zuverlässig, so kultiviert, so intelligent. Auch er mochte sie, Sarah, gerne, trotzdem war er ein solcher Gentleman, immer höflich, nie derb. Er kümmerte sich um sie, war um sie besorgt. Sie schätzte ihn sehr.

Und doch konnte sie ihn sich nicht im Schaukelstuhl sitzend vorstellen, um die ganze Nacht Wache zu halten, nie wäre er einfach so in ihr Schlafzimmer hereingeplatzt, um sie zu beschützen. Ihr guter Ruf wäre ihm viel zu sehr am Herzen gelegen.

Joel jedoch ließ sich durch Konventionen niemals aufhalten, dachte sie. Sie runzelte leicht die Stirn und war verwirrt. Was wollte sie denn nun eigentlich? Wollte sie, daß Joel ginge und damit besagten guten Ruf achtete? Oder wollte sie, daß er bliebe und sie beschützte?

Sie rieb sich den nach wie vor schmerzenden Nacken und seufzte ein bißchen. Joel drehte sich in seinem Stuhl um.

»Noch ein bißchen Salbe, Sarah?« fragte er leise.

»Ja. Ist welche da?«

»Ja, hier.«

Er stand auf und brachte die kleine Dose ans Bett. Dann ließ er sich zu ihrem Schreck auf dessen Rand nieder und half ihr, sich aufzurichten, indem er den Arm um ihre Schultern legte.

»Joel – wirklich, ich kann das selbst.«

Er war ihr irritierend nahe, und sie trug lediglich ihr Nachthemd. Es war hochgeschlossen, äußerst sittsam, die Ärmel reichten bis zum Handgelenk. Trotzdem, er war ein Mann und so nahe!

»Seien Sie nicht albern. Drehen Sie mir den Rücken zu, damit ich an die Verletzung herankomme. Ich hätte Ihr Haar rund um die Wunde abschneiden sollen«, fügte er nachdenklich hinzu und bestrich die Stelle behutsam mit Salbe, »aber ich habe es nicht über mich gebracht. Sie haben so schönes und weiches Haar. So – und wie ist es jetzt?«

Angesichts der Mischung aus Salbe und Kompliment fühlte sie sich bereits besser.

»Danke«, murmelte sie.

Er knuffte heftig ihr Kopfkissen, was wahrscheinlich seiner Vorstellung von Aufschütteln entsprach.

»Legen Sie sich wieder zurück, Sarah.« Und um das Maß seiner Missetaten vollzumachen, strich er ihr auch noch mit der Hand über die Wange und die Kehle, als sie zurücksank. »Sie haben eine seidenweiche Haut«, sagte er.

»Joel – nicht«, sagte sie eine Spur atemlos. »Ich finde wirklich – Sie sollten gehen – ich verriegle dann die Tür.«

»Nichts da. Ich bleibe die Nacht über hier.«

Er stand auf, stellte die Salbendose auf den Tisch und ließ sich wieder im Schaukelstuhl nieder. Er legte die Füße auf einen kleinen Schemel und lehnte sich zurück.

»Wenn Sie den Schnabel halten, kann ich vielleicht sogar ein bißchen schlafen.«

Er lachte leise.

Flüchtig stieg Ärger in ihr auf, dann Belustigung. Er verstand es wirklich, sie zu irritieren! Während sich erneut Stille über das Zimmer legte, dachte sie, nun gelassener, über ihn nach. Joel, der vier Jahre lang in Schmutz, Schlamm und unter herabstürzenden Bäumen gekämpft hatte, der getötet und geschossen hatte ... Er ist so gründlich, dachte sie, er war sicher ein guter Schütze, er hatte bestimmt mit großer Geschicklichkeit getötet. Und er hatte alles überlebt, obwohl er verwundet worden war und seiner verletzten Hüfte wegen humpelte.

Er hatte Menschen umgebracht. Das wußte sie. Mit Sicherheit konnte er mit einem Gewehr ebenso gut umgehen wie mit einem Messer und auch mit seinen Händen...

Sie schauderte unwillkürlich, erschreckt ob ihrer Gedanken. Natürlich konnte er auch jemand mit bloßen Händen umbringen. Sie entsann sich der Erzählungen von Soldaten während derer Fieberträume, wie sie, wenn die Munition zu Ende war, wild geworden von der Hitze der Schlacht, sich auf den Gegner geworfen hatten. Einer hatte ihr mit funkelnden, rotunterlaufenen Augen geschildert, wie er einen davon in den Sumpf hinabgedrückt hatte, bis er sich nicht mehr bewegte.

Erneut lief ihr ein Schauder über den Rücken. Jemand – Joel? – hätte leicht in den Keller zurückkehren und sie in das ansteigende Wasser drücken können, hilflos und geknebelt wie sie war.

Sie bewegte sich rastlos im Bett, so lange, bis sie Joel wieder sehen konnte. Seine Augen waren offen, er betrachtete sie im flackernden Licht der Kerze. War er gekommen, um ihr zu helfen, sie zu retten? Oder wartete er lediglich auf den Augenblick, in dem er sie auf unverfänglichere Weise umbringen könnte als am Nachmittag im Keller unten?

Liebte oder haßte er sie? Wollte er den Gasthof und das Gold so dringend haben, daß er bereit war, sie umzubringen? Wenn er sie, Sarah, nicht bekommen konnte, wenn er glaubte, sie hätte Hugo Forrester so gern, daß sie ihn heiraten wollte – würde dann Joel vor einem Mord nicht zurückschrecken?

Sie lag da und beobachtete ihn eindringlich mit halbgeschlossenen Lidern. Er hatte ihre Unterhaltung mit Hugo Forrester mitangehört, er war so wütend gewesen, er hatte sie an sich gerissen, sie so besitzergreifend geküßt, ihr gesagt, *daß sie ihm gehöre*.

Aber sie gehörte überhaupt niemanden, dachte sie stolz. Sie war sie selbst, Sarah Overmiller, selbstbewußt und unabhängig. Sie hatte den Gasthof zur ›Goldenen Gans‹ geerbt, und sie konnte ihn leiten. Jedenfalls war Hugo Forrester dieser Ansicht, und er war ein kluger Mann.

Es würde viel Arbeit bedeuten, aber leiten konnte sie den Gasthof.

Falls nicht jemand sie vorher umbrachte.

Sie seufzte erneut, drehte sich auf die andere Seite, entzog sich Joels Blick. Wenn er sie umbringen wollte, konnte er das tun. Sie war zu schwach, um sich zu wehren. Und er hatte mehr Kraft in seinen Armen, als man ihm ansah, das wußte sie jetzt.

»Können Sie nicht schlafen, Sarah?« fragte Joel leise.

»Nein. Meine Gedanken drehen sich immer im Kreise«, sagte sie mit matter Stimme.

Sie legte sich auf den Rücken und sah ihn an. Er stand auf und setzte sich wieder auf den Bettrand. Sie blickte zu ihm auf. Sie fühlte sich so schlapp, wenn er sie küssen – ja sogar vergewaltigen wollte, so konnte sie sich nicht wehren. Wenn er sie umbringen wollte, so konnte er das jetzt leicht tun.

Er legte seine große Hand für einen Augenblick auf ihre Stirn. »Kein Fieber.« Langsam begann er, ihr das Haar zurückzustreichen. »Tut das weh, Sarah?« fragte er.

»Nein.« Es war angenehm, obwohl sie das nicht zugeben mochte. Sie schloß die Augen. Seine Hand war rauh vor Arbeit, wie die Justinas, aber sie war so sanft, so beruhigend.

»Das Wetter ist jetzt so scheußlich«, sagte er nach einer

Pause mit leiser, gedehnter Stimme, »daß Sie sich gar nicht vorstellen können, wie schön es im Winter sein kann. Wenn der Regen nachläßt und die Felder getrocknet sind, kommt bald der Schnee. All die weißen Flocken bedecken die Felder und die Bäume, es ist wie im Märchenland. Alles ist hübsch und weiß und glänzt in der Sonne. Auch die Büsche haben weiße Polster, und ihre roten Beeren leuchten wie an einem Weihnachtsbaum.«

Er redete immer weiter, leise und fast eintönig, und sie lauschte mit geschlossenen Augen. Er sprach dann vom Frühling, und sie sah alles vor sich, die kleinen, blühenden Wildblumen, die schwarzen, frisch gepflügten Felder. Er streichelte ihr weiter das Haar, seine Hände waren wie ein Zauber, der ihre Probleme und Sorgen wegstrich.

Sie seufzte ein bißchen, leise, und hatte das Gefühl, in eine angenehme, braune Dunkelheit zu versinken, nur leicht erhellt von flackerndem Kerzenschein. Joels Stimme redete immer weiter, aber sie konnte die Worte nicht mehr verstehen.

Und dann schlief sie endlich tief und fest.

9

Als Sarah aufwachte, sickerte das trübe, graue Morgenlicht durch die Fenster, und sie hörte einen Vogel singen. Sie blickte in Richtung des dunkel daliegenden Gartens hinter dem Gasthof und erinnerte sich, wie Joel erzählt hatte, er sei im Frühjahr mit seinen gelbblühenden Sträuchern so hübsch. Würde sie dann noch in Paintsvilles sein?

Würde sie da schon wieder in Pennsylvania und in Sicherheit sein? *Oder würde sie tot sein?*

Sie drehte sich vorsichtig um und sah, daß Joel tief schlief, den Kopf gegen die Lehne des Schaukelstuhls gestützt. Sie betrachtete die hohen Backenknochen, die scharf abgegrenzten Flächen seines Gesichts, das harte Kinn. So im Schlaf wirkte er verletzbar, aber zugleich auch voller Kraft. Wie ein Puma, der im nächsten Augenblick hellwach aufspringen und knurren konnte.

Jemand öffnete vorsichtig die Tür, und ein kühler Luftzug drang herein. Joel war sofort wach, fuhr aus dem Stuhl hoch und drehte sich zur Tür um.

»Himmel, ich bin's doch bloß!« jammerte Zeke und fuhr zurück, die Augen vor Schreck aufgerissen.

Joel starrte ihn an, schüttelte heftig den Kopf und strich sich verlegen das Haar zurück.

»Ich muß eingeschlafen sein«, sagte er. »Mein Gott, ich dachte, ich sei wieder im Krieg.«

»Mama hat mich raufgeschickt, damit ich auf Miss Sarah aufpasse, während Sie frühstücken«, sagte Zeke, noch immer wachsam.

»Natürlich«, sagte Joel. Er drehte sich um und blickte auf Sarah hinab. »Sind Sie wach, Sarah?«

»Ja.«

»Gut. Dann gehe ich jetzt hinunter. Zeke, wenn jemand reinkommt, schreist du wie am Spieß. Und zwar wirklich bei *jedem*!«

Er wartete, bis Zeke sich im vorderen Zimmer niedergelassen hatte, und ging dann hinaus.

Sarah kuschelte sich wieder im Bett zurecht. Am liebsten hätte sie sich überhaupt nicht gerührt. In ihrem Kopf war ein ständiges dumpfes Pochen, nur wenn sie mit der wunden Stelle an das Kopfkissen kam, schmerzte er heftig. Ihre Glieder fühlten sich so an wie damals, als sie viele Stunden lang ohne jeden Schlaf im Krankenhaus gearbeitet hatte.

Aber jetzt war sie ausgeschlafen. Trotzdem blieb sie lange Zeit mit geschlossenen Augen liegen. Schließlich kam Justina herein. Zeke schrie keineswegs wie am Spieß beim Auftauchen seiner Mutter, wie Sarah belustigt feststellte. Die beiden unterhielten sich eine Weile leise, dann trat Justina ins Schlafzimmer.

»Miss Sarah, soll ich Ihnen beim Waschen helfen, Sie fürs Frühstück zurechtmachen? Mr. Joel meint, Sie sollten heute im Bett bleiben.«

Sarah überlegte und fand dann, daß Joel recht hatte. Justina half ihr beim Waschen, zog ihr ein frisches Nachthemd über, und danach legte sie sich zurück. Ihr war schwindlig, der Kopf schmerzte wieder heftiger.

Pearl brachte ein Frühstückstablett herauf, das Justina fachkundig betrachtete und für gut befand. Es gab Schinkenspeck und ein luftiges Omelette, frische Brotscheiben mit Butter, ein Töpfchen Honig und eine große Kanne Tee, der Dampf entstieg.

Sarah dachte, sie hätte keinerlei Hunger, aber binnen kurzem hatte sie zu Justinas Vergnügen restlos alles verzehrt. Als die Haushälterin mit dem Tablett verschwunden war, nahm Zeke seinen Wachposten im Vorderzimmer wieder ein.

Binnen kurzem fand sich ein kleinerer Strom von Besuchern ein. Maxine kam als erste.

»Nur um zu sehen, wie es Ihnen geht, Liebste«, wie sie sagte.

Sie bleib dann eine Stunde lang, wobei sie emsig an Sarahs blauem Kleid nähte, und fast ebenso schnell redete wie sie nähte. Joel kam herein, sah sie finster an und sagte schließlich unhöflich:

»Sie kann nicht schlafen, solange du so viel plapperst, Maxine!«

»Sie soll gar nicht schlafen, Joel. Verschwinde, wir tratschen hier.«

Maxine schnitt ihm eine Grimasse und blieb, wo sie war.

Später wurde ihr von Hugo Forrester eine kleine, ältere Dame einigermaßen zeremoniell vorgestellt. Er führte sie herein. Sie wirkte zerbrechlich und hatte weißes Haar, aber ihren munteren schwarzen Augen entging gar nichts.

»Miss Sarah Overmiller, das hier ist eine Dame, die Sie gern kennenlernen möchte. Sie hat zufällig von Ihnen gehört, und darauf bestanden, sofort zu Ihnen zu kommen. Mrs. Mandy Hunsberger, das ist Miss Overmiller.«

Hugo Forrester verhielt sich äußerst förmlich, wie Sarah fand.

Die kleine Dame humpelte zum Bett und brachte es fertig, Sarah zusammen mit einem Händedruck eine Schüssel kühler Eiercreme zwischen die Finger zu schieben.

»Guten Tag. Ich habe Ihren Großvater gut gekannt«, sagte sie mit hoher, schriller Stimme. »Der alte Adam und ich sind zusammen hier aufgewachsen. Ich mußte unbedingt seine Enkeltochter kennenlernen. Du meine Güte, sind Sie hübsch. Ich hätte nie gedacht, daß der alte Adam eine hübsche Enkelin haben würde. Er selbst sah nicht nach viel aus. Aber er hatte ebenso blaue Augen wie Sie!«

Maxine rettete die Eiercremeschüssel und brachte sie in die Küche hinab, damit sie für Sarahs Mittagessen aufbewahrt wurde. Mrs. Hunsberger ließ sich hoheitsvoll im großen Schaukelstuhl nieder, wobei ihre Füße frei in der Luft schwebten, und betrachtete Sarah neugierig, während sie unentwegt plauderte.

Sie erkundigte sich nach Sarah Vater, nach ihrem Bruder, nach dem Krieg und ihrer Arbeit als Krankenschwester, und kam schließlich auf den Gasthof zu sprechen.

»Hinter dem Gold sind sie her, was?« Ihre schwarzen Augen funkelten. »Beeilen Sie sich bloß und finden Sie es als erste. Sie werden es sicher entdecken, man sagt, Sie seien wie Ihr Großvater. Du lieber Himmel, ich habe ihn mein ganzes Leben lang gekannt. Eigensinnig wie ein Maulesel. Aber gutherzig. Immer hat er jemand geholfen.«

Maxine nähte eifrig an dem Kleid. Gelegentlich hob sie die veilchenblauen Augen und begegnete mit betonter Ausdruckslosigkeit Sarahs Blick. Nur einmal blinzelte sie, und Sarah wäre fast in Gelächter ausgebrochen. Die Frau nahm überhaupt kein Blatt vor den Mund.

»Ich erinnere mich, als Ihr Vater noch ein kleiner Bengel war. Er rannte weg und stellte irgendwas an, ich weiß nicht mehr, was es war. Der alte Adam war fuchsteufelswild! Er wollte den Jungen bestrafen, aber er brachte es nicht über sich, ihn zu verdreschen. Schließlich kam er zu mir, wollte, daß ich das für ihn tue, weil er dachte, ich wäre zu klein, um seinen Sohn ernsthaft weh zu tun. Aber Ihrem Vater brach es fast das Herz, so beleidigt war er, daß sein Papa ihn nicht verhauen wollte, er kam zu mir und weinte und weinte. Ich sagte dem alten Adam, er müsse seinen Sohn selbst den Hintern versohlen. Ich glaube, er begnügte sich dann damit, den Jungen für ein paar Stunden in sein Schlafzimmer zu sperren. Ein wahres Wunder, daß der Kleine nicht völlig verwildert ist, so ohne Mutter. Ihre Großmutter starb, als der alte Adam gerade weg war, das hat er sich nie verziehen.«

»Oh, das wußte ich gar nicht. Ich wußte nur, daß sie starb, als mein Vater drei Jahre alt war.«

Dies löste bei Mrs. Hunsberger eine weitere Serie von Reminiszenzen aus, bei denen es sich um die Großmutter, ihre hübschen Stickereien und ihre Fähigkeiten, Creme zuzubereiten, handelte.

»Sie hat mir eine Menge Rezepte überlassen, irgendwo muß es bei Ihnen noch ein Rezeptbuch geben, das der alte

Adam aufbewahrt hat. Sie müssen einmal danach suchen. Sie war eine ganz großartige Köchin.«

Anscheinend hatte der alte Adam eine Schwäche für Rennpferde gehabt, und war auch häufig über Land geritten. Bei einem dieser Ausflüge war es geschehen, daß seine Frau krank geworden und gestorben war. Niemand wußte, was ihr gefehlt hatte. Mrs. Hunsberger hatte sich des kleinen Adams angenommen, bis dessen Vater in der darauffolgenden Woche heimgekehrt war.

»Als er erfuhr, daß seine Frau gestorben war – du meine Güte, das war ein grausamer Schlag für ihn«, berichtete Mrs. Hunsberger mit Tränen in den Augen. Sie wischte sie sich anmutig mit einem weißen Taschentuch weg. »Eine ganze Zeitlang war er wie betäubt. Er wollte sich nicht mehr um die Farm kümmern, haßte seine Pferde. Schließlich begann er in einer Taverne zu arbeiten, in der auch Übernachtungsgäste aufgenommen wurden.«

»Das war, als er beschloß, einen Gasthof zu übernehmen«, sagte Maxine unschuldig, während sie einen Faden abschnitt.

Mrs. Hunsberger warf ihr einen strengen Blick zu.

»Das wollte ich gerade erzählen, Mrs. Gibson«, sagte sie in scharfem Ton.

»Oh, ich bitte vielmals um Verzeihung«, sagte Maxine und errötete schuldbewußt.

Sarah unterdrückte ein Lachen. Die Frau konnte nicht zum Schweigen gebracht werden. Aber andererseits erzählte sie so interessante Dinge, zumindest für sie, Sarah. Maxine fand das Ganze vermutlich überaus trocken und langweilig.

»Na, jedenfalls fiel dem alten Adam auf, daß die Leute, selbst die besseren, ziemlich rauh behandelt wurden, auf Bänken und auf dem Boden schlafen mußten. Und das Essen! Ganz schrecklich, nichts als Bohnen und Schweinefleisch und muffliges Roggenbrot. Er eröffnete also selbst einen Gasthof in einem kleinen Haus, und der ging so gut, daß Adam bald anfing, das hier zu bauen, und er taufte es ›Goldene Gans‹, weil er fand, es lege ihm goldene Eier. Manchmal konnte er gar nicht alle Gäste aufnehmen, alle Zimmer waren voll. Dann kam er zu mir und fragte, ob ich nicht eine nette Dame und ihren Ehemann wenigstens für eine Nacht aufnehmen könnte. Natürlich tat ich das immer, wenn ich nicht gerade selbst Besuch hatte.«

Zum Zeitpunkt, als Mrs. Hunsberger bei Adams diversen Weinsorten angelangt war, tauchte Joel zum drittenmal auf. Er warf einen Blick auf Sarahs müde Augen und beendete den Besuch in höflicher, aber energischer Form.

»Es geht Sarah nicht sehr gut. Ich weiß, sie genießt Ihren Besuch, sie müssen auch wiederkommen, Mrs. Hunsberger. Wenn ich Sie noch schnell in die Küche führen darf, Sie wollen sicher gern Justinas Kräutergläser sehen.«

Und innerhalb von drei Minuten hatte er sie hinausbugsiert.

»Ich sollte auch nach Hause gehen«, sagte Maxine und faltete ihre Näharbeit zusammen. »Ich bin wirklich nur dageblieben, damit sie Sie nicht zu Tode redet, Sarah. Ist sie nicht ein Unikum? Passen Sie bloß auf, damit sie nicht auch Sie in die Mangel nimmt. Sie ist die schlimmste Klatschbase der Welt.«

»Das, was sie erzählt hat – hat mich interessiert«, erklärte Sarah leicht geschwächt.

Ihr Kopf pochte unangenehm, und sie rieb sich die Stirn. Joel kehrte zurück, als Maxine sich eben zum Gehen anschickte.

»Genau das wollte ich gerade vorschlagen«, sagte er grimmig. »Das entspricht nicht meiner Vorstellung von Ausruhen, Sarah.«

»Sie sind – alle sehr freundlich – Joel«, sagte sie matt. Aber sie war froh, daß er Maxine zur Tür begleitete und sie hinter ihr schloß. Er ließ sich im Wohnzimmer mit einem Buch nieder. Sarah döste ein.

Sie schlief über eine Stunde lang. Dann brachte Justina ihr das Mittagessen, gekochtes Rindfleisch – sehr zart –, Kartoffeln mit Butter, Salz und Pfeffer und frischen Salat.

Zum Dessert gab es Mrs. Hunsbergers Creme, die in der Tat vorzüglich war.

Sarah legte sich im Bett zurück und seufzte. »Ich werde entsetzlich dick werden«, sagte sie unbeschwert.

»Man will Sie hier gut füttern, damit Sie dableiben«, erklärte Joel rundheraus. Justina warf ihm einen Seitenblick zu und lächelte.

»Sie wird bleiben, das seh' ich in 'n Karten«, sagte sie munter. »Ich hab' gestern abend die Karten gelegt. Es wird noch schlimmen Ärger geben, aber Miss Sarah wird dableiben, und es wird ihr gutgehen. Und ich hab' noch was gesehen«, fügte sie kichernd hinzu. »Aber das erzähl' ich jetzt nich'.«

Joel sah Sarah mit hochgezogenen Brauen an, und sie schüttelte den Kopf. Ob sie hier blieb oder nicht, das würde nicht von Justinas Karten abhängen, und auch nicht von den guten Mahlzeiten. Sie wollte darüber nachdenken und eine vernünftige Entscheidung treffen.

Kaum war Justina mit dem Tablett wieder verschwunden, als Hugo Forrester eintraf. Joel öffnete ihm die Tür und warf einen Blick auf das Paar, das bei ihm war.

»Sie hat den ganzen Morgen über Besuch gehabt«, sagte Joel, und seine Lippen wurden schmal, als er sich fragend nach Sarah umwandte.

»Wir werden nicht lange bleiben«, sagte der fremde Herr freundlich. »Ich möchte mich nur Miss Overmiller vorstellen und sie ein bißchen über die finanziellen Angelegenheiten ihres Großvaters ins Licht setzen.«

Joel zuckte resigniert die Schultern, und Hugo Forrester führte die beiden anderen ins Schlafzimmer.

»Sarah, das hier sind Mr. und Mrs. George Crawford. Ihm gehört die Bank«, sagte Hugo. »Ich dachte, Sie sollten sie so bald wie möglich kennenlernen. Möglicherweise wird das Ihre Entscheidungen beeinflussen.«

Er sah sie bedeutungsvoll an.

Der Bankier und seine Frau waren rundlich, in den Vierzigern, umgänglich, aber ein bißchen aufgeblasen, wie Sarah fand.

Mrs. Crawford war nur das Echo ihres Mannes, der im wesentlichen redete. Er ließ sich auf einem Stuhl nieder, wobei er einen Blick leichten Neides auf den Schaukelstuhl warf, in dem seine Frau saß, und begann dann.

»Ihr Großvater war recht wohlhabend, Miss Overmiller. Ich habe Bankunterlagen mitgebracht und werde versuchen, Ihnen alles zu erklären.«

Die Summen, die sich auf den Konten befanden, waren unerwartet hoch.

»Nun ja, und es gibt da wahrscheinlich noch ausstehende Rechnungen«, bemerkte Mr. Crawford. »Haben Sie schon in seinem Schreibtisch nachgesehen? Nein? Das sollten Sie tun, sobald Sie sich besser fühlen. Aber in jedem Fall habe ich den Eindruck, daß Ihr Großvater Sie recht gut bedacht hat, Miss Sarah. Ganz abgesehen natürlich von dem Gold.«

Alle im Zimmer erstarrten, als er da so beiläufig diesen Punkt erwähnte.

»Wissen Sie etwas über das Gold, Mr. Crawford?« erkundigte sich Sarah betont gelassen, aber von innerer Spannung erfüllt.

»Er sprach darüber, vor – Moment mal – ungefähr zwei Jahren. Ich legte ihm dringend nahe, es in die Bank zu bringen. Ich hätte es zu einer großen Bank in der Stadt schaffen lassen oder auch hier unter Verschluß halten können. Er war damit nicht einverstanden. Wir stritten uns deswegen«, fügte er lächelnd hinzu. »Aber das war schließlich nicht das erstemal! Wir unterhielten uns dann noch mehrere Male über den Fall, und es gelang uns, einander jedesmal in die Haare zu geraten. Er pflegte kränkende Bemerkungen über die mangelnde Sicherheit von Banken von sich zu geben. Dann kam er schließlich eines Tages zu mir und erklärte, das Gold sei nun gut aufgehoben, niemand könne es finden. Er schien sehr zufrieden mit sich selbst zu sein. Ich hoffe nun inständig, daß Sie dahinterkommen werden, was er damit gemacht hat.«

»Das bedeutet – das Gold existiert wirklich, es ist kein

leeres Gerücht«, sagte Hugo Forrester und sah sowohl erregt, als auch besorgt drein. Er blickte zu Sarah hinab. »Sie müssen es wirklich finden, Miss Sarah, und in die Bank schaffen, bevor jemand anderer es sieht.«

Sie empfand beträchtliche Ungeduld. Jedermann schien zu erwarten, daß sie die Augen schloß und darüber nachdachte, wo ihr Großvater es versteckt hatte, als ob das das einfachste der Welt sei. Sie hatte niemals mit ihrem Großvater geredet, sie wußte nicht, welcher Art seine Gedankengänge waren, was für Pläne er entworfen haben mochte. Wie konnte man von ihr erwarten, daß sie das Gold so leicht finden würde?

Die Crawfords blieben ungefähr eine halbe Stunde und verließen Sarah dann zusammen mit Hugo Forrester. Maxine traf, bald nachdem sie gegangen waren, wieder mit ihrer Näharbeit ein. Sarahs Kopf schmerzte, aber sie wollte Maxine nicht kränken und sie wegschicken.

Die junge Frau plauderte unentwegt über alles mögliche, über die Stadt, über die Vergangenheit.

»Es ist so nett, ein weibliches Wesen meines eigenen Alters hierzuhaben, Sarah«, sagte sie schließlich impulsiv, und ihre veilchenblauen Augen glänzten. »Und wir haben uns doch sofort gut verstanden, oder nicht?«

Sarah lächelte sie an.

»Ja. Ich habe nie – nie eine wirklich gute Freundin gehabt«, gestand sie schüchtern. »Als ich jung war, mußte ich Haushälterin für meinen Vater und meinen Bruder spielen. Dann kam der Krieg – und ich arbeitete als Schwester. Zum Vergnügen war da keine Zeit.«

»Nein. Dieser Krieg – er hat so vieles zerstört.«

Maxine seufzte und wischte hastig die Tränen weg, die an ihren golden schimmernden Wimpern hingen. Aber die Erinnerung schien eine deprimierende Wirkung auf sie zu haben. Bald darauf faltete sie den Stoff zusammen und ging, wobei sie erklärte, sie wolle Sarah jetzt schlafen lassen.

Joel kehrte zurück und ließ sich mit einigen Büchern im Wohnzimmer nieder. Sarah vermutete, daß es sich um

Geschäftsbücher handelte, denn er schien in sie hineinzuschreiben und Berechnungen anzustellen. Er blickte kaum je in Sarahs Richtung, aber sie wußte, daß er sich ihrer Anwesenheit ebenso intensiv bewußt war, wie sie selbst der seinen.

Irgendeine innere Verbindung schien zwischen ihnen beiden zu bestehen – etwas wie wortlos vermittelte Botschaften. Manchmal glaubte sie zu wissen, was er dachte, auch wenn er sich in keiner Weise äußerte. Und er seinerseits schien zu wissen, wenn sie irritiert war, Schmerzen hatte oder schlafen wollte.

Es war seltsam, nie zuvor hatte sie das bei jemand anderem erlebt. Zuerst hatte sie Joel gar nicht für einen ernsthaften Menschen gehalten, ihn als eher frivol empfunden. Er lachte leicht, neckte die Leute gern und hatte Vergnügen an Späßen. Aber unter dieser Oberfläche, das hatte sie herausgefunden, war er ein ausgesprochen entschlossener Mann, voller Stärke, jemand, auf den sich eine Frau stützen konnte.

Sie dachte noch über ihn nach, als er plötzlich aufsah. Ihre Blicke begegneten sich, und sie empfand es wie einen Schock. Der Atem stockte ihr, sie hätte gern die Augen geschlossen, konnte es jedoch nicht. Sie sahen einander an, intensiv, prüfend.

»Schlafen Sie jetzt, Sarah«, sagte er schließlich und lächelte seltsam.

Es war ein zärtliches Lächeln – oder freundlich – oder eine Spur spöttisch – sie war sich da nicht schlüssig.

Langsam schloß sie die Augen. Aber sie spürte, daß er sie fortgesetzt betrachtete. Sie öffnete die Augen wieder – und so war es auch. Seine dunkelgrauen Augen hatten einen eindringlichen und düsteren Ausdruck – nicht zornig, aber seltsam. So, als ob er tief nachdächte. So, als ob ihn etwas belastete, etwas, was ihm zuvor noch nicht eingefallen war.

»Joel«, sagte sie, »Sie sollten heute nacht wirklich einmal schlafen.«

»Ja – hier in diesem Schaukelstuhl.«

»Heute nacht nicht«, sagte sie energisch. »Mir wird hier nichts zustoßen. Joel, es ist mir ernst!«

»Mir auch«, sagte er. »Und ich bin stärker als Sie. Und ich weiß, wie ich mich selbst schützen kann.«

Sie wußte nicht recht, was sie darauf erwidern sollte. Sie schloß die Augen und fragte sich rebellisch, auf welche Weise sie ihn wohl zum Weggehen bewegen konnte. Aber erneut überkam sie der Schlaf. Als sie aufwachte, war es bereits dunkel. Sie hatte keine Ahnung, welche Tages- oder Nachtzeit war, aber Joel saß nach wie vor im vorderen Zimmer vor der Lampe mit dem rosaroten Schirm und las angelegentlich in einem Buch.

Als sich Sarah bewegte, stand er auf und trat an die Tür. »Sind Sie wach? Wie steht's mit Abendessen?«

»Ich bin hungrig«, sagte sie, gähnte und streckte dabei die Arme. Dann wurde ihr bewußt, daß er sie ansah, sie errötete und zog die Arme wieder unter die Bettdecke.

»Ja, Sie sind wirklich sehr hübsch«, bemerkte er. »Werden Sie nicht eitel.«

Er grinste und ging hinaus.

Sie blieb mit gerötetem Gesicht liegen. Wie hatte sie sich nur so schnell an ihn gewöhnen können? Sie hatte sich im Bett bewegt und gestreckt als ob – als ob er gar nicht dagewesen wäre ... Nein, als ob er dagewesen wäre und auch hierher gehört hätte.

Als ob sie beide miteinander verheiratet wären. Als ob Joel ihr Mann sei und ein Recht hätte, hier zu sein. Und mehr noch, dachte sie, während ihr unter der Bettdecke äußerst warm wurde. Sie hatte sich gestreckt, sich bewegt, die Bettdecke war heruntergerutscht und sie hatte gewollt, daß er sie sehen sollte ...

Als ob sie verheiratet wären. Als ob sie ihn liebte, wollte, daß er sie sehen sollte, daß er wußte, wie hübsch sie war – und daß er sie begehren sollte – vielleicht ...

»Sarah Overmiller, hör sofort damit auf!« befahl sie sich, aber es nützte nichts.

Joel hatte ihre Gedanken erraten, das war das Schlimmste!

Wie hatte er das wissen können, wenn es noch nicht einmal ihr selbst bewußt gewesen war?

»Hör doch auf!«

Aber sie konnte nicht aufhören, daran zu denken. Sie wußte jetzt, daß sie Joel Walden liebte. Sie liebte ihn unmittelbar und leidenschaftlich, sie verlangte nach ihm so sehr es einer Frau nur möglich war.

Sie fand, sie sei verrückt, aber sie war so glücklich, daß ihr das völlig gleichgültig war. Sie streckte die Arme erneut aus, nun nachdem er nicht mehr da war.

Sie liebte Joel Walden. Er war so stark und so zärtlich, er sah sie an, er sagte, sie gehöre zu ihm – und nun wollte sie das glauben.

Sie *wollte* ihm gehören.

Sie wollte ihm vertrauen, ihn fragen, was sie tun sollte. Sie wollte zu ihm gehen, sich von ihm in die Arme nehmen und sich von ihm küssen lassen, wie immer er es wünschte. Bei dem Gedanken schloß sie die Augen, spürte in der Erinnerung seine harten Arme, seine leidenschaftlichen Lippen, seinen gegen den ihren gepreßten Körper.

Ach, sie war einfach verrückt. Verrückt, leichtsinnig und verliebt. Sie liebte Joel.

Und – mit einem kleinen, erschreckten Ruck kehrte sie auf die Erde zurück. Und jemand wollte sie umbringen. Jemand haßte sie so sehr, daß sie getötet werden sollte.

Warum nur hatte sie die Liebe in einem solchen Augenblick entdeckt? Sie seufzte, schauderte dann und zog die Bettdecke wieder über sich. Sie *durfte* nicht leichtsinnig sein, ermahnte sie sich streng. Sie war nicht in Sicherheit, sie konnte sich nicht irgendwelchen Träumen hingeben und sorglos werden.

Jemand wollte sie umbringen! Sie mußte herausfinden, wer das war – bevor sie sich leisten konnte, einen Mann zu lieben.

10

Joel verbrachte die Nacht erneut in Sarahs Zimmer, saß im Schaukelstuhl, halbwach und zugleich innerlich stets auf dem Sprung, Sarah konnte ihn nicht überreden, wegzugehen. Er war unverrückbar wie ein Fels.

Schließlich gab sie nach und schlief ein, nachdem sie vor sich selbst zugegeben hatte, daß sie über seine Anwesenheit froh war. Aber so konnte es nicht weitergehen, beschloß sie.

Am nächsten Morgen, als Justina hereinkam, erklärte sie ihr: »Ich werde heute aufstehen. Mir geht es gut.«

Dies sagte sie mit solcher Festigkeit, daß Justina sich sofort fügte.

Sie half Sarah beim Baden und Anziehen. Danach gingen beide in die Küche hinab.

Joel stand mit finsterem Gesicht auf, als Sarah in ihrem hellblauen Wollkleid hereinkam.

»Sie sind noch nicht gesund genug, um aufzustehen!«

»Doch«, sagte sie und ließ sich hastig auf einem Stuhl nieder. Dann, so dachte sie, konnte er sie nicht so leicht aus der Küche entfernen. »Und hungrig bin ich auch.«

»In 'n paar Minuten ist Ihr Frühstück fertig, Honiglämmchen«, sagte Justina äußerst vergnügt und machte sich vor sich hinsummend an die Arbeit.

Sarah hatte keinen Versuch unternommen, ihr Haar zu flechten. Allein die langen, goldbraunen Locken zu bürsten, hatte sie mehr angestrengt als sie zugeben mochte. Sie strömten nun, hinten von einem blauen Band zusammengehalten, fast bis zur Taille hinab.

Joel trat hinter sie und legte die Hände sachte auf ihren Kopf.

»Halten Sie still.«

Sie zuckte eine Spur zusammen, als er vorsichtig die Wunde an ihrem Hinterkopf berührte.

»Es heilt allmählich zu. Ich werde noch ein bißchen Salbe daraufstreichen.«

Hinterher brachte Justina das Frühstück, und Sarah aß hungrig, ihr Appetit nahm beim Anblick der frisch gebratenen Schinkenspeckstreifen, der Spiegeleier, der heißen Biskuits mit der schmelzenden Butter und dem tropfenden Honig darauf noch zu.

»Na, es geht Ihnen tatsächlich besser«, sagte Joel, während er selbst kräftig zulangte. »Das ist Ihr viertes Biskuit.«

Sie lachte verschmitzt. »Hören Sie auf, meine Biskuits zu zählen«, befahl sie. »Sonst zähle ich Ihre auch.«

Justina kicherte.

»Ja, Miss Sarah geht's schon viel besser.«

Billy Dexter kam durch die Hintertür herein und zögerte, als er Sarah sah.

»Oh – guten Morgen, Miss Sarah.« Er grinste breit. »Dann geht's Ihnen also besser. Das ist gut.«

Er trat an den Tisch und setzte sich. Justina brachte ihm einen großen Teller mit Schinkenspeck und Eiern, und er fiel mit gewaltigem Appetit darüber her. Sarah betrachtete ihn nachdenklich, während sie bei ihrer dritten Tasse Tee saß.

Sie war am Morgen früh aufgewacht und ihre Gedanken hatten nur darauf gewartet, daß sie sich sie vornehmen und von allen Seiten beleuchten konnte. Sie hatte sehr viel über ihren Großvater gehört und war nun bereit, alle Einzelteile und Bruchstücke zusammenzusetzen. Er war ein starker Mann gewesen, eigensinnig, mutig, ein Mann, der viele Freunde und viele Feinde gehabt und sich für seine Überzeugungen engagiert eingesetzt hatte.

Er kannte sich mit Pferden aus, er hatte sich für Rennen interessiert. Er war also ein Mann, der mit Pferden umgehen konnte, mit ihnen gearbeitet und teilweise Geld mit ihnen verdient hatte. Und doch war er in einer Kutsche gefahren, das Pferd hatte gescheut, der Wagen war in einen Graben gestürzt und der alte Adam hatte sich das Genick gebrochen.

Merkwürdig. Sehr merkwürdig. Sarah hatte im Bett gegrübelt und die Stückchen des Puzzles sorgfältig zusammengesetzt.

Er war wirklich ein Mann von ausgeprägten Überzeugungen gewesen. Er hatte daran geglaubt, daß die Sklaven frei sein müßten, und er hatte sie aus dem Süden herausgeschmuggelt, ihnen geholfen, nach Kanada zu gelangen. Er hatte sie in seinem eigenen Gasthof versteckt, andere Leute dafür bezahlt, daß sie die Schwarzen auf ihren Farmen vor Häschern verbargen. Sein Leben lang hatte er gegen Sklaverei und Sklavenhalter angekämpft. Als Sklaven entdeckt und in Ketten in den Süden zurückgebracht wurden, war sein Zorn unmäßig und verheerend gewesen. Wahrscheinlich hatte er sich in seiner Wut seinen Gegnern gegenüber äußerst scharfzüngig geäußert. Mit Sicherheit war er nicht der Typ gewesen, der jemand, der ihn derartig behandelt hatte, leicht verzieh. Und umgekehrt würden ihm auch seine Feinde nicht so leicht vergeben haben. Jemand war so von Haß erfüllt gewesen, daß er Roscoe umgebracht hatte.

Roscoe. Dieser kleine, stille Schwarze mit dem wolligen weißen Haar, der sie, Sarah, in jener ersten Nacht so düster angestarrt hatte.

Und Roscoe hatte mit ihr, der Enkelin des alten Adam gesprochen. Voller Furcht, aber gesprochen hatte er.

Was hatte er noch gesagt? Sie war zu dem Zeitpunkt so erschöpft gewesen, so begierig, schlafen zu können.

Er hatte so etwas wie ›Das Pferd hat nicht gescheut – es scheut nie!‹ Welches Pferd? ›Es scheut nie‹ – neulich hatte das keinerlei Bedeutung für sie gehabt. Sie hatte geglaubt, ihr Großvater sei an irgendeiner Krankheit gestorben.

Später hatte sie dann erfahren, daß er bei einem Unfall umgekommen war. Bei einem Unfall mit einer Pferdekutsche.

›Das Pferd hat nie gescheut‹ – handelte es sich um das Pferd, das vor den Wagen des alten Adams gespannt worden war, als er wegfuhr, um nie wieder lebend heimzukehren?

»Billy«, sagte Sarah, und als alle sie anstarrten, wurde ihr bewußt, daß sie sehr lange geschwiegen hatte, »sie kennen sich doch in den Ställen meines Großvaters aus, oder nicht?«

»Ja, Ma'am. Er ließ mich immer meine Pferde und die Postkutsche dort unterstellen.«

Billy wischte sich mit der großen, braunen Hand über den Mund und sah sie fragend an.

»Das ist gut. Ich hoffe, Sie werden das weiterhin so halten, ob – ob ich nun dableibe oder nicht. Wissen Sie, ich habe mich noch immer nicht entschieden.«

Sarah wußte nicht recht, warum sie den letzten Satz hinzugefügt hatte. Vielleicht aus Trotz gegenüber Joel, der in seinen Stuhl zurückgelehnt dasaß und sie unverhohlen betrachtete.

Justinas Gesicht verdunkelte sich, und sie wandte sich wieder dem Herd zu.

»Ja, Ma'am«, sagte Billy Dexter. »Aber ich hoffe wirklich, daß Sie hierbleiben.«

»Ich überlege immer noch. Trotzdem, die Ställe – das ist etwas, das ich mir noch nicht angesehen habe. Ob Sie mich wohl heute vormittag dorthin begleiten und mir alles zeigen würden?«

Kurzes Schweigen folgte. Joel starrte sie nach wie vor an. Zeke, in der Ecke drüben, sah von seiner Arbeit auf.

»Na ja – hm – Ma'am«, antwortete Billy langsam und nahm einen großen Schluck heißen Kaffees. »Äh, das tue ich natürlich gerne. Aber Sie müssen wissen, daß es dort drüben mächtig naß und schmutzig ist. Zeke hat alles gekehrt, aber trotzdem ist es schmutzig draußen.«

»Das stört mich nicht. Ich möchte mir gern heute vormittag die Ställe ansehen«, erklärte sie energisch.

»Ja, Ma'am.« Dann fügte er hinzu: »Suchen Sie noch immer nach dem Gold des alten Adam?«

Er grinste dabei, sah sie jedoch mit merkwürdig fragendem Blick an.

»Natürlich«, antwortete sie und fügte mit einigem Sarkasmus hinzu: »Ich muß es ja finden, jeder erwartet doch, daß ich es mir nichts, dir nichts aus dem Hut zaubere.«

»Ich schätze, Sie finden's schon. Sie denken genau so wie der alte Adam, also werden Sie's finden«, sagte Billy Dexter, aber seine Stimme klang so, als sei er innerlich mit anderen Gedanken beschäftigt.

Joel stand auf.

»Wenn Sie heute vormittag mit Billy Dexter zusammen sind, Sarah, ist alles in Ordnung. Ich werde ins Büro hinübergehen und arbeiten. Aber Sie halten sich hier nirgendwo allein auf – versprochen?«

Er sah sie besorgt an.

»Ich verspreche es«, antwortete sie gehorsam. »Vielleicht wird Billy mich hierher zurückbegleiten und Justina übergeben«, fügte sie mit einer Spur von Trotz hinzu. »Dann kann mir keiner zu nahe kommen.«

Joel sah keineswegs belustigt drein, sondern runzelte die Stirn.

»Keine abenteuerlichen Unternehmungen mehr, sonst werde ich wütend.«

Sie schauderte.

»Nein, ich habe keine Lust auf Abenteuer mehr«, sagte sie. »Keine Sorge, Joel, ich gehe nirgendwo allein hin.«

Billy Dexter trank seinen letzten Schluck Kaffee und stand auf.

»Ich glaube, Sie werden feste Schuhe oder Stiefel brauchen, Ma'am.«

»Ich werde hinaufgehen und mich umziehen«, sagte Sarah. Joel folgte ihr die Treppe hinauf und wartete in ihrem hübschen Wohnzimmer, während sie schwerere Schuhe anzog und sich in ihren dicken grünen Umhang hüllte.

»Seien Sie vorsichtig, Sarah«, sagte er, während er auf sie hinabblickte. Er strich mit einer Hand sachte über eine Locke ihres goldbraunen Haars, das ihr über den Rücken hinabfloß. »Versprechen Sie mir das?«

»Ich verspreche es, Joel«, antwortete sie, sah ihm flüchtig ins Gesicht und wandte den Blick wieder ab.

Er betrachtete sie so zärtlich und besorgt, daß sie am liebsten die Hand ausgestreckt und seine Wange berührt hätte. Irgendwann demnächst, dachte sie, würde sie sich nicht mehr zurückhalten können, sie *würde* die Hand ausstrecken und ihn berühren – und was dann?

Würde er sie erneut in die Arme nehmen, sie küssen wie zuvor, so besitzergreifend und hart? Ein kleiner Schauder lief ihr über das Rückgrat, und sie zog den Umhang enger um sich.

Joel folgte ihr die enge, gewundene Treppe hinab in die Küche. Die Tür zu Roscoes früherem Zimmer war geschlossen. Wieder mußte sie an den alten Mann denken, an all das Blut, das unter ihm hervor in den Teppich gesickert war. Warum hatte er sterben müssen? Weil er ihr von dem Pferd erzählt hatte, das niemals scheute?

Joel begleitete sie und Dexter ein Stück weit die Straße hinab. Der Schmutz lag hoch und klebte an den Schuhen, Sarah fiel das gehen schwer. Der Himmel war dunkelgrau, im Westen jagten unheilvoll aussehende Wolken über ihn hin.

»Weiß Gott, man sollte denken, wir hätten genügend Regen gehabt«, sagte Billy. »Ich weiß wirklich nicht, wie wir auf diese Weise aus Paintsvilles hinauskommen sollen. Ich erinnere mich nicht, daß es jemals so lang und stark geregnet hat.«

»Doch, es war ein paarmal so, als ich noch ein Junge war«, erwiderte Joel leicht zerstreut. »Ich erinnere mich, daß es einige Male vom Schulanfang im Oktober bis Weihnachten so gut wie durchgeregnet hat. Die Brücken waren immer unpassierbar, und der alte Adam wurde fuchsteufelswild, weil keiner der Männer einen Finger rührte, um sie in Ordnung zu bringen, bis er ihnen lang genug die Hölle heiß gemacht hatte.«

»Fuchsteufelswild« – wo wurde Adam in seinem Zorn häufig charakterisiert. Hatte er sich auf diese Weise vielleicht viele Feinde gemacht?

Joel verließ die beiden vor dem Eisenwarenladen und sah ihnen nach, als sie im dicken Schlamm der Hauptstraße den Ställen zustrebten. Billy Dexter nahm ungeschickt Sarahs Arm und half ihr, da sie immer wieder steckenzubleiben drohte.

»Das wird Sie Ihre hübschen Schuhe kosten«, sagte er besorgt.

»Ach, das sind ganz alte, ich habe sie früher immer getragen als –«, sie hielt abrupt inne.

Seit einer Woche hatte sie nicht mehr an den Krieg gedacht, an die herzzerreißenden Rundgänge über die Schlachtfelder. Sie hatte keine Alpträume mehr von blutverschmierten Operationsräumen, von stöhnenden und vor Schmerz schreienden Männern gehabt. Ihre Erschöpfung aus den langen, bedrückenden Jahren der Verwundetenpflege, dem Schmerz über den Verlust von Vater und Bruder war verflogen.

Sie fühlte sich wieder lebendig, vital und glücklich, trotz allem, was ihr zugestoßen war. Warum? fragte sie sich und dachte dann an Leonard. War es das? Ihr Herz war plötzlich voller Leichtigkeit, trotz des düsteren Himmels, des dicken Schmutzes auf der Straße, ihrer Sorgen ob der Situation hier in Paintsvilles. Und trotz ihrer Befürchtungen, ermordet zu werden.

Sie betraten die dunklen Stallungen. Nur das Stampfen der Pferdehufe war zu hören, als Billy eintrat und beruhigend auf die Tiere einredete.

»Ja, mein Alter, ja, Sir, ich weiß schon, wie du dich fühlst, so eingesperrt hier«, sagte Billy, während er den Kopf eines hübschen dunkelgrauen Pferdes streichelte. Das Tier schubste mit dem Maul gegen Billys Hut und prustete gegen seinen Hals.

»Das ist nun seit drei Jahren mein Leitpferd, Ma'am«, sagte er. »Es heißt Prince.«

Sarah streckte zaghaft die Hand aus und wagte es, dem Pferd über die weichen Nüstern zu streichen. Es stampfte, wieherte und sah ihnen sehnsuchtsvoll nach, als die beiden weitergingen. Es war ein riesiger Stall, verfügte über rund zwei Dutzend Boxen. Billy erklärte, das Ganze sei so groß, weil die Pferde der Leute, die im Gasthof wohnten, die von Adam und zudem die Postpferde da untergebracht werden mußten. Jemand tauchte aus dem dunklen Hintergrund des Stallgebäudes auf, ein älterer Schwarzer, der eine Schüttellähmung hatte und Sarah merkwürdig ansah.

Er habe seit Jahren für den alten Adam gearbeitet, erklärte Billy. Der Mann beobachtete, wie sie sich die Pferde betrachteten und anschließend die beiden Wagen und die Postkutsche im hinteren Teil des Raums. Es ist hier überall sehr dunkel, dachte Sarah, während sie ein leichtes, warnendes Prickeln im Nacken empfand. Oben im Heuschober konnte sich leicht ein Mann verbergen, ohne jemals entdeckt zu werden, während sie emporblickte.

»Ich glaube nicht, daß der alte Adam sein Gold dort oben versteckt hat«, sagte Billy, der ihrem Blick gefolgt war. »Die Schober werden regelmäßig geleert. Die Pferde brauchen gehörig Heu.«

»Das habe ich auch nicht angenommen«, erwiderte Sarah, die nicht an das Gold gedacht hatte. Sie kehrte zu den Kutschen zurück. »Welche davon hat mein Großvater gefahren?«

»Beide«, sagte Billy. »Sie haben ihm beide gehört.«

Der alte Stallknecht trat näher an sie heran.

»In dem da ist er zu Tode gekommen«, sagte er leise und wies auf den Wagen, der Sarah am nächsten stand. »Sehen Sie die Scharte da, da ist er aufgeschlagen. Die Räder sind weggebrochen. Sie mußten repariert werden.«

Alle drei starrten schweigend auf den Wagen. Schließlich fragte Sarah den Stallknecht:

»Wie ist es passiert? Waren Sie in der Nähe?«

»Nein, o nein, Ma'am, ich war nicht dabei«, sagte der Mann hastig und ängstlich. »Ich arbeite ja nur hier, mach' den Stall sauber und kümmere mich um die Pferde. Ich füttere sie und geb' ihnen Wasser.«

»Und wie ist es geschehen?« wiederholte Sarah.

Der alte Mann sah sich hilflos um und sagte dann schließlich leise:

»Na ja, der alte Adam hat das Pferd angespannt und ist in dem Wagen hier weggefahren. Er fuhr zum Stadtrand, weil er irgendwas dort zu tun hatte, und das Pferd scheute, und er kippte mit dem Wagen um und fiel in den Straßengraben...«

Das Pferd scheute.

»War er nicht draußen auf dem Land?« fragte Sarah in scharfem Ton.

»O nein, Ma'am, er war nur am Stadtrand. Das Pferd scheute – und dann rein in den Graben.«

»Welches Pferd hatte er eingespannt?« fragte Sarah.

Billy Dexter hörte aufmerksam zu, seine Stirn war vor lauter Konzentration gerunzelt. Nun drehte er sich mit den beiden anderen um und ging zu einer nahegelegenen Box, wo ein großes, braunes Pferd stand, dessen Kopf über die Holzwand herausragte. Es beobachtete sie mit großen, braunen Augen – sehr geduldig, fand Sarah.

»Das ist es, Ma'am«, sagte der Stallknecht. »Keiner ist seither mehr mit ihm gefahren. Es stampft schon die ganze Zeit.«

Billy Dexter betrachtete das Tier, streckte die Hand aus und streichelte vorsichtig die weiche, braune Nase. Das Pferd schien vor Überraschung leicht zu schaudern, wich eine Spur zurück und schob sich dann erneut an die freundliche Hand heran.

»Es hat ihn seither auch keiner mehr angerührt«, sagte der Stallknecht.

»Er wirkt eigentlich ganz fromm«, sagte Billy. »Warum er wohl gescheut hat?«

Der Stallknecht sah ihn an, wandte den Blick ab und scharrte leicht mit dem Fuß. Dann griff er nach einer Heugabel.

»Ich muß weiterarbeiten«, murmelte er. »'Tschuldigung, Ma'am«

Eilfertig wanderte er den Mittelgang des Stalls entlang und begann sich irgendeiner Beschäftigung zuzuwenden.

Sarah sah schweigend zu, wie Billy Dexter das Pferd tätschelte und leise auf es einredete, wie er seine Mähne und seine Seiten untersuchte.

»Er sieht eigentlich ganz gut aus. Auch nicht nervös, wenn man bedenkt, wie lang er nicht draußen gewesen ist«, sagte er schließlich. »Warum er wohl gescheut hat?«

»Das frage ich mich auch«, pflichtete Sarah leise bei. »Billy – ich möchte Ihnen etwas erzählen.«

Er drehte sich zu ihr um. Ihm war zu trauen, dachte Sarah. Er war ebenso vertrauenswürdig wie seine großen, stämmigen Pferde.

»Roscoe sagte damals in der ersten Nacht im Gasthof etwas zu mir«, fuhr sie leise fort. »Sie wissen, er war zuerst draußen auf dem Flur. Joel rief ihn zu mir herein, und dort war er für kurze Zeit mit mir allein. Er sagte – Billy, ich schwöre Ihnen, genau das sagte er, und obwohl ich müde und erschöpft war und nichts begriff«, sie machte eine Pause und sah ihn an, »er sagte etwas über ›das Pferd, das niemals gescheut hat‹. Ich glaube, er hat – das hier gemeint, Billy.«

Dexter starrte eine Weile zu ihr hinab. Dann drehte er sich um und betrachte das Pferd noch einmal ausgiebig. Beide schwiegen, beide grübelten. Schließlich tätschelte Billy das Pferd zum Abschied noch einmal.

»Ich werde Sie zum Gasthof zurückbringen, Ma'am«, sagte er. »Ich glaube, das ist besser.«

Er griff mit seiner kräftigen Hand nach ihrem Arm, geleitete sie aus dem Stall hinaus und anschließend zurück zum Gasthof. Es regnete inzwischen wieder stärker.

Als die beiden durch die Hintertür in die Küche traten, begrüßte Justina sie erleichtert.

»Gott erbarme sich unser, Kind, Sie sind aber lange weggeblieben! Sie haben mir wirklich eine Todesangst eingejagt! Und schauen Sie sich Ihre Schuhe an, und den Saum von Ihrem Kleid! Kommen Sie gleich mit rauf, damit Sie sich umziehen können.«

Sarah ließ sich schelten und sich von ihr verhätscheln. Justina zog ihr die Schuhe aus und gab sie Zeke, damit dieser sie putzte. Dann begleitete sie Sarah in ihre Zimmer hinauf.

Das Mädchen zog ein graues Wollkleid an, band das Haar hinten mit einem roten Band zusammen und steckte sich die Kameebrosche ihrer Mutter an den Ausschnitt. Vielleicht kam Joel zum Lunch, dachte sie und wurde dann rot. Es hatte sie tatsächlich nachhaltig erwischt, entschied sie mit einiger Resignation. Alles, woran sie denken konnte, war Joel, Joel, Joel.

Sie kehrte zusammen mit Justina in die Küche zurück, streckte die Füße bequem in Richtung des Feuers aus und versuchte nachzudenken. Das Pferd hatte einen solch sanften Eindruck gemacht. Vielleicht war es durch irgend etwas auf der Straße erschreckt worden? Jedes Pferd konnte scheuen, wenn – wenn ein Fetzen Papier vom Wind aufgewirbelt wurde, oder ein Ast dicht neben ihm herunterfiel...

Sie blieb tief in Gedanken versunken sitzen, und Justina, mit ihrer Kocherei beschäftigt, warf ihr gelegentlich einen besorgten Blick zu. Sarahs Kopf pochte nach wie vor ein bißchen, schmerzte jedoch nicht mehr so wie am Tag zuvor. Es *mußte* eine Antwort auf ihre Fragen geben, aber sie schien sie nicht zu finden.

Schließlich strich sie sich mit der Hand übers Haar und seufzte.

»Sie sitzen grad so wie der alte Adam im Stuhl und denken nach«, bemerkte Justina. »Sie sind überhaupt genauso wie er. Ich wundere mich schon die ganze Zeit drüber.«

Sarah sah zu ihr auf und lächelte. Sie wollte eben antworten, als die Tür lautstark aufflog. Sarah fuhr in die Höhe, Justina ließ mit gewaltigem Geklirr einen Kessel fallen.

Zeke kam vorsichtig rückwärts herein. Er hielt etwas – eine Tür? – in beiden Händen, und darauf lag ein Mann, dessen Arm schlaff über den Rand der provisorischen Trage herabhing.

»Oh – nein. Nein!«

Einen Augenblick lang war Sarah wieder in der Welt des Krieges, sah, wie ein Mann in den Operationsraum gebracht wurde, mit blutigem Kopf, schlaffem Körper. Sie legte die Hand vors Gesicht und zwang sich dann, sie wieder zu senken.

Joel trug das andere Ende des Bretts, das die beiden nun vorsichtig auf die breite Bank legten.

»Heißes Wasser, Justina. Verbandzeug, Salbe«, sagte er kurz.

Sarah zwang sich, den reglos daliegenden Mann auf der Trage anzusehen. Es war Billy Dexter, er war bewußtlos, sein Arm war offensichtlich gebrochen, seine Stirn blutverschmiert.

»Was – ist passiert?« fragte sie tonlos.

»Er fuhr mit dem Wagen und dem Pferd weg, genau wie Ihr Großvater damals«, sagte Zeke kurz. »Das Pferd scheute. Er fiel in den Graben, genau wie der alte Adam...«

»Meine – Schuld«, flüsterte Sarah. Zeke sah sie fragend an.

Joel wollte sie wegschieben, hielt dann jedoch inne.

»Warten Sie, Sie können ja helfen. Verstehen Sie was von gebrochenen Knochen?«

Sie nickte und zwang sich, ihre persönlichen Probleme einstweilen beiseitezuschieben. Ihr und Joel gelang es, den gebrochenen Arm einzurichten, ihn zu bandagieren und am Körper des Bewußtlosen festzubinden. Justina wusch ihm inzwischen das Gesicht, wobei verschiedene Schnitte und klaffende Wunden sichtbar wurden.

Sarah untersuchte sie.

»Sie sind nicht sehr tief, aber schlimm genug, Joel«, sagte sie. »Er muß hinausgeschleudert worden sein.«

»Ja. Ein Glück, daß es ihn nicht das Leben gekostet hat. Das Pferd war wahrscheinlich zu unruhig.«

Joel runzelte die Stirn.

Damit war diese Frage also beantwortet. Das Pferd scheute *doch*, dachte Sarah bedrückt. Billy Dexter mußte sofort zum Stall zurückgekehrt sein, das Pferd angespannt haben und weggefahren sein, um dahinter zu kommen. Es war eine harte Methode, um eine Theorie zu beweisen. Sie konnte nun die Idee, ihr Großvater sei möglicherweise ermordet worden, beiseite schieben. Es hatte sich um einen Unfall gehandelt. Das Pferd *hatte* gescheut, es war einfach nicht zuverlässig.

Während Sarah Salbe auf die Verletzungen strich, kam Billy Dexter wieder zu sich. Er blinzelte zu ihr empor, während sie arbeitete, und zuckte dabei nicht einmal zusammen.

»Es tut mir so leid, Billy«, flüsterte sie einmal.

Er sah sie lediglich an.

»Ich erzähle es Ihnen später«, murmelte er.

Joel und Zeke trugen ihn in ein Zimmer hinauf und legten ihn dort in ein Bett. Sarah, von leidenschaftlicher Reue erfüllt, erbot sich an, ihn zu pflegen. Sie legte mehrere Decken über ihn für den Fall eines Schocks, und ließ sich in einem Sessel neben seinem Bett nieder.

Joel und Zeke verschwanden für eine Weile und Billy Dexter winkte Sarah mühsam zu, sich zu ihm vorzubeugen. Er sah sie mit vor Schmerzen gerunzelter Stirn an.

»Hören Sie, Miss Sarah«, keuchte er, »Sie müssen vorsichtig sein, verdammt vorsichtig. Dieses Pferd – es scheut nicht. Jemand – hat was gemacht – man muß nachsehen – das Pferd hatte etwas im Geschirr – ging durch – es hatte Angst. Hören Sie – haben Sie verstanden? Das war damals kein Unfall.«

Sie starrte zu Tode erschrocken auf ihn hinab.

»O Billy«, flüsterte sie. »Kein – Unfall?«

»Ich kenne – Pferde«, sagte er mühsam und schloß die Augen. »Dieses Pferd – das ist lammfromm. Möglicherweise hat es aus – irgendeinem Grund gescheut – aber das glaube ich nicht. Es muß irgendwo was im Geschirr gehabt haben. Es – würde mich nicht überraschen – wenn der alte Adam auch...«

Er seufzte und schien tiefer unter die Bettdecke zu kriechen. Justina hatte ihm etwas gegen die Schmerzen eingegeben, das ihn schläfrig machte.

Sarah zog die Bettdecke unter seinem Kinn hoch und betrachtete ihn sachlich. Billy Dexter war kein Mann mit lebhafter Einbildungskraft. Er war nüchtern, stabil, ein Realist. Wenn er sagte, mit dem Pferdegeschirr sei etwas nicht in Ordnung gewesen, daß man das Tier mit einem Trick dazu bewogen hatte, einen Unfall zu inszenieren, dann war es ihm damit ernst, und es stimmte auch.

Es war kein Unfall gewesen.

Und vielleicht war der Unfall des alten Adam ebenfalls kein wirklicher Unfall gewesen.

Sie wartete, bis Billy Dexter tief eingeschlafen war. Sie grübelte unausgesetzt vor sich hin, so intensiv, daß ihr Kopf wieder zu schmerzen begann. Und sie fürchtete sich. Jemand mußte sich im Stall versteckt gehalten und ihre Unterhaltung belauscht haben.

»Sarah?«

Die flüsternde Stimme ließ sie aus ihrem Sessel hochfahren. Erleichtert sah sie Joel an der Türschwelle stehen.

Sie ging zu ihm hin, und er zog sie sachte auf den Korridor hinaus.

»Schläft er?« fragte er leise. »Gut. Sollten Sie sich jetzt nicht ein bißchen ausruhen? Ich komme zurück und bleibe eine Weile bei ihm sitzen.«

»Nein, ich kann schon bleiben.«

Aber sein Wille war stärker. Er führte sie zurück in ihre Zimmer, sah zu, wie sie die Tür aufschloß. Innen sah sie ihn an. Sie hatte viel über ihn nachgedacht und auch daran, wie sehr sie ihn liebte. Nun stand sie vor ihm, errötete und schwieg wie ein Schulmädchen.

»Wo haben Sie Krankenpflege gelernt?« fragte er. »Ich weiß, daß Sie im Lazarett gearbeitet haben, aber ich hatte gedacht, Sie hätten da lediglich Kissen aufgeschüttelt oder sowas.«

Sie brachte ein Lächeln zustande.

»Nein – ich war wirklich Krankenschwester«, erwiderte sie. Dann, als die Erinnerungen zurückkehrten, runzelte sie ein bißchen die Stirn. »Vier Jahre lang«, fügte sie zerstreut hinzu. Vier alptraumhafte Jahre.

Er griff nach ihrem Ellbogen und führte sie zu einem bequemen Sessel.

»Sprechen Sie darüber, Sarah«, sagte er freundlich. »Sie haben es zu lange für sich behalten. Heraus damit.«

Er ließ sich ihr gegenüber nieder, die Tür war zu und verschlossen. Sie fühlte sich entspannt und sicher, lehnte sich zurück und begann zu reden. Zuerst zögernd, mit wenigen hingeworfenen Worten, dann brach es aus ihr heraus. Sie erzählte ihm von den Kriegsjahren, so, wie sie sie erlebt hatte.

Zuerst war sie ins Lazarett gegangen, weil der Freund ihres Bruders dort verwundet gelegen hatte. Dann war sie geblieben, weil sie gebraucht wurde. Zuerst hatte sie tatsächlich neben den Betten gesessen, hatte ›die Kissen aufgeschüttelt‹, wie sie mit leicht verkrampftem Lächeln sagte. Dann hatte sie begonnen, beim Verbandwechseln zu helfen, vor allem bei den Patienten, die Brandwunden hatten.

»Sie waren so geduldig, so tapfer, sie versuchten nicht zu schreien.« Sie schauderte eine Spur bei der Erinnerung. »Sie wollten mich nicht erschrecken. Aber manchmal konnten sie nicht anders, die Schmerzen waren zu groß.«

Joel hörte zu, ermunterte sie weiterzusprechen. Ihr war klar, daß er sie verstand, denn auch er hatte solche Schmerzen, den Tod seiner Freunde und Kameraden erlebt.

»Später dann – es herrschte ein solcher Mangel an Krankenschwestern – baten sie mich, in der Chirurgie zu helfen. Ich dachte, ich könnte das nicht aushalten. Aber sie brauchten mich – und ich tat es doch und versuchte zu helfen. Aber, o Joel – diese Qualen, die sie ausstanden – und so wenig Möglichkeiten, die Schmerzen zu lindern – es war furchtbar.« Sie schloß die Augen und unterdrückte ihre Tränen.

Aber das Erzählen war hilfreich, merkte sie. Die Spannung ließ nach, sie konnte schließlich aufhören zu reden, den Kopf gegen die weiche Rücklehne des Sessels legen.

Als sie die Augen öffnete, sah sie sein Gesicht, das so ernsthaft und bedrückt dreinsah, und ihr wurde klar, daß auch ihn die Erinnerungen wieder überwältigt hatten.

»O Joel – es tut mir leid – für Sie war das doch so viel schlimmer. Sie waren – dort draußen – auf den Schlachtfeldern.«

Er sah sie an und lächelte.

»Es war dasselbe, wir haben beide gekämpft«, sagte er sanft. »Schon sehr bald schien nichts mehr von irgendeiner Bedeutung zu sein, nur am Leben wollte man bleiben. Aber ich dachte, irgendwann werden andere Dinge wieder von Bedeutung sein, also versuchte ich am Leben zu bleiben.«

»Ja. Ja, so habe ich auch empfunden.«

Sie streckte ihm impulsiv die Hand hin, und er umklammerte sie.

Schließlich stand er auf, um zu gehen, wobei er noch immer ihre Hand festhielt. Er zog Sarah mit sich hoch und demnach wie er sie ansah, wußte sie, daß er sie küssen würde. Sie war wie gelähmt, wollte sich ihm nicht entziehen, wußte, daß er sie umarmen würde und wollte ihn nicht daran hindern.

Er zog sie eng an sich, drückte sie gegen seinen harten Körper, seine eine Hand lag auf ihrem Rücken, seine andere schob sich unter ihre langen Locken zu ihrem Hals empor. Durch halbgeschlossene Augen sah sie, wie sich sein Mund ihren Lippen näherte und sie dann in Besitz nahm.

Sein Mund war zärtlich, aber zugleich auch voller Kraft. Sie hatte das Gefühl, daß sie, so wie er sie an sich gepreßt hielt, mit seinem Körper förmlich verschmolz. Sie konnte nicht atmen. Sie wollte auch gar nicht atmen. Sie wollte so an ihn gepreßt stehen bleiben, ihn spüren, ihn erkennen, auf die gegen ihren Mund gedrückten Lippen reagieren, sie bewegen, so wie er die seinen bewegte, und ob dieses Genusses halb ohnmächtig werden.

Er bog sie nach hinten und hielt sie mit solcher Wildheit fest, daß ihr immer heißer wurde. Ihre Lippen trennten sich, preßten sich wieder aufeinander, sie keuchte und wandte den Kopf ab, um nach Luft zu schnappen. Sein Mund glitt über ihr Kinn hinab bis zu ihrer Kehle, mit den Lippen tastete er ihre zarte Haut ab.

Sie waren allein in diesem abgeschlossenen Zimmer. Allein. Und er küßte sie und hielt sie an sich gepreßt, als wollte er...

Sie stemmte die Arme gegen seine Brust und protestierte. »Nein – Joel – nein, Joel – bitte!«

Er hörte sie schließlich, richtete sich auf und starrte benommen auf sie hinab. Ob ihr Gesicht ebenso glühte wie das seine?

Seine Lippen bewegten sich, aber es kamen keine Worte. Er ließ sie endlich frei, seine Hände zögerten, als er sie über ihren Körper gleiten ließ. Er ging zur Tür, schloß sie auf und trat hinaus in den Korridor. Dann drehte er sich um und lächelte sie eine Spur betreten an.

»Tut mir leid, Sarah. Ich vergaß ganz, daß wir nicht verheiratet sind – noch nicht«, murmelte er, und seine Augen funkelten. »Nun schließen Sie die Tür hinter mir zu. Und vergessen Sie nicht, sie zu verriegeln.«

Sie blickte zu ihm hinüber und konnte an nichts und niemand anderen denken als an ihn. Sein Lächeln, das Funkeln in seinen Augen, das, was er gesagt hatte...

Sie schloß die Tür und verriegelte sie. Unwillkürlich lächelte auch sie. Er war so – so unverschämt, und doch so – so bezaubernd.

Dann realisierte sie plötzlich etwas. Hinter Joel, weit unten im Korridor, hatte sich etwas bewegt. Über seine Schulter weg hatte sie etwas sich bewegen sehen. Ein kurzer, heller Schimmer, vielleicht etwas Weißes.

Jemand war im Korridor draußen gewesen, hatte gelauscht, sie beobachtet, sie wieder ausspioniert...

11

Sarah wollte nicht in ihrem Zimmer bleiben. Sie war rastlos, verwirrt, zu viele Gedanken drängten sich in ihrem Gehirn. Erregt über das Zwischenspiel mit Joel, von kalter Furcht darüber erfüllt, daß jemand im dunklen Korridor gewesen war, gelauscht, sie beobachtet hatte.

Sie ging in die Küche hinunter. Es schien der einzig sichere, warme erhellte Raum im Gasthof zu sein. Justina bügelte Bettlaken und summte dabei vor sich hin. Sie lächelte Sarah zu.

»Geht's Mr. Billy jetzt gut?« fragte sie.

»Ja, er schläft.«

Sarah ging in der Küche umher, betrachtete das Regal mit den Gewürzen, berührte den Stapel noch warmer Bettwäsche.

»Wenn der Regen nachläßt, wird's hier viele Gäste geben«, bemerkte Justina. »Miss Maxine arbeitet wieder an'n Stühlen, Pearl hat ihr'n ganzen Vormittag dabei geholfen.«

Das erinnerte Sarah daran, daß sie Maxine heute noch gar nicht zu Gesicht bekommen hatte.

»Ich werde mal nach ihr sehen. Wo ist sie denn?«

Justina sah Zeke an, der an seiner Werkbank saß und Zaumzeug flickte. »Im vordern Salon, Miss Sarah«, antwortete er. »Pearl hilft ihr.«

»Ich werde zu ihr gehen.«

Sarah ging auf die Tür zu.

Justina nickte Zeke zu, der prompt aufstand und ihr folgte. Sarah wollte eben protestieren, als ihr die Gestalt im Korridor einfiel, die sich dort bewegt hatte. Also ließ sie sich von ihm begleiten.

Als sie in den vorderen Teil des Gasthofs kamen, hörte Sarah Stimmen. Sie wollte zum Salon gehen und zögerte dann. Ein Mann sprach, es war die kultivierte Stimme eines Gentlemans. Hugo Forrester. Sarah drehte sich unschlüssig um.

»Sehen Sie, Miss Maxine«, sagte Hugo, »als ich in den Westen ging, hatte meine Familie zwar Einwände, aber sie hat mich jedenfalls nicht abgeschrieben. Ich könnte jederzeit zurückkehren, wenn ich wollte. Andererseits gefällt es mir hier, meine Kanzlei hat sehr schnell angefangen zu florieren...«

Hm, dachte Sarah einigermaßen überrascht. Das klang ja fast nach einem Mann, der auf einen Heiratsantrag zusteuerte. Sie wäre nicht auf den Gedanken gekommen, daß er Maxine verehrte. Aber schließlich war sie eine sehr attraktive Frau mit ihrem schönen, blonden Haar, den großen, veilchenblauen Augen, der hübschen Figur und ihrer kapriziösen Art. Und für den düsteren Leonard war sie entschieden zu temperamentvoll und anmutig. Vielleicht paßte Hugo besser zu ihr.

Zeke beobachtete Sarah aufmerksam und wollte offenbar wissen, was sie vorhatte. Sie zögerte noch immer und sah sich um. Mit der Inventur des Porzellans hatte sie gerade erst begonnen.

Sie ging zum Empfangspult hinüber und nahm das Bestandsbuch heraus.

»Ich glaube, ich werde das Porzellan durchzählen, Zeke. Miss Maxine ist im Augenblick beschäftigt«, sagte sie.

»Ja, Ma'am.«

Er folgte ihr voller Hilfsbereitschaft. Sie wandte sich als erstes dem Schrank mit ihrem Lieblingsporzellan zu, dem mit den blauen Zweigchen darauf. Sie zählte die Tassen und freute sich, daß sie in gutem Zustand waren.

Zeke half ihr dabei, die schweren Platten und Schüsseln herauszuheben. Sie untersuchte alles genau.

Es war an diesem Nachmittag hell genug, um in dem Zimmer neben dem Empfangspult vorne ohne Licht arbeiten zu können. Sarah konnte jetzt erkennen, wie freundlich der Gasthof war mit seinen geräumigen Salons, den bequemen Stühlen, Sofas und Tischen.

Sie konnte sich vorstellen, wie es hier an betriebsamen Tagen zuging, wie die Gäste hin- und hergingen, wie die Bediensteten umhereilten, um die Zimmer in Ordnung zu bringen. Sie überlegte sich, wie es wäre, wenn sie den Gasthof übernähme. Sie und Joel konnten das leicht schaffen. Joel konnte gut mit Menschen umgehen. Er könnte...

Sie hielt abrupt in ihren Gedanken inne, und ihr wurde heiß. Sie setzte zu viel voraus, genau wie Joel auch! Schließlich hatte er sie keineswegs gebeten, ihn zu heiraten. Er hatte sich bereit erklärt, den Gasthof zu kaufen, und nicht, ihr bei der Leitung behilflich zu sein.

Trotzdem – es wäre schön, dachte sie. Zu zweit war das leicht zu bewältigen. Sie konnte die Bediensteten anleiten, für Essen, Bettwäsche und alle erforderlichen Lieferungen sorgen. Joel konnte sich um die Gäste kümmern, im richtigen Ton mit ihnen umgehen, die Kasse übernehmen, mit eventuellen Betrunkenen fertig werden, den Wein bestellen und...

Ach, du lieber Himmel, dachte sie, während sie einen Stapel Geschirr zum dritten Mal zählte. Zeke würde sie gleich für schwachsinnig halten.

Sie wandte sich einem anderen Schrank zu und machte sich dort an die Arbeit. Hugos Stimme drang zu ihr heraus, gelegentlich wurde er von Maxine auf charmante Weise ermuntert weiterzusprechen.

»Also kam ich in den Westen, um hier meine Kanzlei zu eröffnen. Wie gesagt, sie läuft gut – halte ich den Stoff straff genug, Miss Maxine?«

»Noch ein bißchen straffer, Hugo, bitte. So ist es gut. Pearl, näh' das zusammen!«

»Natürlich habe ich kein Riesenvermögen, und werde wahrscheinlich nie eines erwerben. Aber immerhin hat ein Anwalt ein ständiges Einkommen, und seiner Frau würde nichts abgehen.«

»Und man wird respektiert«, pflichtete Maxine artig bei. »Ihre Frau würde in jeder Gesellschaft angesehen sein, davon bin ich überzeugt.«

Sarah lächelte eine Spur schuldbewußt, weil ihr klar wurde, daß sie lauschte. Aber es war zu interessant, um sich zurückzuziehen, zudem mußte sie dieses elfenbeinfarbene Porzellan mit Goldrand tatsächlich durchzählen.

Hugo redete unentwegt weiter. Nie hatte sie ihn so viel über sich selbst sprechen hören. Sarah fragte sich, ob er wirklich im Begriff war, Maxine einen Heiratsantrag zu machen. Aber natürlich konnte er das vor Pearl nicht tun.

»Ich habe mehrere laufende Verfahren in Cincinnati. Danach habe ich bis Weihnachten frei. Ich dachte, ich könnte vielleicht hierher nach Paintsvilles zurückkommen und mich ausruhen. Es ist anstrengend, so viel zu reisen. Man möchte schließlich ein Heim haben, nicht wahr? Und es gibt kein echtes Heim ohne eine erfreuliche Ehefrau darin, finden Sie nicht auch?«

Sarah hob die Brauen. Ihrer Ansicht nach ging er ein bißchen weit.

»Oh doch, durchaus«, sagte Maxine so leise, daß Sarah sie kaum verstehen konnte. »Ich bin völlig Ihrer Ansicht. Und Sie können sich so schön ausdrücken, Hugo. Kein Wunder, daß Sie ein ausgezeichneter Anwalt sind.«

»Danke. Sie sind sehr freundlich. Wissen Sie, es ist ziemlich ungewöhnlich – verzeihen Sie, damit will ich Sie nicht beleidigen –, daß eine schöne Frau sich so schnell mit einer anderen Frau wie Miss Sarah anfreundet. Oft, das muß ich feststellen, entsteht da eher eine Art Eifersucht. Ich finde es wunderbar, wenn zwei Frauen so gut miteinander stehen.«

»Oh, ich freue mich so sehr, daß wir Freundinnen sind«, sagte Maxine. »Ich wollte, sie wäre schon vor Jahren gekommen! In meinem ganzen Leben habe ich noch niemand getroffen, den ich auf Anhieb so gern hatte. Und natürlich ist sie dem alten Adam so ähnlich, der unser liebster Freund war.«

»Ja, ich glaube, sie gleicht Adam sehr – sie ist zuverlässig, stark, energisch und intelligent«, bemerkte Hugo.

Sarah wurde rot und entfernte sich vom Schrank, ohne mit Geschirrzählen fertig zu sein. Es war zwar hübsch, derartige Komplimente über sich selbst zu hören, zugleich aber auch ein bißchen peinlich.

Sarah zählte Gläser in einem anderen Schrank, bis sie glaubte, es sich leisten zu können, zu dem elfenbeinfarbenen Porzellan zurückzukehren. Zeke folgte ihr geduldig, nahm alles Gewünschte heraus, hielt ihr das Bestandsbuch und tauchte die Feder ins Tintenfaß. Sie fragte sich, ob er wohl begriffen hatte, wobei es sich bei der belauschten Unterhaltung handelte, oder ob das jenseits seines Horizonts lag.

Zu Sarahs Überraschung verbreitete sich Hugo jetzt über einen Fall, den er übernommen hatte. Es sah ihm gar nicht ähnlich, damit zu protzen, dachte sie. Offensichtlich war ihm sehr daran gelegen, Maxine zu beeindrucken.

»Sehen Sie, es war alles so schwierig, weil wir keine Zeugen auftreiben konnten, die gegen den Mann aussagten. Er war überall beliebt und niemand konnte glauben, daß er ein solches Verbrechen begangen hatte. Ich blieb mehrere Wochen lang in der Stadt, nur um jemand ausfindig zu machen, der irgend jemand, irgend etwas gesehen hatte.«

»Sie haben viel Geduld«, murmelte Maxine.

Sarah schüttelte den Kopf, nahm sich den dritten Schrank vor, und danach kehrten Zeke und sie in die Küche zurück. Justina hatte Tee und Biskuits vorbereitet und stellte nun eine dampfende Tasse für Sarah auf den Tisch vor dem Kamin.

»Wie gemütlich das ist«, seufzte Sarah, machte es sich bequem und griff nach einem heißen Biskuit, das sie verschwenderisch erst mit Butter, dann mit goldenem Honig bestrich. »Sie verwöhnen mich, wirklich!«

»Ja, Ma'am, das will ich auch«, erwiderte Justina und kicherte. »Mr. Joel hat recht. Wir alle wollen, daß sie hier glücklich sind, damit Sie für immer bleiben.«

Gleich darauf hörte Sarah schnelle, leichte Schritte im Flur draußen, und Maxine kam herein. Sarah blickte auf und starrte sie an.

Maxine strahlte, ihre Wangen waren rosig, ihre Augen

funkelten. Nie war sie so schön gewesen. Ihre schlanke Gestalt schien vor Lebendigkeit zu vibrieren. Sie lächelte Sarah zu, auf ihrem Gesicht lag ein solch unverhohlen glücklicher Ausdruck, daß Sarah sich spontan für sie freute.

»Oh – Tee«, sagte Maxine, als ob jemand ihr Nektar und Ambrosia angeboten hätte. »Oh – Biskuits und Honig!«

»Setzen Sie sich, Miss Maxine«, sagte Justina und begann herumzuwerkeln. »Sie müssen von all Ihrer Arbeit hungrig sein.«

»Das bin ich auch«, antwortete Maxine wie benommen. Sie ließ sich Sarah gegenüber nieder. »Pearl hat mir geholfen – und Hugo.« Ihre Stimme wurde weicher. »Hugo ist in den Stall hinübergegangen, um nach einem Pferd zu sehen. Was ist mit Billy Dexter passiert?« fügte sie hinzu.

»Er hat ein Pferd und einen Wagen probeweise gefahren und ist übel verunglückt«, sagte Sarah.

Das war die Version, auf die sie sich geeinigt hatten.

»Oh, wie schrecklich. Wir haben eben erst davon gehört.« Maxines Wangen glühten. »Hugo sagte – er sagte, er wolle nachsehen, was da geschehen sei. Meine Güte, er ist ein so zuverlässiger Mensch, nicht wahr? Und so intelligent.«

»Ja, das stimmt. Und sehr gutherzig«, pflichtete Sarah bei. »Als ich hierher nach Paintsville fuhr, hätte er nicht hilfsbereiter sein können. Und das mir, einer völlig Fremden gegenüber. Ich kann mir gut vorstellen, wie er als Ehemann sein würde. Sicher würde er seine Frau wie eine Königin behandeln.«

Ihr Blick war eisern auf das Biskuit gerichtet, das sie gerade mit Butter bestrich.

»Oh, ja, sicher.« Maxine seufzte und ließ ihr eigenes Biskuit auf dem Teller liegen. Ihre Augen waren verträumt. »Und er ist auch so attraktiv. Solch einen Mann findet man nicht oft... Aber natürlich war mein Tim der bestaussehende Mann, den man sich vorstellen konnte.«

»Er war 'n schöner Mann«, bestätigte Justina, die Maxine eine Kanne frischen Tee brachte. »'n sehr schöner Mann Und 'n guter Mann. Er würd' wünschen, daß Sie glücklich werden, Miss Maxine. So war er.«

Maxines Gesicht verzog sich, und vorübergehend dachte Sarah, sie würde in Tränen ausbrechen. Aber sie nahm sich zusammen und holte tief Luft.

»Ja, er würde wollen, daß ich glücklich bin«, sagte sie. »Tim war so. Er dachte mehr an andere Menschen als an sich selbst. Er war sehr gütig – so wie Hugo«, fügte sie nachdenklich hinzu und biß in ihr Biskuit.

»Mr. Hugo kommt heute zum Abendessen, Miss Sarah«, sagte Justina. »Ich dachte, ich könnte Steaks machen, und Maiskolben und Brotpudding.«

»Was Sie wollen, Justina. Sie wissen am besten, was die Männer gern essen. Joel kommt auch«, fügte sie hinzu und versuchte nicht zu erröten.

Sie konnte nicht anders, sie mußte sich einfach vorstellen, wie hübsch das sein würde – irgendwann in der Zukunft – wenn Maxine und Hugo vielleicht verheiratet wären und zum Abendessen zu ihr und Joel kommen würden –, zu Sarah und Joel Walden. Wie gut das klang! Sarah und Joel Walden. Verheiratet mit Joel. Joel würde sie behandeln wie – wie eine Frau, eine Frau aus Fleisch und Blut... Sarah versuchte derart zügellose Gedanken zu unterdrücken.

»Ja, Ma'am. Ich werd' Maiskolben kochen und Brotpudding mit Rosinen und grüne Bohnen.«

Justina kehrte vergnügt zu ihrer Lieblingsbeschäftigung zurück – Mahlzeiten zu planen und zuzubereiten.

»Ich glaube, ich werde heimgehen und mich umziehen«, erklärte Maxine eine Spur zerstreut und blickte an ihrem lavendelblauen Baumwollkleid hinab.

»Oh, das ist doch sehr hübsch, Maxine«, sagte Sarah belustigt.

»Aber ich habe es schon den ganzen Tag über an.«

Maxine sprang auf, verabschiedete sich und verschwand durch die Hintertür in den Regen hinaus, so als bemerkte sie ihn gar nicht.

Innerhalb einer Stunde kehrte sie in einem hellblauen Seidenkleid zurück, das ihren rosigen Teint und die veilchenblauen Augen hervorhob. Ihr blondes Haar war zurückgebürstet und hinten mit einem blauen Band zusammengebunden, genau wie das Sarahs. Sie lief zu Sarahs Zimmer hinauf, klopfte und wurde eingelassen.

Maxine sah strahlend schön aus und Sarah sagte ihr das auch. »Hugo wird Sie nicht aus den Augen lassen, Maxine.«

Die junge Frau errötete heftig.

»Oh Sarah – ist das so offensichtlich? Meinen Sie, er hat mich gern?« Sie tanzte im Zimmer umher, ihre Röcke umflatterten sie. »Oh, ich bin so glücklich. Ist er nicht ein wundervoller Mann? Glauben Sie wirklich, daß er mich mag?«

»Ich glaube, daß er Sie sehr gern mag«, sagte Sarah eingedenk der Unterhaltung, die sie belauscht hatte. »Und er ist wirklich ausgesprochen intelligent. Wahrscheinlich hat er eine blendende Zukunft vor sich. Anwälte sind hier sehr gesucht. Ein paar von ihnen gehen sogar in die Politik«, fügte sie hinzu.

»Politik!« Maxine blieb mitten im Zimmer stehen, ihre Augen glänzten. »Politik! O Sarah – stellen sie sich das vor! Frau eines Kongreßabgeordneten! Oder eines Gouverneurs! Lieber Himmel, diese vielen Gesellschaften! Leute um mich herum – oh, und Kleider und Schmuck!«

Sarah begann zu lachen. »Sachte, sachte, Maxine! Noch ist er nicht gewählt.«

»Ich wette, er würde sofort gewählt werden. Die Leute mögen ihn schon jetzt. Und sie werden ihm vertrauen. Ach, stellen Sie sich das doch vor!«

Maxine warf sich in einen Sessel, nicht ohne auf ihr blaues Seidenkleid zu achten.

Sarah lächelte liebevoll auf sie hinab. Ihr gefiel die ganze Idee. Der mürrische Leonard soll bleiben, wo der Pfeffer wächst, dachte sie. Für die hübsche, temperamentvolle Maxine war er wirklich nicht gut genug.

Sie bürstete sich das lange, goldbraune Haar und dachte an Joel. Das würde keine solch spektakuläre Heirat geben. Sie erwartete nicht, daß Joel für den Kongreß kandidieren würde. Aber er würde beliebt und angesehen sein. Und sie konnten den Gasthof zu einem Ort machen, an dem sich jeder gern aufhielt. Ihre eigenen Wangen begannen zu glühen, als sie an ihre rosarote Zukunft dachte – falls Joel sie liebte. Sofern er sich nicht nur über sie lustig machte oder ein Spiel mit ihr trieb. Wenn Joel sie wirklich liebte...

Maxine sprach atemlos weiter.

»Ich habe wirklich schrecklich lange um Tim getrauert, Sarah. Ich wollte nicht einmal mit Leonard ausgehen, das kann Ihnen jeder bestätigen. Dad bestand darauf, daß ich mir ein bißchen Vergnügen gönne. Aber ich vermißte Tim, mein Tim fehlte mir schrecklich. Ich habe über zwei Jahre lang um ihn getrauert.«

»Das weiß ich, meine Liebe«, sagte Sarah sanft.

Maxine schien sie weder zu sehen noch zu hören. Ihre Augen waren halb geschlossen, sie betrachtete die spitzen ihrer blauen Schuhe.

»Tim würde sich wünschen, daß ich glücklich bin«, murmelte sie. »Es ist nicht so, als ob ich mich da in etwas hineinstürze. Und natürlich hat Hugo mir noch keinen Antrag gemacht. Ich finde, er ist ein großartiger Gentleman – Sie nicht, Sarah?«

»Ganz großartig.«

Sarah knotete ihr Haar mit dem blauen Band im Nacken zusammen. Sie befestigte ihre Kameebrosche und fragte sich, ob Joel sie wohl hübsch finden würde, vor allem neben Maxines strahlender Schönheit. Ob sie nicht doch das neue, rosafarbene Seidenkleid hätte anziehen sollen? Aber nein, das mußte für eine spezielle Gelegenheit aufgehoben werden.

Zudem war Joel nicht der Typ, der einem Kleid sonderlich viel Aufmerksamkeit schenkte, dachte sie. Er kannte Maxine schon sein ganzes Leben lang und hatte sich nie um sie beworben. Sobald er sie, Sarah, kennengelernt hatte, hatte er sich ihr zugewandt. Eigentlich hatte er sich die gesamte Woche über um sie bemüht, dachte sie, und begegnete fast schüchtern dem Blick ihrer eigenen blauen Augen im Spiegel. Nur eine Woche – und sie liebte ihn bereits! Aber was empfand Joel in Wirklichkeit für sie? Hatte er sie nur aus einem Impuls heraus geküßt? Oder bedeutete es, daß er sie liebte?

»Und wir werden nicht in Paintsville leben müssen«, fügte Maxine unvermittelt hinzu. »Wir könnten irgendwo anders wohnen. Vielleicht in Columbus oder in Cincinnati. Er reist so viel, er möchte ein Heim haben, aber es muß ja nicht hier sein! Wir könnten in irgendeine herrliche Stadt ziehen und ein phantastisches gesellschaftliches Leben führen! Das würde alle Sorgen und Mühen aufwiegen, die...«

»Natürlich«, sagte Sarah nüchtern.

Sie empfand einen kleinen Stich bei dem Gedanken, daß Maxine die Stadt verlassen wollte. Sie hatte davon geträumt, daß die beiden Paare Freunde werden, einander besuchen und beistehen würden. Aber Maxine zog es offensichtlich an belebtere Orte.

»Ich hatte Tim gebeten, mit mir nach Cincinnati zu ziehen, aber er wollte Dad nicht verlassen«, sagte Maxine träumerisch. »Natürlich – da ist ja auch der Laden. Und Dad will ihn mir vermachen. Trotzdem, ich könnte jemand finden, der ihn für mich betreibt – mein Gott, all diese Pläne.« Sie lachte hellauf. »Lieber Himmel, ich denke bereits daran, die Stadt hier zu verlassen und Hugo hat mir noch nicht einmal einen Antrag gemacht! Was bilde ich mir eigentlich ein? Sarah, bin ich verrückt?«

Sarah begann zu lachen.

»Ach, wir alle neigen dazu zu träumen. Aber wenn es dann zu den Plänen und ihrer Ausführung kommt, sieht alles anderes aus, oder nicht? Trotzdem, ich nehme an, daß für uns beide letzten Endes alles gut abläuft.«

»Ja, ganz sicher.« Maxine kniff leicht die Augen zusammen, so als blicke sie in eine ferne Zukunft. »Ich weiß, daß es so ist.«

Joel klopfte an die Tür.

»Sind die Ladies fertig zum Abendessen? Ich komme um vor Hunger.«

Sarah öffnete die Tür. Er blickte auf sie hinab und seine Augen lächelten sie an.

»Hallo«, sagte er, und sie dachte, dies sei das wichtigste, was sie seit Stunden gehört hatte.

12

Das Abendessen entwickelte sich zu einem ausgedehnten Mahl. Hugo Forrester kam und setzte sich Maxine gegenüber zur Rechten von Sarah. Joel ließ sich am Tischende nieder, nahe dem offenen Kamin. Leonard Ensley war aufgetaucht und prompt eingeladen worden, ebenso wie Clarence Gibson.

Es war sehr gemütlich in der riesigen, warmen Küche, wo das Kaminfeuer brannte, während draußen der Regen herabströmte. Trotzdem fühlte sich Sarah merkwürdig unbehaglich, ein Zustand, der sich während des Abendessens noch steigerte.

Clarence Gibson saß zu ihrer Linken. An sich hätte ihm der Ehrenplatz zu ihrer Rechten zugestanden, aber Hugo hatte sich dort bereits niedergelassen, als Clarence durch die Hintertür hereingekommen war. Sarah fragte sich, ob er wohl Leonard gefolgt war. Clarence hatte Maxine lange und scharf angesehen und dann einen Blick auf seinen Angestellten geworfen.

Was ging hier vor? fragte sich Sarah. Leonard wirkte zunehmend verdrossener, während Maxine den größten Teil ihrer Bemerkungen an Hugo richtete. Sie sah nach wie vor strahlend schön aus, ihre Wangen waren rosig, die veilchenblauen Augen glänzten, wenn sie Hugo ansah. Auf Clarence und Leonard achtete sie kaum.

Leonard seinerseits warf Maxine erst Seitenblicke zu, dann starrte er nur noch auf seinen Teller. Sein lockiges, braunes Haar und die dunklen Augen wirkten durch den schwarzen Anzug, den er trug, noch düsterer. Er sah genau aus wie das, was er war – ein Ladenangestellter, dachte Sarah und fragte sich, warum sie ihn nicht mochte. Vielleicht lag es an seinem mürrischen Verhalten, seinem Pessimismus – er war so ganz anders als Joel Walden.

Maxine erkundigte sich bei Forrester über seine juristische Tätigkeit und ausnahmsweise war der im allgemeinen eher zurückhaltende und höfliche Anwalt redselig und bestimmte die Unterhaltung. Er blickte fortgesetzt zu Maxine hinüber und wandte sich dann an Sarah, während er irgendwelche Erläuterungen abgab. Sarah nickte mechanisch und hörte kaum, was er sagte.

»Es gibt da noch mehrere laufende Verfahren«, sagte er, als sie ihm gerade wieder einmal zuhörte. »Einige von ihnen betreffen die Legalität von Landansprüchen. Wissen Sie, die Indianer haben hier in Ohio noch nicht alle Ansprüche auf das Land aufgegeben. Aber nach dem Vertrag von Greeneville...«

Ihre Gedanken begannen erneut zu wandern. Maxine starrte Hugo an, vergaß zu essen, wie gebannt hörte sie ihm mit glänzenden Augen zu. Leonards Blick war finster auf den Teller gerichtet. Clarence sah abwechselnd Hugo, Maxine und Leonard an und runzelte gedankenvoll die Stirn. Ob jemand von ihnen wirklich das aufnahm, was Hugo von sich gab? fragte sich Sarah. Es gab hier irgendwelche starke Unterströmungen, die sie nicht begriff. Ob es Joel anders ging? Er lauschte aufmerksam, seine grauen Augen waren zeitweise halb geschlossen, so als ob er mehr als nur Worte hörte.

Wenn er Maxine ansah, wirkte sein Blick besorgt und mitleidig. Er hatte Tim und Maxine sein Leben lang gekannt. Sarah hatte den Eindruck, daß er sich aus Leonard auch nicht viel machte. Hoffte er ebenfalls, daß Maxine einmal eine glückliche Ehe mit Hugo führen würde?

Nach dem Hauptgang räumte Justina die Teller weg, mit einem Seufzer der Befriedigung darüber, daß so viel gegessen worden war. Die kleine Pearl schnitt sorgfältig einen gelben Kuchen auf und löffelte Pflaumen in Sirup auf Teller.

»Miss Sarah, es geht Ihnen hier wirklich gut«, sagte Hugo Forrester, während er sich ihr zuwandte. Seine braunen Augen blinzelten ihr zu. »Ich gehe sicher nicht fehl in der Annahme, daß Justina bemüht ist, auf Sie einen guten Eindruck zu machen.«

Maxine lachte auf ihre hübsche Weise.

»Oh, das versuchen wir alle, Hugo!«

Sie sagte seinen Namen mit einem bestimmten, schüchtern wirkenden Nachdruck, der Leonard bewog, ihr wieder düster ins Gesicht zu sehen.

»Wir wünschen ja so, daß Sarah hierbleibt! Wirklich, in meinem ganzen Leben hatte ich einfach bisher keine Freundin wie sie.«

Clarence räusperte sich vorsichtig. »Jemand schätzt aber Sarah keineswegs so sehr, wenn man das aus den Anschlägen auf ihr Leben schließen darf.« Sein trockener, emotionsloser Ton ließ Sarah leicht schaudern.

»Oh, das muß irgendein Landstreicher sein«, sagte Maxine, während ein Schatten über ihr Gesicht flog. »Es muß irgendein – Verrückter sein, meinst du nicht auch, Leonard?«

»Klar. Muß ja so sein«, erwiderte Leonard finster. »Ich wollte, der Sheriff käme zurück und würde den Kerl erwischen. Er ist eine Bedrohung für uns alle.«

»Haben Sie irgendeine Spur zu dem Gold gefunden, Sarah?« erkundigte sich Clarence Gibson und griff nach einem Löffel, um sich den Pflaumen zuzuwenden.

»Noch nicht. Ich hatte wirklich keine Zeit dazu.«

Sarah empfand erneut Verärgerung darüber, daß alle Leute annahmen, sie würden den Schatz spielend leicht finden.

»Ich würde an Ihrer Stelle alles andere stehen und liegen lassen«, bemerkte Clarence. »Die Inventur hat Zeit.«

Sie fuhr sichtlich zusammen und sah zu Joel hinüber. Er erwiderte ihren Blick gelassen. Woher wußte Clarence, daß sie an diesem Nachmittag das Geschirr durchgezählt hatte? Wußten denn hier alle durch irgendeine stillschweigende Kommunikation, was sie trieb? Oder hatte Clarence Gibson sie unter ständiger Beobachtung? War er die Gestalt hinten im Korridor gewesen, die sie und Joel ausspioniert hatte?

»Irgendwann wird es schon auftauchen«, sagte sie

schließlich. »Inzwischen hat mich der Bankier besucht. Offensichtlich hat Großvater mehr als ausreichend Geld auf der Bank hinterlassen, um alle Rechnungen zu bezahlen. Eine Zeitlang brauche ich mir also der Unkosten wegen keine Sorgen zu machen. Und wenn der Regen nachläßt, werden wir auch wieder Gäste haben.«

»Ganz recht. Sobald der Regen aufhört und man die Brücken wieder benutzen kann«, mischte sich Justina eifrig ein. »Dann ist der Gasthof wieder lustig und voller Leute.«

»Ich dachte mir heute schon«, fuhr Sarah fort, entschlossen das Thema des Goldes zu wechseln, »daß der Gasthof sehr schön und aufregend sein muß, wenn er voller Gäste ist. Ich hoffe, ihn später einmal ebenso gut zu leiten wie Großvater. Aber das bedarf natürlich der Praxis.«

»Und Sie sollten einen Mann haben, der Ihnen beisteht«, sagte Hugo Forrester mit Nachdruck. »Haben Sie daran gedacht, jemand einzustellen?«

»Noch nicht«, antwortete Sarah und errötete wieder einmal.

Sie hatte gedacht, daß sie und Joel – wenn er sich ihr erklärte und sie beide heiraten würden – das Problem lösen würden.

Maxines Blick glitt schnell von Hugo zu Sarah und wieder zurück – nachdenklich.

»Sie müssen doch über den Gasthof gesprochen haben«, sagte sie. »Denken Sie wirklich daran, hierzubleiben, Sarah? Fühlen Sie sich der alleinigen Leitung des Gasthofs gewachsen? Was hat Ihnen Hugo geraten?«

»Oh, er hat mir geraten, dazubleiben. Es ist ein gutes Unternehmen«, erwiderte Sarah.

Aus irgendeinem Grund flog ein Schatten über Maxines Gesicht. Sie legte die Gabel hin und schob wie ein trotziges Kind den Kuchenteller zurück.

»Ach, Geschäft, immer Geschäft«, murmelte sie, als hätte sie das Ganze satt. »Ich wette, Sarah, Sie werden mit dem Gasthof so beschäftigt sein, daß Ihnen zum Vergnügen keinerlei Zeit mehr bleibt.«

»Ich hatte nie viel Zeit für Vergnügungen«, erwiderte

Sarah. Sie wußte nicht recht, weshalb sie sich verletzt fühlte. Maxine schien mit ihren Worten anzudeuten, daß Sarah eher langweilig sei und keinerlei Neigungen zu gesellschaftlichen Unternehmungen habe. Dabei hatte sie als Kind dabei großes Vergnügen empfunden. Aber als ihre Mutter gestorben war, hatte sie sehr schnell aufgehört, Kind zu sein. Immer hatte es im Haus Arbeit gegeben, die Bediensteten mußten beaufsichtigt werden, immer hatte es etwas zu reinigen oder einzukaufen gegeben. Und später war sie Krankenpflegerin geworden.

Hugo legte seine Hand leicht auf die ihre.

»Sie denken wieder an den Krieg, Miss Sarah. Sie müssen ihn vergessen«, sagte er leise. »Er ist vorbei. Sie sollten sich wirklich Zeit zu Vergnügungen nehmen. Sie verdienen es.«

Sie lächelte ihn an, seine braunen Augen waren so freundlich und besorgt.

»Danke. Ganz sicher wird später einmal Zeit dafür da sein. Und ja, der Krieg ist vorüber – Gott sei Dank.«

Sie hob den Blick und sah, wie Joel ihre und Hugos Hände betrachtete. Sie errötete und zog die eigene Hand sachte zurück, um nach der Gabel zu greifen.

»Der Krieg ist vorüber, aber er wird auch in den nächsten hundert Jahren noch nicht bewältigt sein«, sagte Clarence Gibson unerwarteterweise. »Nein, die Verbitterung wird noch lange Zeit vorherrschen.«

Sarah fuhr zusammen und starrte ihn an. Seine Stirn war gerunzelt, sein Blick glitt schnell zu ihrem Gesicht und senkte sich dann wieder auf den Teller. Er sah wirklich sehr gut aus, dachte sei. Und angeblich hatte Tim Gibson noch besser ausgesehen. Hatte sich seine Bemerkung auf seinen toten Sohn, seine verlorenen Hoffnungen bezogen? Würde er niemals vergeben oder vergessen können?

»Oh, das hoffe ich nicht – ich könnte es nicht ertragen, wenn der Krieg in den Herzen der Menschen immer weiterginge«, sagte sie mit unerwarteter Heftigkeit. »Die Lazarette waren überfüllt mit Verwundeten und Sterbenden. Es hat soviel Schreckliches gegeben – ich habe soviel davon gesehen – soviel Unmenschlichkeit der Menschen gegen andere, soviel Grausamkeit und Schmerzen und Tod. Das darf nicht weitergehen! Wenn wir nur nie wieder einen Krieg erleben. Kein Morden und Töten – nein, nie wieder!«

Joel stand auf, um eine Kaffeekanne vom Herd zu holen. Den Rücken den anderen zugewandt, sagte er:

»Es ginge nicht so weiter, wenn die Menschen verzeihen könnten. Jeder Krieg beginnt zuerst in den Herzen der Leute. Er breitet sich dann bis zu ihren Händen aus und zu Aktionen, die nie wieder rückgängig gemacht werden können.« Die schwere Kanne in den Händen, wandte er sich dem Tisch zu. Mit seltsam mitleidigem Blick sah er die dort Sitzenden an. »Wenn wir es schaffen, zu verzeihen und zu vergessen, dann besteht Hoffnung für die menschliche Rasse. Es fängt bei uns an – bei jedem einzelnen von uns.«

Lange Stille folgte, in der Spannung in der Luft lag. Justina hielt die Kaffeetassen, während Joel einschenkte. Maxine, Leonard und Clarence starrten auf den Tisch, während Hugo aufmerksam und mit leichtem Stirnrunzeln vom einen zum anderen blickte. Joels Augen waren ausschließlich auf die Kaffeekanne gerichtet, die er in der Hand hielt.

Sie können nicht vergessen, dachte Sarah. Auch wenn sie alle den alten Adam gemocht und geliebt hatten, sie konnten nicht vergessen, daß er Tim Gibson ermutigt hatte, in den Krieg zu ziehen. Sie konnten nicht vergessen, daß er Sklaven gerettet und sie nach Kanada geschickt hatte, daß er gegen seine eigenen Mitbürger gekämpft hatte, um diesen Sklaven zu helfen. Die Stadt war zutiefst in sich gespalten gewesen, und der alte Adam hatte deutlich auf der einen Seite gestanden. Und doch – im Gasthof habe es keinen Krieg gegeben, wurde behauptet.

Schließlich sagte Sarah ruhig, aber mit solch tiefem Empfinden, daß alle sie ansahen:

»Ich hoffe, daß ich, falls ich wirklich den Gasthof leiten werde, es so machen kann wie mein Großvater. Sie – oder wenigstens einige von Ihnen – sagten, es habe im Gasthof keinen Krieg gegeben. Alle konnten eintreten und waren willkommen, ungeachtet ihrer politischen oder weltanschaulichen Einstellung. Ein Ort, an dem Männer und Frauen kommen und sich für eine Weile zu Hause fühlen konnten. Ein Ort des Friedens.«

Joel lächelte sie offen an.

»Klingt schön – ein Ort des Friedens«, bemerkte er.

»Aber so war's nicht, Miss Sarah«, sagte Justina plötzlich. Sie stemmte die Hände auf die umfangreichen Hüften, ihr braunes Gesicht war bedrückt. »Miss Sarah – Ihr Großvater hat die Leute willkommen geheißen, das stimmt. Aber er hat sein' eignen Krieg geführt. Er hat gegen Leute gekämpft, die uns versklavt haben. Er hat gegen die Teilung des Landes gekämpft und dagegen, daß man 'n Süden einfach gehen ließ. Ich hab' ihn so oft reden gehört, wie er sagte, er würde selbst in den Krieg gehen, nur um das Land zusammenzuhalten. Und ich hab' ihn selbst mit 'm Gewehr in der Hand stehen sehen wie er jemand verjagt hat, der uns mitnehmen wollte.«

Clarence Gibsons Mund verzog sich zu einem Lächeln bei ihren Bemerkungen. Es war ein gequältes Lächeln.

»Ja, und einmal war das Gewehr auf mich gerichtet«, sagte er schroff. »Mein eigener bester Freund – er hat auf mich gezielt. Glauben Sie noch immer, Miss Sarah, daß Sie aus dem Gasthof einen ›Ort des Friedens‹ machen können? Der alte Adam hat es nicht geschafft. Er hat den Mund aufgerissen, ja, aber wenn die Leute dann kamen, hat er verbissen mit ihnen herumgestritten. Er war ein harter Mann. Und ich glaube, daß Sie darin etwas vom alten Adam geerbt haben.«

Ihre Finger verschränkten sich krampfhaft ineinander, sie merkte, daß alle sie ansahen, sie eingehend betrachteten, ganz unpersönlich, wie sie sie abschätzten. Ihre Finger streckten sich aus, sie legte die Hände flach vor sich auf den Tisch.

»Sie haben recht, Mr. Gibson«, sagte sie mit Festigkeit. »Ich hoffe tatsächlich, daß ich etwas von meinem Großvater in mir habe – nämlich seinen Mut, seine Bereitwilligkeit, für das, woran er glaubte, einzustehen. Ich will Frieden, ja, aber keinen Kompromiß mit dem, was ich für schlecht halte. Ich würde auch für das, was ich glaube, kämpfen. Das habe ich früher getan und werde es wieder tun. Ich kann nicht einfach dasitzen und zulassen, daß ich von etwas, das schlecht ist, überwältigt werde. Ich will kein Feigling sein.«

Clarence Gibson grinste ein bißchen, es war etwas, das ihr nicht gefiel.

»Dachte ich es mir doch. Also, auf in den Kampf, meine Liebe! Sie sind der wieder zum Leben erweckte alte Adam – ganz so, wie ich gehofft – und gefürchtet habe.«

Er schob abrupt seinen Stuhl zurück und sah, als er ohne die gewohnte Höflichkeit aufstand, plötzlich älter und eine Spur gebeugter aus als zuvor.

»Ich muß in den Laden zurück, ich habe ihn nicht abgeschlossen«, sagte er. »Kommst du mit, Leonard? Du hast die neuen Stoffrollen noch nicht verstaut. Sie müssen in den Regalen sein, sobald der Regen nachläßt.«

Leonard schob gleichfalls seinen Stuhl zurück und blickte auf Maxine hinab.

»Ist sowieso besser, wenn ich gehe«, sagte er und folgte Clarence durch die Hintertür hinaus. Keiner der beiden hatte sich bei Sarah bedankt oder ein höfliches Wort geäußert. Sie mußten durch die Unterhaltung zutiefst irritiert worden sein, dachte sie.

Joel setzte sich wieder und trank langsam seinen heißen Kaffee. Maxine saß da und sah Hugo mit einem bedrückten Ausdruck in den veilchenblauen Augen an.

Sarah wandte sich ihm zu.

»Entschuldigen Sie uns, Hugo, weil wir der Unterhaltung eine solche problematische Wende gegeben haben. Sie betrifft das alles gar nicht. Ich fürchte, es wird lange dauern, bevor in Paintsville der Krieg vergessen ist. Vielleicht mache ich einen Fehler, wenn ich hierbleibe.«

»Lassen Sie sich dadurch nicht beirren«, sagte er. »Die Zeit wird die Wunden heilen, davon bin ich überzeugt.«

Maxine nippte anmutig an ihrer Kaffeetasse und schwieg weitgehend, während die Mahlzeit ihrem Ende zuging. Justina schien das Gespräch vergessen zu haben und summte beim Abwaschen vor sich hin. Sarah empfand deutliches Unbehagen. Haßte Clarence Gibson sie ihres Großvaters wegen? Hatte er vor, sich mit ihr über die Themen Sklaverei und Union zu streiten? Bei dem Gedanken überkam sie ein Gefühl der Erschöpfung und Entmutigung. Die Gibsons, Clarence und Maxine, gehörten zu ihren engsten Freunden in dieser Stadt – zu ihren ersten Freunden. Wenn *sie* nicht vergeben und vergessen konnten, wie konnte dann ihr Hierbleiben gutgehen?

»Maxine, ich bringe dich nach Haus. Der Regen hat nachgelassen«, sagte Joel schließlich. »Wollen wir nicht einmal die Straße hinauf und hinuntergehen? Du bist sicher den ganzen Tag über nicht im Freien gewesen.«

»Nein – nur einmal hinaus und einmal hinein«, sagte sie mit bedrückter Stimme.

»Also brauchst du ein bißchen frische Luft«, sagte er und half ihr, aufzustehen. Er lächelte auf Sarah und Hugo hinab. »Trinken Sie in Ruhe Ihren Kaffee, keine Kriegsgespräche mehr. Reden Sie über den Gasthof, Sarah, denn Sie werden hierbleiben. Sie sind viel zu ehrlich, um aufzugeben und wegzulaufen.«

Sie lächelte über seinen fröhlichen Spott, aber es mißfiel ihr, daß er Maxine nach Hause brachte. Tat er es als ihr alter Freund – weil er spürte, daß Maxine verletzt und irritiert war? Oder mochte er sie doch sehr gern und wollte sie von Hugo wegbringen? Sie wußte nicht, was in Hugo vorging, aber sie empfand Eifersucht.

Sie hatte geglaubt, zwischen Maxine und Joel sei nichts. Vielleicht steckte aber hinter ihrer Beziehung doch mehr als ihr klar geworden war. Vielleicht wollte Joel lediglich warten, bis Maxines Trauerzeit vorbei war, um sie danach möglicherweise zu heiraten?

Sarah spielte mit ihrer Gabel, nippte an dem kühler

werdenden Kaffee und blickte auf den polierten Holztisch hinab. Hugo saß schweigend neben ihr. Justina räumte das abgewaschene Geschirr ab und ging dann mit Pearl und Zeke nach oben in ihre Zimmer. Dort aßen sie selbst zu Abend, wie das ihre Gewohnheit war.

Sarah und Hugo blieben sitzen. Joel kehrte nicht zurück. Sonst hatte er sie doch immer in ihr Zimmer hinaufbegleitet, dachte sei. Das mußte bedeuten, daß er sie entweder vergessen hatte, oder daß er Maxines Gesellschaft sehr interessant fand.

Hugo brach endlich das lange Schweigen.

»Ich sollte eigentlich die Gelegenheit wahrnehmen, nun da wir allein sind«, sagte er leise. »Ich komme mir blöde vor. Das bin ich nicht gewohnt. Im allgemeinen bin ich ziemlich wortgewandt, wissen Sie.«

»Ja – das sind Sie«, erwiderte sie höflich. »Wahrscheinlich sind Sie ein ausgezeichneter Rechtsanwalt.«

Sie fragte sich, ob ihre Worte nicht allzu sehr denen Maxines glichen.

»Ich bin geschickter darin, anderer Leute Sachen zu vertreten als meine eigene«, sagte er und sie glaubte, eine leichte Röte auf seinen Wangen zu bemerken. Das Kaminfeuer war ein bißchen in sich zusammengesunken, es wurde dämmriger in der Küche.

»Ich könnte mir vorstellen, daß Sie beidem gewachsen sind«, erwiderte Sarah.

»Sie denken hoffentlich nicht im Ernst daran, Paintsville zu verlassen und in den Osten zurückzukehren – obwohl das meine Pläne nicht unbedingt zunichte machen würde«, sagte er ernsthaft und streckte die Hand aus, um sachte die ihre zu berühren. »Sarah – Sie sind mir nicht gleichgültig. Verzeihen Sie die unziemliche Hast, mit der ich das zu Ihnen sage. Ich verehre Sie zutiefst. Ich habe Sie von Anfang unserer Begegnung an bewundert. Aber erst in den vergangenen Tagen ist mir bewußt geworden, was mit mir wirklich los ist – ich meine, was sich mit mir ereignet hat.«

Sie war so verblüfft, daß sie ihm nicht ins Wort fallen

konnte. Mit aufgerissenen Augen blickte sie ihn an. Das sollte doch wohl kein Antrag werden? Er mochte Maxine gern, ihr gegenüber hatte er doch von seinen Aussichten, seiner Familie, seiner Zukunft gesprochen.

»Ich verehre und respektiere Sie zutiefst, Sarah«, fuhr er fort, und seine Hand umschloß voller Wärme die ihre. »Mir ist erst vor kurzem klargeworden, daß ich – verzeihen Sie – Sie liebe. Sie sind so aufrichtig und so großartig, eine solch integre und gute Frau –.«

Du meine Güte, dachte Sarah. Nie hätte sie sich träumen lassen, daß sie auf solch solide, altmodische Art einen Heiratsantrag bekommen würde. Heiratsantrag! Der Gedanke schreckte sie auf. Sie träumte nicht. Hugo Forrester saß da und machte ihr allen Ernstes einen Heiratsantrag.

»Sie gleichen Ihrem Großvater so sehr, das sagen alle. Er war ein guter Mann, voller Charakter. Sie stammen aus einer sehr guten Familie, das weiß ich. Meine eigene Familie wäre entzückt, Sie in ihrer Mitte aufzunehmen. Ich habe eine Schwester und zwei Brüder. Meine Eltern leben noch, Gott sei Dank. Falls Sie sich entschließen, von hier wegzugehen, könnte ich Sie in den Osten zurückbegleiten – mit einer passenden Reisegefährtin natürlich, wenn Sie das wünschen. Ich würde mich freuen, wenn Sie meine Familie in Philadelphia besuchen würden. Und ich hoffe, daß Sie mich bis zu diesem Zeitpunkt lieben gelernt haben und einverstanden sind, meine Frau zu werden.«

Sie mußte unbedingt diese Flut hochfliegender Pläne eindämmen. »Hugo – ich habe – ich habe bisher noch gar nichts geplant – ich habe mich noch nicht entschieden...«, brachte sie mühsam heraus.

Ihre Hand war schlaff, sie fühlte sich wie betäubt, sie schien nicht einmal die Kraft zu haben, ihre Hand unter der seinen hervorzuziehen.

»Natürlich. Sie müssen Zeit zu einer Entscheidung haben. Aber ich möchte Sie wissen lassen, daß mir jede Ihrer Entscheidungen absolut recht sein wird. Ich liebe den Westen, ich liebe Ohio, ich hatte vorgehabt, mein Dasein hier zuzubringen. Falls Sie sich dafür entscheiden, hierzubleiben, so werde ich darüber entzückt sein, meine Liebe. Ich werde hier meine Kanzlei eröffnen, wir können alle Hilfskräfte einstellen, die es Ihnen ermöglichen, den Gasthof zu leiten, sofern Sie das wünschen. Falls Sie aber verkaufen und in den Osten zurückkehren wollen, dann werde ich Ihnen dahin folgen. Meine Zukunft liegt in Ihren Händen, wofür immer Sie sich entscheiden, es soll mir recht sein. Ich habe endlich herausgefunden, daß es nicht darauf ankommt, *wo* man ist, sondern mit wem man sein Leben teilt!«

Es gelang ihr schließlich doch, ihm ihre Hand zu entziehen. Sie lehnte sich in ihren Stuhl zurück. Um aufstehen zu können, war sie zu verblüfft. Es fiel ihr auch keine passende Ablehnung ein. Sie konnte nicht sagen, daß sie einen anderen Mann liebte, sie war sich ihrer Gefühle für Joel noch nicht sicher, ebensowenig seiner Gefühle für sie. (Und wo steckte er überhaupt? Er und Maxine waren inzwischen seit über einer Stunde weg!)

»Hugo – bitte. Ich fühle mich geschmeichelt über Ihren Antrag – aber ich bin so – überrascht – ich kann wirklich nicht...«

»Ich weiß. Ich war sicher sehr voreilig.« Seine Stimme klang jedoch energisch, keineswegs entschuldigend. »Aber sobald ich meine Gefühle für Sie entdeckt hatte, konnte ich einfach nicht abwarten, mit Ihnen darüber zu sprechen, einen Anspruch auf Sie geltend zu machen. Sie sind eine sehr schöne und großartige Frau. Jemand wie Sie findet man nicht jeden Tag, und ich kann nicht damit rechnen, daß ich der einzige bin, der Augen für Ihre Qualitäten hat. Ich möchte als erster meine Bewerbung anbringen, und ich kann nur hoffen, daß Sie eines Tages – hoffentlich bald – erkennen werden, daß Sie mich ebenso lieben können wie ich Sie liebe. Wenn dieser Tag kommt, werde ich der glücklichste Mann der Welt sein.«

Sie mußte endgültig die Flut seiner Worte aufhalten. Seinen Mut hatte er wirklich wiedergefunden, dachte sie bedrückt. »Bitte, Hugo, bitte nicht! Ich bin überrascht, ja, aber es ist zu früh – ich meine zu spät –, ich meine es ist spät am Abend, und ich bin müde. Ich meine, wir kennen uns einfach zu kurz, und meine eigenen Gefühle... Sie sind mir gegenüber so ungewöhnlich freundlich, und dafür bin ich dankbar – aber ich weiß wirklich nicht...«

Er lächelte, und sein Lächeln war sehr anziehend und liebevoll. Unwillkürlich dachte Sarah, daß sie, würde sie sich nicht allzusehr zu Joel hingezogen fühlen, durchaus der Versuchung unterliegen könnte, seinen Antrag anzunehmen. Er war ein solch intelligenter, vornehmer Mann. Er würde sie respektieren, sie lieben, immer für sie sorgen. Und genau wie Maxine fand sie den Gedanken an seine mögliche hohe Position ziemlich verlockend!

Hugo war ein guter Rechtsanwalt und das in einem Staat, in dem Anwälte Seltenheitswert hatten. Möglicherweise würde er berühmt, vielleicht sogar Kongreßabgeordneter oder Gouverneur werden. Ganz sicher würde er sich ein beachtliches und schönes Heim schaffen, und seine Frau würde die Achtung, die ihm wichtige Leute entgegenbrächten, mitgenießen. Es würde Gesellschaften geben und...

Ach, was stellte sie sich da vor! Nein, niemals würde sie einen Mann solcher Dinge wegen heiraten. Nein, aber – so fügte sie innerlich hinzu – es wäre hübsch, eine solche Position zu haben und wie eine Königin behandelt zu werden. Die Frau Hugo Forresters zu sein, wäre großartig. Sofern sie ihn liebte.

»Ich möchte Sie nicht in Verwirrung stürzen, meine Liebe«, sagte er sanft. »Ich werde Sie nicht drängen. Ich wollte nur meiner tiefen Zuneigung und Achtung Ausdruck verleihen, zu Ihnen von meiner Liebe sprechen und meiner Hoffnung, daß Sie vielleicht eines Tages meine Gefühle erwidern werden. Und ich wollte Ihnen klarmachen, daß die Entscheidung bezüglich des Gasthofs – ich meine, ob Sie hier bleiben oder in den Osten zurückkehren – allein bei Ihnen liegt. Sie sollen entscheiden, wo wir leben wollen.«

»Vielen Dank, Hugo, Sie sind so freundlich, aber ich kann eine solche Entscheidung jetzt nicht treffen.«

Sie hielt abrupt inne. Maxine und Joel kamen von dem von der Vorderseite des Gasthofs her verlaufenden Korridor in die Küche herein. Die beiden hatten ihre letzten Worte gehört, das nahm sie instinktiv wahr. Maxines Gesicht hatte einen solch verletzten Ausdruck, daß sich Sarahs Herz zusammenkrampfe. Sie starrte Sarah und Hugo an.

»S-Sarah?« stammelte sie. »Wir – wir gingen spazieren – wir – es ist draußen so angenehm.« Aber sie konnte die Fassade nicht aufrecht erhalten, gab einen seltsamen kleinen Schluchzlaut von sich und stürzte aus der Hintertür ins Freie hinaus.

Joel folgte ihr langsam, schloß und verriegelte die Tür hinter ihr, nachdem er zuerst ins Dunkel hinausgespäht hatte, um zu sehen, ob sie im Haus nebenan verschwunden war. Dann kam er zum Tisch zurück und ließ sich daran nieder.

»Ob der Kaffee noch heiß ist?« sagte er in das verlegene Schweigen hinein. Sein Gesicht war ungewohnt düster, und Sarah wußte, daß er ihre letzten Worte gehört und mißverstanden hatte.

Hugo sah ihn stirnrunzelnd, aber gelassen an. Er hatte jedenfalls gesagt, was ihm am Herzen lag, dachte Sarah, und war vom Resultat einigermaßen befriedigt. Sie hatte seinen Antrag nicht abgelehnt, nicht einfach ›nein‹ gesagt. Dazu hatte die Zeit eben nicht gereicht. Ihr waren die richtigen Worte nicht eingefallen, mit denen sie ihm hätte klarmachen können, daß sie ihn nicht heiraten könne, weil sie weit mehr als nur ein bißchen in einen anderen Mann verliebt war.

»Will noch jemand Kaffee?« fragte Joel schließlich. »Er ist noch heiß. Und möchte jemand noch ein Stück Kuchen?«

»Ich glaube ja, er ist köstlich.«

Hugo saß da und ließ sich von Joel bedienen. Sarah war mehr als peinlich berührt, als Joel in der Küche herumhinkte, Kuchen aufschnitt und Kaffee einschenkte. Ungefragt brachte er auch ihr eine Tasse. Sie fügte dem Kaffee Rahm und Zucker hinzu und rührte endlos darin herum.

In ihrer Kehle saß ein Kloß. Es war ihr schrecklich, daß Maxine und Joel Hugos Antrag mitangehört hatten und auch das, was sie darauf geantwortet hatte. Maxine mußte entsetzlich verletzt sein. Sie würde glauben, daß Sarah und Hugo sie beide getäuscht hatten. Sie hatte sich an diesem Abend eigens für Hugo hübsch gemacht, und sie hatte zuvor davon gesprochen, ihn zu heiraten. Maxine würde zornig und aufgeregt sein, wenn sie einmal wirklich begriff, daß Hugo, als er mit ihr geredet hatte, dabei sozusagen nur hatte proben wollen, was er Sarah mitteilen wollte! Vielleicht hatte er gehofft, sie, Maxine, würde Sarah gegenüber wiederholen, was er über seine beruflichen Aussichten gesagt hatte. Schließlich hielt er sie beide für eng befreundet.

Davon konnte nun eine Zeitlang sicher keine Rede mehr sein, dachte Sarah bedrückt. Maxine würde sich allzu verletzt fühlen. Mein Gott, warum mußte das Leben so kompliziert sein?

Und was war mit Joel? Sie rührte unentwegt weiter im Kaffee.

Hugo verzehrte mit Appetit seinen Kuchen, so als ob er unangefochten eine Feuerprobe bestanden hätte. Vielleicht betrachtete er das ganze überhaupt so. Einen Heiratsantrag zu machen, war wahrscheinlich eine harte Arbeit, dachte Sarah.

Schließlich wagte sie es, flüchtig zu Joel hinüberzuspähen. Er starrte in seinen nahezu unberührten Kaffee.

Während sie noch zu ihm hinüberblickte, hob er leicht den Kopf und sah sie geradewegs an. Die dunkelgrauen Augen waren kalt, voller Vorwurf. O Gott, er war ebenfalls verletzt.

Das traf sie zutiefst. Am liebsten wäre sie aufgesprungen und zu ihm hingegangen, um seinen Kopf an ihre Brust zu pressen und ihm zu sagen, daß alles bedeutungslos sei, daß sie Hugos Antrag ablehnen würde, sobald ihr die passenden Worte dafür einfielen. Daß sie nicht Hugo, sondern ihn, Joel, liebte, daß es dazu keiner Worte bedürfte, weil sie einander auch ohne Worte verstanden...

Bitte, Joel, dachte sie, so ist es doch? Aber er sah sie nur finster an, bis sich ihre eigenen Augen halb schlossen, damit sie den Ausdruck in Joels Augen nicht mehr sehen konnte.

13

Sarah verbrachte eine sehr unruhige und fast schlaflose Nacht, in der sie sich in dem bequemen Bett hin- und herwarf und abwechselnd die Decke zurückschob und wieder hochzog, sobald es kälter wurde.

Joel hatte sie in ihr Zimmer hinaufbegleitet, es durchsucht und dann draußen gewartet, bis sie es wieder verriegelt hatte. Er war höflich, aber schweigsam gewesen. Sie hätte gern etwas gesagt, brachte jedoch kein Wort heraus.

Warum bloß nicht? fragte sie sich noch in den dunklen Stunden des frühen Morgens. Warum konnte sie Joel nicht in einfachen Sätzen klarmachen, daß sie nicht die Absicht hegte, Hugo zu heiraten, daß sie lediglich um passende Redewendungen für eine Ablehnung gerungen hatte?

Joel seinerseits hatte sich überhaupt nicht geäußert, vielleicht hatte ihr überhaupt ihre Einbildungskraft einen Streich gespielt? Vielleicht liebte er sie ja gar nicht wirklich. Vielleicht hatte sie lediglich voreilige Schlüsse gezogen.

Sie schüttelte ihr Kopfkissen auf und legte sich auf den Rücken. Während das trübe Grau des frühen Morgens durch die Fenster sickerte, empfand sie Rastlosigkeit, Ungeduld, Verwirrung. Sie konnte einfach nicht klar denken. Immer wieder versuchte sie, sich die richtigen Worte für Joel einzuprägen.

Wenn das Liebe war, dachte sie, so war das eine überaus unangenehme Empfindung, ein seltsames Verlangen, eine Neigung abwechselnd zu lachen und zu weinen, jedenfalls etwas, das sie völlig in Verwirrung stürzte.

Sie begann vor sich hinzudösen. Vielleicht würde Joel ihr heute doch Gelegenheit geben, mit ihm zu sprechen. Vielleicht konnte sie auch diese Gelegenheit einfach herbeiführen und ihm offen heraus erklären, daß sie nicht die Absicht habe, Hugos Antrag anzunehmen.

Und was dann? Wenn das nun für Joel wirklich bedeutungslos war, wenn ihm das ganze lediglich seiner lebenslangen Freundin Maxine wegen leid tat?

Sarah richtete sich auf. Obwohl es noch sehr früh war, konnte sie ebensogut aufstehen.

Sie tappte barfuß zur Tür, lauschte und schob vorsichtig den Riegel zurück. Als sie die Tür öffnete, hörte sie ein Geräusch. Die Zimmertür ihr gegenüber auf der anderen Seite des Korridors stand offen. Sie sah Joel innen auf dem Bett sitzen. Er starrte sie an.

»Oh!« Sie war zugleich verdutzt, erschreckt, erfreut. »Joel – guten Morgen.«

»Sie sind aber früh aufgestanden. Ich werde Zeke rufen, damit er heißes Wasser bringt«, sagte er und schwang die nackten, langen Beine aus dem Bett.

Errötend schloß sie ihre Zimmertür.

»Sowas«, murmelte sie und lehnte sich gegen die wieder verriegelte Tür. Kein Wunder, daß Zeke immer wußte, wann er sie bewachen und wann er heißes Wasser bringen mußte. Joel mußte schon die ganze Zeit über dort drüben geschlafen haben, statt in seinem eigenen Zimmer im Postkutschenbüro. Er hatte sie bewacht.

Jemand klopfte kräftig an ihre Tür.

»Miss Sarah?« Es war Zeke. »Ihr heißes Wasser, Miss Sarah.«

Sie öffnete die Tür, lächelte, bedankte sich bei ihm und nahm den Kessel mit heißem Wasser entgegen. Die Zimmertür ihr gegenüber war geschlossen. Joel stand offensichtlich ebenfalls auf.

Sie wollte heute noch mit ihm reden, dachte sie. Sie würde das Mißverständnis zwischen ihnen beiden aufklären, ganz gleich, wie er reagieren würde. Vielleicht machte er sich wirklich nicht allzuviel aus ihr. Jedenfalls konnte sie nicht das Risiko auf sich nehmen, ihm gegenüber nicht ehrlich und offen zu sein.

Sie zog das blaue Wollkleid an, das ihr am besten stand, und kämmte sich ausgiebig das lockige, goldbraune Haar, bis es knisternd und locker auf ihre Schultern fiel. Dann band sie es hinten mit einem blauen Band zusammen.

Eilig beendete sie ihre Toilette und öffnete vorsichtig die Tür. Sie fuhr zusammen, als sie Joel, geduldig auf sie wartend, an der Wand lehnen sah. Er trug einen dunkelgrauen Pullover und dunkelgraue Hosen – und auch seine Augen waren dunkel, während er sie nachdenklich betrachtete. Unwillkürlich lächelte sie zu ihm empor; sein Gesicht entspannte sich, und er lächelte zurück, so daß die Lachfältchen in seinen Mundwinkeln und in den schmalen Wangen sichtbar wurden.

»Joel, ich wußte gar nicht, daß Sie hier in meiner Nähe schlafen. Sie gehen mit der geöffneten Tür ein schreckliches Risiko ein.«

»Ich habe einen leichten Schlaf«, erwiderte er kurz.

Er gab ihr mit einer Handbewegung zu verstehen, daß sie vor ihm her die Treppe hinab in die Küche gehen sollte. Ihr fiel ein, was sie ihm mitteilen wollte, und sie drehte sich auf halbem Weg um.

»Joel – ich hätte gern mit Ihnen gesprochen – irgendwann heute, wenn es Ihnen zeitlich möglich ist.«

Sie sah ihn besorgt an.

Er blieb hinter ihr stehen. »Klar, Sarah. Wann immer Sie wollen. Zur Abwechslung wird das Wetter heute schöner. Wollen wir einen Spaziergang machen?«

»Ja, bitte.«

Dann fiel ihr ein, daß er schon gestern abend mit Maxine einen Spaziergang gemacht hatte, und sie fragte sich, was er wohl zu der jungen Frau gesagt hatte.

Es gab so viel, was sie ihm sagen, was sie ihn fragen wollte. ›Liebst du mich? Kann ich mit dir rechnen? Ist es dir recht, wenn ich dich liebe?‹ Damit wäre sie am liebsten herausgeplatzt. Ach, ich bin verrückt, dachte sie, während sie unentwegt zu ihm aufblickte und er sie seinerseits lange ansah – eine ganze Zeitlang.

Sie errötete plötzlich voller Schuldbewußtsein, drehte sich um und ging in die Küche hinab. Dort brannte das Feuer, und Justina war mit Teigrühren für frische Biskuits beschäftigt. Sarah half ihr bei der Zubereitung des Kaffees und der Eier.

Joel ging zur Hintertür, schloß sie auf und öffnete sie. »Es wird tatsächlich ein angenehmer Tag«, bemerkte er in überraschtem Ton. »Offenbar läßt der Regen nach.«

»Das ist gut«, sagte Justina. »Es wird uns allen bessergehn, wenn wir 'n bißchen Sonnenschein aufs Gesicht kriegen.«

Ein kühler Luftzug wehte in die Küche. Joel schloß die Tür wieder und wandte sich dem Tisch zu. »Ich werde einmal nach Billy Dexter sehen. Ist er wach?«

»Seit zwei Stunden«, antwortete Justina. »Ich glaub', er hat 'n bißchen Schmerzen. Ich hab' ihm Frühstück gebracht.«

Sarah bekam Gewissensbisse. Bei all ihren Grübeleien über ihre eigenen Probleme hatte sie Billy völlig vergessen.

»Gleich nach dem Frühstück werde ich nach ihm sehen«, sagte sie. »Ich wollte, es gäbe hier einen Arzt.«

»Ihr Großvater hatte gehofft, er könnt 'nen jungen Arzt dazu kriegen, hierherzuziehn, aber nachdem er gestorben war, wurde nichts mehr draus«, erklärte Justina.

Joel nickte und setzte sich ans Tischende. Es schien ganz natürlich, daß er dort saß, dachte Sarah. Vielleicht würde das eines Tages wirklich der ihm zustehende Platz sein. Wenn sie verheiratet waren – und gemeinsam den Gasthof leiteten... Wenn die Tage so waren wie heute, Sonnenschein, kühler Wind und schöne Landschaft, so würden sie ihn gemeinsam genießen, früh aufstehen, miteinander reden und planen – wie herrlich das sein würde! Gemeinsam mit Joel arbeiten, mit Joel reden, mit Joel Pläne schmieden – mit Joel schlafen...

»Haben Sie Fieber?« erkundigte sich Justina kritisch und legte flüchtig die Hand auf Sarahs Wange. »Ihnen scheint's warm zu sein. Haben Sie sich erkältet?«

»Nein, nein, ich glaube nicht. Ich habe nur die vergangene Nacht wenig geschlafen.«

»Hm, hm«, murmelte Justina und sah sie scharf an.

Dann lächelte sie und wandte sich dem brutzelnden Speck auf dem Herd zu. Sarah stellte die Tassen auf den

Tisch und kehrte zu der schweren, heißen Kaffeekanne zurück.

Joel stand plötzlich dicht neben ihr.

»Ich nehme das, Sarah. Die Kanne ist schwer.«

Er trug sie zum Tisch, um ihnen beiden einzuschenken. Sie ließ sich neben ihm nieder.

»Was hat Sie wach gehalten? Haben Sie etwas gehört?« fragte Joel und blickte forschend in ihr gerötetes Gesicht.

»Nein – nein, ich habe nur nachgedacht.«

Sie blickte schüchtern auf und senkte die Lider hastig wieder, als sie so aus nächster Nähe in seine grauen Augen sah.

»Wir sehen erst nach Billy Dexter und machen dann einen Spaziergang«, sagte er leise.

Sie nickte. Justina brachte gewaltige Mengen Schinkenspeck und Eier an den Tisch und wandte sich dann wieder ihren Biskuits zu. Sarah war hungrig gewesen, nun brachte sie plötzlich kaum mehr einen Bissen hinunter. Was in aller Welt setzte ihr so zu? Sie war einfach verrückt. War das kribbelnde Gefühl im Magen wirklich darauf zurückzuführen, daß sie so nahe bei Joel saß?

Sie nahmen schweigend ihr Frühstück zu sich. Joel brachte frische Biskuits, heiß und köstlich. Das Schweigen hatte nichts Unfreundliches an sich, eher war Verlegenheit mit im Spiel, eine Menge unausgesprochener Worte und Gedanken – Gedanken, die sich dem anderen zu übertragen schienen, so als wollten sie beide zaghaft einen inneren Kontakt aufnehmen.

Als sie schließlich ihr Frühstück beendet hatten, schob Joel seinen Stuhl zurück.

»Gehen wir zu Billy hinauf. Justina, hinterher machen wir einen Spaziergang. Wir wollen uns ein bißchen umsehen.«

»Passen Sie bloß auf Miss Sarah auf.«

Justina runzelte besorgt die Stirn, ihre dunklen Augen waren ängstlich.

»Ganz bestimmt«, erwiderte Joel leise, aber mit einem stählernen Unterton in der Stimme.

Er ergriff Sarahs Arm und hielt ihn fest, während sie gemeinsam die Treppe emporstiegen.

Als sie oben angelangt waren und in dem dunklen Korridor standen, fragte er:

»Wissen Sie, was Billy gestern vorgehabt hatte?«

Sie sah zu ihm auf.

»Ja, ich glaube schon«, antwortete sie. »Wir – wir wollen ihn gemeinsam fragen – sofern er wach ist.«

»Okay.« Sie gingen den Korridor entlang, blieben vor der Tür von Billys Zimmer stehen und lauschten.

»Billy?« rief Joel schließlich. »Sind Sie wach, Billy? Hier sind Joel und Sarah.«

»Klar. Kommt rein.«

Joel öffnete die Tür. Dann blieben sie beide stehen und schnappten nach Luft. Billy saß in die Kopfkissen gestützt im Bett, eine Decke mit Blumenmuster über sich gebreitet, den gebrochenen Arm in weißem Verband, genauso wie er ihm am vergangenen Tag angelegt worden war. Aber neben seinem heilen Arm lag ein riesiges Gewehr, dessen Lauf auf die Tür gerichtet war.

Er sah die beiden gelassen an, sein im allgemeinen so freundliches Gesicht hatte einen grimmigen Ausdruck.

»Nur eine Vorsichtsmaßnahme«, sagte er und tätschelte das Gewehr. »Ich hab' was gegen ›Unfälle‹.«

Sie ließ sich mit schwachen Knien auf dem nächsten Stuhl nieder. Joel legte ihr beruhigend eine Hand auf die Schulter und ließ sie dort. Die Tür hatte er hinter sich geschlossen.

»Wir sind gekommen, um Sie nach Ihrem – Unfall zu fragen«, erklärte er. »Was ist passiert? Wie konnte einem so guten Fahrer wie Ihnen sowas zustoßen?«

»Das war kein Unfall«, sagte Billy in gepreßtem Ton. »Miss Sarah und ich sahen uns das Pferd an, mit dem ihr Großvater gefahren war. Mir kam es lammfromm vor, gar nicht der Typ, der scheut und bockt. Also beschloß ich, einen Versuch mit ihm zu machen.«

»Und?« Joel betrachtete Billy nachdenklich. »Sie haben wohl auch denselben Wagen benutzt?«

»Ganz recht. Ich spannte das Pferd an und tätschelte es. Es war lebhaft, sicher ist es lange Zeit nicht draußen gewesen. Es war begierig, ins Freie zu kommen und schnupperte in der Luft herum, als ob es sich sehr wohlfühlte und ganz ruhig wäre. Nun ja, nicht völlig ruhig, aber okay. Ich bin mit viel schwierigeren Pferden fertiggeworden. Erinnern Sie sich an ›Donnervogel‹, der für Ihren Großvater lief, Joel? Das war ein Lümmel, aber ich bin mit ihm zurechtgekommen. Na schön, ich spannte also an, redete dem Pferd freundlich zu und los ging's.«

Er hielt inne und schüttelte den Kopf.

»Was ist dann also passiert?« fragte Sarah ungeduldig und beugte sich in ihrem Stuhl vor.

»Ich fuhr mit ihm zum Stadtrand hinaus. Das Pferd benahm sich tadellos, tänzelte gelegentlich ein bißchen, war aber im großen ganzen normal und leicht zu lenken. Der alte Adam hatte immer gute Pferde. Bösartige behielt er nicht, sagte er immer, er wolle weder bösartige Pferde noch solche Menschen um sich haben.«

Sarah und Joel sahen ihn gespannt an; er, der erfahrene Pferdelenker, kostete seine Geschichte sichtlich aus.

»Also machten wir uns wieder auf den Heimweg zu den Ställen. Es gibt dort in der Nähe eine dunkle Hintergasse – Sie kennen sie, Joel, es ist dort, wo das Smithson'sche Haus steht, das jetzt leer ist, seit der Alte vor zwei Jahren gestorben ist. Er hatte selbst einen Stall hinter dem Haus. Ich dachte, ich würde am besten die Abkürzung durch die Gasse fahren, weil es immer stärker zu regnen begonnen hatte. Ich sah den Graben, dachte aber, er wäre noch einige Meter entfernt. Und dann ...«, er runzelte die Stirn und zupfte mit seinen tief gebräunten Fingern an der Bettdecke mit dem Blumenmuster.

»Dann – ich habe irgendwas aus dem Augenwinkel heraus gesehen. Was Dunkles, das sich bewegte – wie ein Schatten. Vielleicht eine Katze, nur größer. Nein, eine Katze war's nicht ...«, er hielt nachdenklich inne. »Ich habe die ganze Zeit darüber nachgegrübelt, was es hätte sein können. Jedenfalls, es fuhr auf das Pferd zu, und das blöde Vieh bäumte sich auf und ging los wie ein Verrückter. Ich versuchte es zu halten und war dabei halb aufgestanden. Der Wagen kippte in den Graben, und ich schlug mit dem Kopf auf und war prompt bewußtlos.«

Sarah holte tief und stockend Atem. Joels Finger gruben sich fast schmerzvoll in ihre Schulter, dann lockerten sie sich wieder.

»Diese Katze – oder auch was Größeres«, fragte er bedächtig, »wie sah das Ding aus? Denken Sie nach, Billy.«

Dexters Gesicht legte sich in angestrengte Falten, während er erneut zu grübeln begann. Dann schüttelte er schließlich den Kopf.

»Ich weiß nicht, Joel. Eigentlich schien es mir eine Katze zu sein – aber nein, es war dünner, länger. Ich kann es Ihnen einfach nicht sagen, Junge. Ich wollte, ich könnt's. Aber länger als eine Katze war es jedenfalls.«

»Vielleicht eine Schlange? Eine Schwarznatter oder eine Klapperschlange?«

Billy starrte Joel an, Joel starrte Billy an.

»Hm – das ist möglich. Aber setzen Sie mir keine dummen Gedanken in den Kopf«, sagte er leicht gereizt. »Ich habe keine Ahnung, ob es eine Schlange war oder nicht. Möglich ist's. Aber, verdammt nochmal – wer würde sowas tun? Ich habe ja nur eine Probefahrt mit dem Pferd gemacht. Sicher – es könnte erschreckt worden sein – vor allem, wenn es Schlangen haßt.«

»Ganz recht. Das Tier könnte erschreckt worden sein, selbst wenn es normalerweise nicht scheut. Ich kenne Pferde, die völlig überschnappen, wenn sie eine Klapperschlange hören.«

Joel nahm die Hand von Sarahs Schulter und tätschelte sie sachte.

»Okay, Sarah, machen wir einen Spaziergang. Wir haben einiges zu besprechen.«

Billy lehnte sich in die Kissen zurück, seinem Gesicht nach schienen sich die Schmerzen verstärkt zu haben. Es gelang ihm, salutierend den heilen Arm zu heben.

»Passen Sie gut auf Miss Sarah auf«, sagte er.

»Das habe ich vor«, erwiderte Joel. »Ich weiß wirklich nicht, warum jedermann das Gefühl hat, er müsse mir das einbleuen.«

Billy grinste, seine scharfen kleinen Augen glitten zwischen Joel und Sarah hin und her, nahmen alles wahr. Sarah spürte, wie ihr erneut Röte in die Wangen stieg.

»Passen Sie lieber selbst gut auf sich auf, Billy«, sagte sie freundlich.

Sie empfand mit Bitterkeit, daß sie selbst an seiner Verletzung schuld war, daß er bei dem Versuch, ihre Theorie zu erproben, ebensogut auch hätte umkommen können.

»Soll ich Zeke heraufschicken?«

»Nein. Mein Freund und ich hier –« er tätschelte das Gewehr, »haben alles unter Kontrolle. Irgendwie schreckt das Leute ab, die darauf aus sind, Scherereien zu machen.«

Joel zog Sarah hinaus auf den Korridor und dann weiter in Richtung ihres Zimmers.

»Sie werden etwas Warmes brauchen. Es ist kalt draußen.«

»Und Sie brauchen eine Jacke, Joel.«

»Spielen Sie jetzt bei mir die besorgte Glucke?«

Er lachte sie an, seine Augen funkelten.

Sie schloß ihre Tür auf, und er folgte ihr ins Zimmer. Dort nahm er ihren schweren, dunklen, karierten Umhang vom Haken und legte ihn um ihre Schultern. Mit einer Hand hob er ihr mit dem Band zusammengefaßtes Haar hoch und schob den Umhang weiter hinauf. Seine Finger verharrten an ihrem Nacken, bemühten sich mehr als unbedingt erforderlich, alles in Ordnung zu bringen.

»Werde ich einen Schal brauchen?«

Das war ihr völlig gleichgültig, sie wollte nur etwas sagen, um den beängstigenden Zauber, den seine Hand an ihrem Nacken ausübte, zu durchbrechen.

»Nein. So kalt ist es nicht. Kommen Sie, ich werde mir selbst noch etwas Warmes zum Anziehen holen.«

Sie gingen in sein Zimmer hinüber. Scheu blieb sie an der Schwelle stehen, während er einen weiteren dicken, grauen Pullover überstreifte.

»Manchmal habe ich das Gefühl, mir könnte es nie mehr richtig warm werden«, murmelte er, während er ihn vorne zuknöpfte. »Bei der Armee war es so verdammt kalt, wenn wir da auf der Erde schliefen. Wenn es geregnet hatte, wachte man naß und zitternd auf und begann an zu Hause zu denken. Man hatte den Eindruck, das alles würde nie mehr ein Ende finden.«

Sie schauderte bei der Erinnerung an die Kriegsjahre, die für sie wie eine einzige rote Woge von Blut und Entsetzen gewesen waren. Zu ihrer eigenen Überraschung schob sie ihre Hand unter seinen Arm, so als wollte sie sich überzeugen, daß er wirklich da sei.

»Wir werden vorne hinuntergehen«, sagte er und tätschelte beruhigend ihre Hand. »Es ist vorbei, Sarah. Der Krieg ist wirklich vorbei. Wir brauchen keine Alpträume mehr zu haben. Tut mir leid, daß ich das Thema angeschnitten habe.«

Er konnte ihre Gedanken so genau lesen, dachte sie. Er wußte immer, was in ihr vorging.

Sie gingen hinunter in die weite, großzügig geschnittene Vorhalle, stiegen die Treppen mit dem glänzend polierten Geländer und dem hübschen Teppichbelag hinab.

»Es ist so schön hier, Joel«, sagte sie und holte tief und beglückt Atem. »Ich würde so gern hierbleiben und den Gasthof wieder in Schwung bringen. Ich glaube, Großvater hätte es gefreut, wenn ich das tun würde.«

»Er wollte, daß Sie herkommen«, erwiderte Joel. »Vor allem, nachdem er das Porträt von Ihnen bekommen hatte. Er behauptete, Sie seien eine echte Overmiller und gehörten hierher. Er wollte Sie kommen lassen, sobald der Krieg vorüber war.«

»Wirklich?« fragte sie erfreut, die Hand noch immer unter seinem Arm.

Sie wandte den Kopf. Im Laden nebenan hatte sich ein Vorhang bewegt, gerade als sie und Joel auf die breite

Veranda hinausgetreten waren. Maxine? dachte Sarah und empfand Mitleid, weil sie an den vergangenen Abend dachte.

Joel und sie wanderten die Straße hinab. Sarah warf einen Blick zurück, aber der Vorhang verhüllte alles, bewegte sich nur ganz leicht, als ob jemand hinter ihm stünde.

»Joel – diese Unterhaltung gestern abend«, platzte sie heraus, bevor sie den Mut verlor. »Ich wollte nur erklären...«

Sein Arm unter ihrer Hand wurde abweisend.

»Ja?« fragte er kurz.

Verlegen sprudelte sie heraus: »Hugo Forrester – hat mir einen Heiratsantrag gemacht. Ich war so überrascht – ich hatte es wirklich nicht erwartet. Und es erschreckte mich so, daß ich einfach nicht wußte, wie ich ihn ablehnen könnte, ohne ihn allzu sehr zu verletzen.«

»Wie Sie ihn ablehnen könnten?« wiederholte Joel langsam.

Sie wagte nicht, zu ihm aufzublicken.

»Ja. Ich hatte vor, ihn abzulehnen, aber ich wußte nicht wie – und dann kamen Sie und Maxine zurück – und hörten ihn – und mich...«

Er schwieg. Sie konnte ihn nicht ansehen. Blindlings ließ sie sich von ihm weiterführen. Sie wußte nicht, wohin sie gingen, und es war ihr auch gleichgültig.

Schließlich entspannte sich der Arm unter ihrer Hand ein bißchen.

»Warum wollten Sie ablehnen? Nur, um es sich erst noch einmal zu überlegen?«

Sie schüttelte so heftig den Kopf, daß ihr Haarband hin- und herhüpfte.

»Nein. Ich liebe ihn nicht. Ich meine – ich weiß, daß es so ist, und ich wollte ihn nicht zappeln lassen – ich meine...« Sie wußte nicht weiter.

»Sie lieben ihn nicht«, sagte Joel bedächtig. »Warum nicht? Er ist ein feiner Kerl, wird eines Tages reich sein. Stammt aus einer guten Familie.«

Ihre Schultern wurden starr.

»Das spielt keine Rolle«, sagte sie kühl. »Ich bin nicht auf eine gute Partie aus.«

»Und außerdem haben Sie Ihr eigenes Gold. Sie brauchen es nur zu finden«, bemerkte Joel.

Sie blieb schlagartig stehen und starrte wütend zu ihm empor. Aber er lachte sie lediglich an, und sein Augenzwinkern verriet, daß er sie absichtlich ärgern wollte.

»Oh – Sie sind wirklich ein Schuft...« Nie hatte sie bisher geahnt, wie weich, aufreizend und sinnlich ihre Stimme klingen konnte. »Ich weiß nicht, weshalb ich mir überhaupt die Mühe gebe, Ihnen alles zu erzählen.«

»Wissen Sie das wirklich nicht?«

Sie standen da, mitten auf der Straße in Paintsville, sahen einander an, und alles um sie herum schien völlig bedeutungslos zu sein. Seine Hand griff nach der ihren und hielt sie fest.

»He, Joel, wie geht's denn Billy Dexter?« erkundigte sich hinter ihnen eine fröhliche Stimme. Die beiden drehten sich um, erschreckt darüber, daß es außer ihnen noch andere Menschen auf der Welt gab.

»Es geht ihm leidlich, sein Arm ist gebrochen«, antwortete Joel kurz.

»Ein Jammer. Ich dachte, er sei ein zu guter Fahrer, als daß sowas passieren könnte.«

Der Mann mit der weißen Schürze lachte und fegte weiterhin den Gehsteig vor seinem Laden.

»Ja, das stimmt«, sagte Joel leise. »Viel zu gut. Genau wie Ihr Großvater, Sarah.«

Sie sah ihn an, jegliche romantischen Vorstellungen wurden abrupt beiseitegeschoben.

»Joel – halten Sie es für möglich – könnte es sein, daß mein Großvater – umgebracht wurde?«

Er runzelte seine Stirn und hielt ihre Hand fest – nun wie zum Trost.

»Hören Sie auf, Sarah, ziehen Sie keine voreiligen Schlüsse. Lassen Sie uns darüber nachdenken und Umschau halten.«

»Wo ist es denn überhaupt geschehen? Ich meine, der – Unfall meines Großvaters?« fragte sie.

»Ich werde es Ihnen zeigen. Kommen Sie, wir müssen in diese Richtung gehen. Achten Sie auf den Schmutz.«

Schweigend gingen sie die Straße entlang. Sie hielt sich dicht an Joels Seite, sie brauchte seine tröstliche Nähe, so als könnte diese ihre kalte Furcht vertreiben.

Sie wanderten die Hauptstraße hinab und bogen dann rechts ab. Binnen kurzem waren sie am Rand des Städtchens angelangt. Vor ihnen lag ein großes Maisfeld. Ein paar Stauden standen noch auf der dunklen Erde, aber der weitaus größte Teil war abgeerntet. Entlang dem Feldrand verlief ein breiter, tiefer Graben.

»Der Fluß fließt ganz hier in der Nähe vorbei«, erklärte Joel. Der Graben war voll mit schlammigem Wasser. »Das hier dient dazu, das überschüssige Wasser aufzufangen, damit die Felder nicht überflutet werden und der Mais schimmelt oder die Wurzeln verfaulen. Ihr Großvater fuhr wahrscheinlich von einem der Felder zurück, die ihm zur Hälfte gehörten. Dort oben.«

Er wies entlang des Feldes auf eine entfernt verlaufende Straße.

Sie versuchte sich die Szene vorzustellen.

»War es dunkel?«

»Nein, unserer Ansicht nach muß es gegen Mittag gewesen sein. Wir fanden ihn aber erst, als es schon dunkel war. Er muß da entlanggefahren sein, und das Pferd scheute aus irgendeinem Grund.« Joel machte eine Pause und runzelte die Stirn. »Aber – wenn da zum Beispiel eine Schlange gewesen wäre, so wäre er um sie herumgefahren. Und wenn wirklich jemand mit einer Schlange nach dem Pferd geworfen hätte – nun, dann hätte der alte Adam den Betreffenden gesehen, ihn vielleicht angesprochen. Das würde bedeuten, daß er möglicherweise angehalten hatte und daß er den Mann kannte. Falls die Schlange dann wirklich geworfen wurde, muß das Pferd gescheut haben, der Wagen kippte um, und der alte Adam stürzte in den Graben. Der war damals weitgehend trocken, nur auf dem Grund lag ein bißchen Schlamm.«

»Und er schlug mit dem Kopf gegen...«

Joel blickte finster drein und wandte das Gesicht ab.

»Nein. Es gab nichts, woran er sich den Kopf hätte anschlagen können«, sagte er in barschem Ton. »Es sei denn, er wäre damit gegen den Wagen geprallt, oder der wäre auf ihn gekippt. Aber so war es nicht. Der Wagen lag nicht auf ihm, als wir den alten Adam tot auffanden.«

Sarah durchlief ein kalter Schauder.

»Joel – wenn er nun...«

»Kommen Sie, wir wollen zurückgehen. Der Wind ist scheußlich.« Er nahm sachte ihren Arm und begann sie in Richtung der Stadt zurückzuführen. »Wir wollen später darüber reden. Ich muß mir einiges durch den Kopf gehen lassen. Es gibt da neue Gesichtspunkte. Ich frage mich, weshalb sie mir nicht schon früher in den Sinn gekommen sind.«

»Diese Zufahrt«, sagte Sarah, als sie sie bemerkte, »ist das die, durch die Billy heimfahren wollte?«

»Ja, das dort ist das Smithson'sche Haus. Es ist anzunehmen, daß er über die Zufahrt zurück zum Stall fuhr.«

»Gehen wir sie doch einmal entlang, vielleicht entdekken wir etwas«, schlug sie eifrig vor.

Er zögerte und gab dann nach.

»Ich wollte sowieso sehen, wie der Graben dort verläuft. Die Zufahrt scheint breit genug zu sein, wenn auch dunkel. Vielleicht ist irgend etwas von oben herab auf das Pferd gefallen, so daß es scheute, und Billy merkte nicht, daß der Graben so nahe war.«

Sie bogen in die dunkle Zufahrt ein. Sie war von dichten Bäumen und Büschen bestanden, ihre Breite reichte gerade für einen Wagen aus. Ein großer Graben führte vom Haus zum dahinterliegenden Stall. Alles wirkte verfallen und verlassen, grau, schmutzig und von Spinnweben überzogen. Hier könnten leicht Schlangen hausen, dachte Sarah und verzog angewidert den Mund. Es tat ihr bereits leid, daß sie hierhergekommen waren.

»Großvater hat aber nicht diese...«, begann sie, aber dann prallte etwas gegen ihren Rücken, und sie stürzte zu Boden. Zum Schreien fehlte ihr der Atem.

Sie lag ausgestreckt im Schmutz der Zufahrt und war völlig benommen. Es gelang ihr, sich halb umzudrehen und wie betäubt in die Höhe zu starren. Joel kämpfte mit einem Mann, der in der Dunkelheit nicht erkennbar war.

Die beiden Gestalten schwankten vor und zurück. Hinterher machte sich Sarah Vorwürfe, daß sie nicht zu Hilfe geeilt war. Aber sie hätte es nicht gekonnt, ihr war schwindlig, die Furcht lähmte sie.

Im Schmutz des Wegs stützte sie sich auf einen Ellbogen und starrte fasziniert empor. Krampfhaft versuchte sie, das Gesicht von Joels Gegner zu erkennen. Die beiden Männer schienen einander gewachsen zu sein, dachte sie, von wilder Angst um Joel erfüllt. Sie richtete sich mühsam zum Sitzen auf – streckte hilflos die Hand aus...

»Joel! Joel!« schrie sie, sobald sie atmen konnte.

Der andere Mann war ihr halb zugewandt. Warum konnte sie nur sein Gesicht nicht sehen? Er trug einen tief in die Stirn gezogenen Hut, seine Kleidung war schwarz und staubig. Und zudem hatte er einen Schal übers Gesicht gebunden, der bis auf die Augen alles verdeckte.

Diese Augen starrten sie unter dem Hutrand hervor an. Bösartige, haßerfüllte Augen.

Sie starrte zurück, versuchte auszumachen, wer er war.

Joel schlug heftig zu. Der andere konterte mit einem blitzenden Messer. Sarah stieß einen durchdringenden Schrei aus. Joel verpaßte dem anderen einen Tritt, und es gelang ihm, einen harten Schlag mit der Rechten auf dem Magen des Mannes zu landen. Der Bursche klappte zusammen, gab einen Würgelaut von sich, duckte sich weg und rannte davon. Joel taumelte, schnappte nach Luft und traf Anstalten, ihm zu folgen.

»Nein, Joel – nein! Nicht gehen – Joel...«, schrie Sarah voller Angst.

Der Mann hatte ein Messer und war auf die dunklen Stallgebäude zugelaufen.

Joel stolperte auf einen dicken Baumstamm zu, versuchte Balance zu halten und plumpste dann schwerfällig vor ihm nieder. Sein Mund stand offen, er rang nach Luft. Er starrte Sarah an, sie starrte zurück und kam dann unsicher auf die Beine. Sie wankte auf ihn zu und fiel fast neben ihm nieder.

»Oh – Joel – oh, Joel«, war alles, was sie herausbrachte. Er hob schlaff den einen Arm, und sie kroch schutzsuchend darunter.

Sie hätten umkommen können – alle beide, dachte sie. Joel lehnte sich gegen den Baumstamm zurück, sein Atem ging keuchend.

14

Es dauerte eine geraume Zeit, bevor Joel und Sarah auch nur den Wunsch hegten, sich zu bewegen. Sie mußten um Atem ringen, den Schock überwinden, sich benommen umschauen. Alles war so plötzlich und mit solcher Gewalt gekommen.

Schließlich stand Joel mühsam auf. Er streckte sich, betrachtete seine verschmutzte Kleidung und die zerrissene Hose, dann hielt er Sarah die Hand hin und half ihr auf.

»Ist alles in Ordnung, Sarah? Sind Sie verletzt?«

Sie umklammerte mit zitternden Händen seine Arme.

»Ich – ich glaube, es ist nichts passiert – o Joel, ich muß...«

»Gehen wir zurück ins Gasthaus. Und Sarah – wir werden uns dort hineinschleichen. Ich möchte nicht, daß jemand etwas von diesem Überfall erfährt. Ich werde Sie ein bißchen säubern.«

Sie blickte in sein grimmiges Gesicht, während er geschickt ihr Kleid und ihren Umhang abklopfte.

»Warum – warum sollen sie nicht wissen«, begann sie.

»Darüber reden wir später. Im Gasthaus. Würden Sie meinen Rücken sauber machen?«

Er drehte sich um, und sie entfernte Schmutz und Spinnweben von Pullover und Hals.

Langsam kehrten sie auf einem Umweg zurück, mieden Smithson's Stall. Sarah sah sich fortgesetzt um. Dieser friedliche, freundlich wirkende Ort beherbergte einen Verbrecher, jemand, der sie beide umbringen wollte. Dieses Messer, dieses bösartig glänzende Messer...

Nach wie vor konnte sie es kaum glauben. Aber es war ganz eindeutig gewesen.

Joel führte sie durch den Haupteingang ins Innere des Gasthauses, die Treppe hinauf in den ersten Stock. Derselbe Weg, den sie noch vor kurzem so vergnügt eingeschlagen hatten.

Sarah ging in ihr Zimmer, wusch sich, bürstete sich das Haar und umwickelte es neu mit dem Band. Joel klopfte an ihre Tür, als sie eben fertig war.

Sie ließ ihn herein. Er verriegelte die Tür hinter sich, und sie ließen sich einander gegenüber an dem kleinen Tisch mit der rosenfarbenen Lampe nieder. Er hatte eine frische Hose und einen blauen Pullover angezogen. Sein Gesicht war grimmig und hart, nirgendwo waren Lachfältchen zu sehen. Seine Augen wirkten fast schwarz.

Sarah sah ihn an, wartete darauf, daß er als erster sprechen würde.

»Nun ja, Sarah«, sagte er fast sanft. »Es sieht ganz danach aus, als ob Ihr Großvater ermordet worden sei. Und jemand ist, wie wir schon dachten, hinter Ihnen her. Es handelt sich nicht um einen Landstreicher. Jemand ist darauf aus, sie zu töten. Und nun wollen wir einmal überlegen, warum und um wen es sich handelt.«

Es war sowohl entsetzlich wie auch befreiend, die Worte laut, bedächtig und emotionslos ausgesprochen zu hören.

»Es könnte das Gold sein«, sagte Joel, nachdem er eine Weile abgewartet hatte, ob sie sich äußern würde.

»Irgendwie sieht es nicht danach aus, Joel. Möglich ist es – aber warum des Goldes wegen morden? Der Betreffende weiß, daß ich keine Ahnung habe, wo es ist. Warum also nicht einfach danach suchen wie zuvor? Warum morden?«

»Ja, und warum wurde der alte Adam ermordet? Nein, ich glaube, Sie haben recht. Es steckt mehr dahinter. Natürlich hat sich Adam viele Feinde gemacht. Aber wer haßte ihn derartig, daß er ihn umbrachte?«

Sarah holte tief Luft.

»Ich meine – wir werden Namen nennen müssen«, murmelte sie und sah ihn bedrückt an. Schließlich waren diese Leute seit Jahren seine Freunde. »Billy Dexter ist es wahrscheinlich nicht. Er würde nicht seinen eigenen Unfall inszenieren. Wahrscheinlich ist es auch nicht Hugo Forrester, soviel ich weiß, war er gar nicht hier. Und er ist an den hiesigen Affären nicht interessiert.«

»Ja, ich glaube, die beiden können wir mit einiger Sicherheit ausschließen«, pflichtete Joel bei. Er griff nach einem Blatt Papier, das auf dem Tisch lag. »Darf ich darauf schreiben?« Als sie nickte, schrieb er Billys und Hugos Namen nieder und strich anschließend beide leicht durch. »Wer noch?«

»Hm – Maxine. Sie ist eine Frau. Sie mochte Großvater gern. Aber anscheinend war er derjenige, der ihren Mann in den Krieg schickte, und sie betete Tim an.«

Schweigend sah sie zu, wie Joel ›Maxine Gibson‹ langsam und vorsichtig niederschrieb, so als müsse er dabei tief nachdenken.

Er strich ihren Namen nicht durch.

»Wer noch? Leonard?«

»Ja. Er ist so – düster und schweigsam, ich weiß nie, was er wirklich denkt. Und ich glaube nicht, daß er Großvater mochte. Trotzdem, was für einen Grund sollte er haben? Großvater hat ihm nie etwas getan. Und er verehrt Maxine zutiefst. Die Tatsache, daß Tim Gibson tot ist, hat Leonard den Weg zu Maxine geebnet.«

Joel schrieb Leonards Namen hin. Eine Zeitlang starrte er auf die kleine Liste hinab.

»Und dann«, sagte er schließlich sehr langsam und leise, »sind da Justina und Zeke. Und Pearl. Wir nehmen zwar an, daß sie ihn geliebt haben. Aber sie wohnten damals hier im Haus, und sie hatten die Möglichkeit, ihn umzubringen. Wer weiß, wodurch sie sich irgendwann einmal beleidigt gefühlt haben, auch wenn es von seiner Seite aus gar nicht beabsichtigt war? Ich habe gehört, wie er sie als ›Nigger‹ bezeichnete und damit neckte.«

Er schrieb ihre Namen nieder. Sarah spürte, wie sich alles in ihr sträubte. Sie wollte es nicht glauben. Joel tippte leicht mit der Feder auf das Papier.

»Clarence Gibson«, sagte Sarah schließlich, als er sich nicht weiter äußerte. »Er war gegen Adam, das hat er selbst gesagt. Er wollte nicht, daß ich hierbleibe. Er wollte das Gasthaus selbst kaufen.«

Joel schrieb Gibsons Namen nieder.

»Und sein Sohn war Tim – und Tim war sein einziges Kind.«

»Ja, und er liebte ihn sehr. Man merkt, wie gern er Maxine hat, wie er sie um Tims willen zu schützen sucht. Und der jahrelange Kampf gegen die ›Copperheads‹ und Unionisten. Er haßte die Sklaven, kämpfte für die Rechte seines Landes.«

»Aber er ist ein guter, rechtschaffener Mann, Sarah. So etwas würde er nie tun. Er respektierte Adam. Sie waren Gegner, ja, aber sie achteten einander.« Joel hob den Kopf, seine grauen Augen sahen verstört drein. »Ich kann mir einfach nicht vorstellen, daß Clarence...«

»Ich kann mir überhaupt keinen von ihnen allen als Mörder vorstellen, Joel. Aber jemand hat gemordet. Jemand hat meinen Großvater umgebracht – und auch Roscoe, der versucht hat, mit mir von dem Pferd zu sprechen, das niemals gescheut hat.«

Joel blinzelte, und ihr wurde bewußt, daß sie ihm davon noch gar nichts erzählt hatte. Aber sie wollte ihm vertrauen, und so berichtete sie ihm von Roscoe und den Worten in dem dunklen Zimmer, von den Schatten im Korridor draußen und ihrem Gefühl, daß dort jemand gewesen war. Und wie sie dann Roscoe am Morgen aufgefunden hatte und anschließend selbst überfallen wurde.

»Es *hätte* Clarence Gibson sein können«, fuhr sie dann fort. »Er ist noch nicht alt. Er ist sehr stark. Und seine Empfindungen sind sehr ausgeprägt.«

»Ja, ja«, sagte Joel. »Ich wollte, ich hätte das vom alten Roscoe gewußt. Das hätte für mich einen Sinn ergeben. Warum haben Sie es mir nicht gleich erzählt, Sarah?«

»Nun«, sie begegnete seinem Blick und senkte die Lider. »Ich glaube – zuerst wußte ich einfach nicht, wem ich vertrauen könnte, Joel.«

Sie hätte ihm gern gesagt, daß sie ihm jetzt vertraute

und ihn liebte. Aber sie brachte es nicht über die Lippen. Keine wohlerzogene Dame hätte einem Mann von sich aus geoffenbart, daß sie ihn zutiefst liebte und restlos vertraute. Also schloß sie etwas lahm:

»Ich kannte doch hier wirklich niemand.«

»Das stimmt vermutlich«, sagte er bedächtig. Auf seinem Gesicht lag ein verletzter Ausdruck, und das tat ihr weh. Oh, warum nur mußten weibliche Wesen so zurückhaltend sein?

»Aber jetzt kenne ich Sie«, fügte sie schüchtern hinzu. »Und – und ich vertraue Ihnen, Joel. Wirklich.«

»Danke«, sagte er sehr höflich, ohne von dem Blatt Papier aufzusehen.

Sie hatte das Gefühl, daß er ihr nicht glaubte, und war verzweifelt – über sich selbst und über ihn.

Ein Klopfen an der Tür ließ sie beide zusammenfahren. Joel zuckte, verlegen ob seiner eigenen Empfindungen, die Schultern und ging zur Tür.

»Wer ist draußen?«

»Ich bin's, Justina. Ich bring' Ihnen Tee.«

Er schob den Riegel zurück und öffnete die Tür.

»Dacht' ich doch, ich hätt' Sie beide zurückkommen hören. Vielleicht mögen Sie 'n bißchen Tee, es ist so kalt draußen. Und bis zum Mittagessen dauert's noch fast zwei Stunden«, sagte Justina munter und stellte das große Tablett auf den Tisch.

Strahlend blickte sie auf, sah ihre Gesichter, und das Lächeln verschwand. »Was ist los? Was ist mit Ihnen passiert?« fragte sie in fast scharfem Ton.

»Wir – wir versuchen bloß, ein paar Dingen auf den Grund zu kommen, Justina«, sagte Sarah schließlich. »Bitte, setzen Sie sich.« Sie stand auf, zog einen Stuhl für die Haushälterin heran und verriegelte anschließend wieder die Tür. »Justina, bitte...« Justina sah auf den Stuhl, dann auf sie beide und setzte sich anschließend unbehaglich auf die Kante der Sitzfläche.

»Was ist 's denn?« fragte sie. »Von Geld versteh' ich nichts.«

»Darum handelt es sich nicht. Justina – wir glauben, daß Großvater ebenso wie Roscoe ermordet worden ist.«

Sarah beobachtete aufmerksam das runde, braune Gesicht. Justina blinzelte und nickte dann bedächtig.

»Mhm, ja, das glaub' ich auch«, sagte sie einfach.

»Wirklich?« fragte Joel in scharfem Ton. »Warum haben Sie das nicht gleich gesagt?«

»Ich wußt' nicht, mit wem ich reden soll. Ich hatt' nicht damit gerechnet, daß jemand aufs neue töten würd'. Ihr armer Großvater, Miss Sarah.« Justina kamen die Tränen in die Augen. »Er wurde geliebt und er wurde gehaßt. Er war 'n starker Mann, den man lieben oder hassen mußte. Und er hatte Feinde, soviel ist sicher.«

»Was für Feinde, Justina?« fragte Sarah leise. »Bitte – bitte sprechen Sie mit uns. Wir müssen Bescheid wissen. Sehen Sie – ich glaube, jemand versucht auch mich unbedingt umzubringen.«

»Ich weiß, Ma'am, ich weiß.« Justina nickte. »Ja, ich weiß. Aber wir werden Sie schützen. Wir werden nicht zulassen, daß sowas wieder passiert. Sie müssen tun, was wir sagen, wir werden Sie beschützen«, fügte sie mit Festigkeit hinzu.

Sarah holte tief Luft.

»Wir *müssen* herausfinden, wer es getan hat, Justina. Vorher bin ich nicht sicher. Sie haben seit vielen Jahren hier mit dem alten Adam zusammengewohnt. Wer, glauben Sie, hat ihn umgebracht?«

Justina sah sie mit betrübten braunen Augen an.

»Ich weiß nicht, und das ist bei Gott die Wahrheit.«

Joel mischte sich ein.

»Wir haben hier eine kleine Liste von Leuten aufgeschrieben, die in Frage kommen. Billy Dexter und Hugo Forrester haben wir durchgestrichen.«

»Oh, du meine Güte, doch nicht dieser nette Billy. Und Mr. Forrester, das ist ein sehr guter Mann.«

»Und dann Maxine Gibson. Ihr Mann, Tim, kam im Krieg um, und der alte Adam hatte ihn ermutigt, daran teilzunehmen.«

Zur Überraschung der beiden nickte Justina.

»Ja, ja, und er hat auch Aufträge für 'n alten Adam übernommen. Ich weiß nicht, was er für ihn getan hat, aber sie waren Freunde. Aber die kleine Maxine – sie liebte den alten Adam. Immer legte sie die Arme um seinen Hals und küßte ihn und sagte, er sei besser zu ihr als ihr eigener Daddy. War er wohl auch. Ihr eigner Vater hatte nicht das Geld, um was für sie auszugeben. Der alte Adam lachte immer und sagte zu ihr, sie soll sich 'n neues Kleid kaufen oder 'nen Hut – und das tat sie dann auch, und er hat die Rechnung bezahlt.«

»Und Leonard Ensley«, sagte Joel.

»Ach, dieser Leonard. Dem trau' ich alles zu«, erklärte Justina. »Schweigt wie 'n Grab. Und – so *düster*. Immer sieht er in allem nur 's Schlechte.«

Sarah warf Joel einen hilflosen Blick zu. Justina war nicht von großem Nutzen. Sie ließ sich ausschließlich von ihren eigenen Sympathien und Abneigungen beeinflussen.

Joel schüttelte leicht den Kopf und warf einen erneuten Blick auf die Liste.

»Und Clarence Gibson.«

Beide starrten auf Justina; sie runzelte die Stirn, schwieg und zupfte nervös an ihren voluminösen Rockfalten.

»Justina – was ist mit Clarence Gibson?« beharrte Joel.

»Na ja – dieser Mann, auf den bin ich manchmal wütend«, antwortete sie langsam. »Wahrscheinlich sollt' man da nicht mich fragen, weil er uns so dreckig behandelt hat – mich, meinen Zeke und Pearl.«

»Was hat er getan?« wollte Sarah wissen.

Justina schien sich nicht äußern zu wollen. Ihre braunen Augen hatten einen verletzten und abweisenden Ausdruck, ihr Mund war ungewohnt schmal, wie in Furcht und aus schlimmen Erinnerungen heraus zusammengepreßt.

»Kommen Sie schon, Justina, wir müssen es wissen, sonst können wir das Ganze nicht beurteilen«, drängte

Joel. »Ist Ihnen nicht klar, daß das für Miss Sarah wichtig ist? Jemand könnte erneut versuchen, sie umzubringen.«

»Ach Gott, ach Gott«, stöhnte Justina. »Ich mag nicht mehr dran denken. Ich hab' es weggesteckt und dem lieben Gott dafür gedankt, daß er uns gerettet hat, und ich hab' ihm gesagt, ich würde vergeben und vergessen. Nein, nein, ich möcht' nicht mehr davon reden.«

»Nicht einmal, um Miss Sarah zu retten?« bohrte Joel erbarmungslos nach.

Justina warf einen scheuen Blick auf Sarah und lächelte sie dann an.

»Miss Sarah, die ist genau wie der alte Adam«, sagte sie. »Das hab' ich gleich am ersten Tag gemerkt. Genauso stark und gut und fein. Und sie läßt nie jemand im Stich.«

»Aber was ist mit Clarence Gibson?«

Die ausdrucksvollen braunen Augen verdüsterten sich wieder. Sie spreizte die großen, braunen Händen.

»Na schön, ich sag's Ihnen. Der alte Adam brachte uns in 'n Norden und wir kamen auf die Farm, und dann sagte er, da wären wir nicht sicher und er wollt' uns beschützen, und dann bracht' er uns hierher. Ins Gasthaus. Und er hat uns unten im Keller hinter der Wand versteckt. Es ist eng und warm dort, aber sicher.«

Sie machte eine Pause und zupfte nervös an ihrem Kleid. Joel und Sarah warteten, ohne sie zu drängen. Sie war nun wieder in einer düsteren, schrecklichen Vergangenheit.

»Und in derselben Nacht«, fuhr sie mit leiser Stimme fort, »sind dann die Sklavenfänger gekommen und haben rumgesucht. Aber wir wußten, der alte Adam würde dafür sorgen, daß wir nicht erwischt würden. Aber – aber dann haben sie die Wand gefunden und aufgemacht, und der alte Adam – er war ganz wütend, und meine Pearl fiel in Ohnmacht, und mein Zeke hat sich wie ein Verrückter mit ihnen rumgeschlagen.«

Sie schloß die Augen, und Tränen rannen ihr über die weichen, braunen Wangen.

Sarah stockte der Atem. »Sie – sie verrieten...«

»*Er* hat's getan. Clarence Gibson. Wir waren neun, da hinter der Wand. Und er hat's ihnen verraten. Dann brachten sie uns zurück in den Süden. Meinen Zeke – den haben sie schrecklich zusammengeschlagen. Einer der alten Männer, der starb – unterwegs an der Kälte. Ich hab' ihn gepflegt, das haben sie erlaubt, aber er starb. Sie haben ihn nicht mal begraben, sie ließen ihn auf der kalten, harten Erde liegen, wie 'nen Hund.«

Joel murmelte etwas vor sich hin, sein Gesicht war wie Stein. Die Liste in seiner Hand war zusammengeknüllt.

»Wir blieben zum Glück zusammen«, fuhr Justina mit brüchiger Stimme fort. »Ich und mein Zeke und Pearl. Sie brachten uns zurück zum alten Master, und der hat uns verprügelt. Er sah Pearl an – er wollt' sie haben, er sagte komm mit, Mädchen.«

»Er hat Pearl bekommen?« flüsterte Sarah, zutiefst betroffen. Das arme, verängstigte Kind mit den großen Augen. Kein Wunder, daß die Kleine so schweigsam und so verschreckt war.

»Nein«, sagte Justina und lächelte grimmig. »Ich weiß 'n paar Tricks. Ich hab' meiner Pearl was eingegeben. Als er sie nehmen wollte, wurd' ihr schlecht, und sie hat alles über seinen Anzug erbrochen. Du lieber Himmel, war der wütend. Er hat sie mir wiedergebracht und gesagt, kümmere dich um das kleine Biest. Dann hab ich sie vor ihm versteckt.«

»Und danach sind Sie wieder entflohen«, sagte Joel.

»Nein. Nicht entflohn. Der alte Adam hat Tim Gibson runtergeschickt. Den kannten sie nicht. Er hat uns freigekauft und in den Norden gebracht. Der alte Clarence Gibson, der ist fast geplatzt.« Sie kicherte wie ein junges Mädchen. »Als er rausfand, daß der alte Adam seinen Tim in den Süden geschickt hat, damit er uns freikauft – und Tim hat ihm auch noch gesagt, daß er sich schämen würd', sein Sohn zu sein –«

Joel mischte sich hastig ein.

»Clarence und Tim haben sich deshalb gestritten? Tim sagte ihm, er schäme sich, sein Sohn zu sein?«

Justina nickte.

»Ja, in der Küche war das. Wir saßen da und ruhten uns nach der Reise aus, und Tim trank Kaffee, und war so müde. Der alte Clarence kam dann rein und fing an zu toben, wir haben ihn alle gehört. Tim sagte, ich hab's getan, weil ich mich deinetwegen so geschämt hab'. Ich hab's getan, um deine Gemeinheiten wieder gutzumachen.«

»Aber Tim muß damals noch ganz jung gewesen sein«, sagte Joel. »Sie sind hier...«

»Er war erst sechzehn, aber ein großer, hübscher Junge, er sah älter aus. Er zog sich anders an, machte sich 'n bißchen Grau ins Haar. Ein kluger Junge, dieser Tim, und der alte Adam hat ihm gesagt, was er tun und wie er reden sollt'.«

Alle schwiegen jetzt und grübelten. Justina rührte sich schließlich und stand schüchtern auf.

»Ich muß wieder in die Küche und Abendessen richten«, sagte sie. »Wenn Sie was wollen, rufen Sie mich, ja?«

Joel ließ sie hinaus, verriegelte die Tür und kehrte zurück. Sarah schenkte den heißen Tee ein, Joel hob die Serviette vom Biskuitteller, und dann begannen sie schweigend zu essen und zu trinken.

Sarah war tief in Gedanken versunken. Der alte Adam hatte also Tim Gibson nicht erst in den letzten Jahren beeinflußt. Der Junge war erst sechzehn gewesen, als er im Auftrag Adams ein paar Sklaven zurückgekauft hatte, was ein beachtliches Risiko für ihn gewesen war. Er war in den Süden gegangen, war kühn ins feindliche Lager eingedrungen, hatte die Sklaven gekauft und sie zum alten Adam zurückgebracht. Und Clarence Gibson war anschließend von seinem eigenen Sohn vor aller Ohren gedemütigt worden.

Es war nicht verwunderlich, wenn daraufhin Bitterkeit und Wut in ihm hochstiegen, sobald er von Adam sprach. Sein Sohn hatte sich gegen ihn gewandt, hatte ihn bekämpft, hatte sein Leben riskiert und war schließlich umgekommen, weil er an etwas geglaubt hatte, was im

Gegensatz zur Überzeugung seines Vaters gestanden war.

Und darum hatte es sich gehandelt, dachte Sarah, während sie geistesabwesend in ihrem Tee rührte. Der schreckliche und grausame Krieg, Vater gegen Sohn, Bruder gegen Bruder, Cousin gegen Cousin, Familienbande, die unwiederbringlich zerrissen waren, zerstörte Heime, verbrannte Häuser, der Horror des Krieges, der nicht mehr aufzuhalten gewesen war.

Die Lazarettstationen voller Verwundeter und Sterbender, die Operationsräume voller Blut, die operierenden Chirurgen, deren Arme schlaff vor Erschöpfung waren, die vor Übermüdung und Verzweiflung leise weinenden Schwestern, denen die Patienten unter den Händen wegstarben...

Tränen stiegen ihr in die Augen und rannen ihr über die Wangen, ihre Hände zitterten, während die Erinnerung sie überwältigte.

Joel stellte seine Tasse hin, stand auf und trat hinter sie.

»Sarah, Sarah, nicht. Das kann ich nicht aushalten.« Er legte die Arme um ihre Schultern und drückte sie an sich. »Hören Sie auf, sonst...«

Sie drehte den Kopf, preßte das Gesicht seitlich an seinen blauen Pullover und weinte lautlos. Er streichelte sanft ihr Gesicht und das Haar mit den großen Händen, beugte sich über sie.

»Sarah – weinen Sie nicht – es ist vorbei. Das ist alles Vergangenheit, Sie dürfen so nicht weitermachen... Nein, Sarah, nicht – ich habe das Gefühl, als ob ich jemand den Hals umdrehen würde...«

»Ich war wie taub«, murmelte sie schließlich erschöpft. »Alles in mir war wie taub. Ich konnte seit langem nichts empfinden. Nun ist es, als ob ich wieder lebendig würde – und es schmerzt – es schmerzt...«

»Ich weiß, ich weiß.« Er streichelte beruhigend ihren Nacken, fuhr zärtlich über ihr langes Haar, drückte sie an sich, küßte sie auf den Kopf. »Es tut weh, lebendig zu sein, zu empfinden und zu lieben, und über den Kummer anderer betroffen zu sein. Aber das ist Ihre einzige Möglichkeit, Sarah. Sie müssen leben. Sie wollen doch nicht auf Dauer in einem Zustand der Betäubung verharren?«

Sie schüttelte den Kopf.

»Aber – es – tut – weh...«

»Ja, ich weiß. Es geht mir ebenso.«

Er hielt sie weiterhin an sich gedrückt. Sie hörte den dumpfen Schlag seines Herzens an ihrem Ohr. Seine Hände glitten über ihre Schultern, er hob sie zu sich empor. Es verschlug ihr den Atem.

»Sarah«, flüsterte er zärtlich.

Er zog sie vollends vom Stuhl hoch und nahm sie in die Arme. Sie wünschte sich, getröstet zu werden, aber es war mehr als das. Er drehte sie mit einer Hand zu sich um, und hob dann mit der anderen Hand ihr Kinn an.

Sie ließ es geschehen, dachte nicht mehr an Trost, fühlte sich unsicher ob der kleinen Flamme, die plötzlich in ihr aufzulodern begann. Sie stand an ihn geschmiegt da, seine Küsse trafen ihre nassen Wangen, ihre Augenlider.

»Sarah – meine Liebste – meine Liebe«, murmelte er leise. »Mein Schönstes – Sarah, weine nicht – ich kann es nicht ertragen. Sarah – laß mich dich küssen – Sarah...«

Seine Lippen fanden die ihren, die Zeit schien stillzustehen, das Feuer in ihrem Innern verbrannte alle Tränen und allen Kummer. Sie konnte nicht denken, nur empfinden – fühlen – fühlen...

Sie versuchte den Kopf zu bewegen, sich loszureißen, aber er hielt sie nur um so fester, und sie wußte, wie stählern seine Arme waren. Sie versuchte seinen Namen zu sagen, zu protestieren. Sein Mund preßte sich erneut auf ihre Lippen, nahmen sie in Besitz. Sie fühlte sich schwach.

Dann hob er den Kopf und sah sie mit einem düsteren Ausdruck auf dem Gesicht an.

»Du reagierst nicht«, sagte er in erstauntem und vorwurfsvollem Ton. »Was ist, Sarah? Du liebst mich doch, ich weiß, daß du mich liebst.«

Sie öffnete langsam und benommen die Augen und starrte zu ihm empor. Sie sah die gespannten Linien in seinem Gesicht, die blitzenden dunklen Augen.

»Aber du vertraust mir nicht! Du liebst mich, aber du traust mir nicht. Das spüre ich. Du hältst dich vor mir zurück!«

»Joel!«

Sie schob ihn von sich. Die ungewohnten Empfindungen machten sie vollends schwach. Sie wollte über seine Vorwürfe lachen, sie wollte weinen. Nie in ihrem Leben war sie innerlich derart durcheinander gewesen.

»Wir – wir dürfen nicht – das ist verrückt...«

Er blickte verbittert auf sie hinab.

»Du vertraust mir nicht. Der einzige Grund, weshalb ich nicht auf der Liste stehe, ist der, daß ich sie geschrieben habe! Du meinst, ich sei hinter dem Gold her! Mein Gott, Sarah, glaubst du wirklich, daß ich deshalb morden würde? Ich bete dich an – aber du treibst mich zum Wahnsinn!«

Sie schüttelte den Kopf, so als müsse sie sich von Spinnweben befreien. An diesem Tag war schon zu viel passiert, dachte sie. Sie konnte nicht mehr klar denken. Sie konnte nur noch Empfindungen hegen – und was für Empfindungen! Ihr ganzer Körper schien von Glut erfüllt.

»Ich gehe jetzt. Ich kann nicht hierbleiben, ohne mir zu wünschen, dich zu lieben. Du bist eine kalte Frau, Sarah. Kein Wunder, daß du Hugo abgewiesen hast. Du liebst weder ihn noch sonst jemand.«

Er stürmte zur Tür, riß sie auf, ging hinaus und schlug sie hinter sich zu.

Sofort öffnete er sie wieder und er schrie sie an:

»Und verriegle sie hinter mir! Willst du umgebracht werden?«

Dann schlug sie erneut hinter ihm zu.

Es gelang ihr, zur Tür zu taumeln und den Riegel vorzuschieben. Dann lehnte sie dagegen in der Hoffnung, daß sie einen klaren Kopf bekommen würde.

Schließlich kehrte sie zum Sessel zurück und ließ sich

hineinfallen. Sie griff nach der Tasse und trank einen Schluck Tee, auch wenn er jetzt kalt war. Joel – dachte sie. Du verrückter, wunderbarer Wahnsinniger!

Sie begann plötzlich zu lächeln. Er würde sich von seinem Zorn erholen und dann – dann würde er es erneut versuchen. Liebster Joel. Glaubte er wirklich, sie könnte lernen zu küssen, richtig zu reagieren und einen Mann leidenschaftlich zu lieben – und das alles innerhalb einer Woche? Nie zuvor hatte sie einen Mann geküßt, abgesehen von ihrem Vater und ihrem Bruder. Sie berührte mit einem leicht zitternden Finger den Mund.

Sie wollte ihn ja küssen, sie wußte bis jetzt nur noch nicht wie. Er würde es sie lehren – sobald er seinen Zorn überwunden hatte.

War es wirklich möglich, einen Mann innerhalb einer Woche lieben zu lernen? Ach du lieber Himmel, seufzte sie. Es *war* möglich, ihr war das zugestoßen. Sie liebte Joel, nur wußte sie nicht, wie sie dem Ausdruck verleihen sollte. Vielleicht würde sie das nächstemal, wenn Joel sie küßte, den Mut aufbringen, sein Gesicht mit dem Finger, mit ihrem Mund den seinen zu berühren...

Sie blieb eine Zeitlang sitzen, bis das Zittern endlich nachließ. Dann räumte sie das Geschirr weg und stellte es aufs Tablett. Bis zum Abendessen war noch eine Stunde Zeit. Sie wollte nachdenken, wagte es jedoch kaum, ihr Kopf war so verwirrt.

Sie nahm eines der älteren Rechnungsbücher aus dem Regal, blätterte es durch. Sie wollte irgendwie näher an ihren Großvater herankommen. Wenn er nur Tagebuch geführt hätte, dachte sie. Sie griff nach einem der anderen Bücher und berührte mit dem Finger einen Umschlag.

Sie runzelte die Stirn. Daran, hinter die Bücherreihen zu blicken, hatte sie überhaupt nicht gedacht. Sie kniete nieder und zog ausreichend viele Bände heraus, um hineinspähen zu können.

Sie fand drei dicke Umschläge, die mit Schnur zusammengebunden waren. Aufgeregt holte sie sie heraus, legte sie auf den Tisch und schnitt die Schnur auf, die zu fest verknotet war, um gelöst werden zu können.

Dann öffnete sie den ersten Brief. Zunächst war sie enttäuscht. Der Umschlag schien lediglich Quittungen zu enthalten. Sie blätterte sie durch. Zumeist handelte es sich um Quittungen für Porzellan und Gläser. Dann geriet sie an ein seltsames Dokument. Sie las es erst flüchtig, dann noch einmal gründlich durch.

An der einen Seite standen zwei Namen, die sie nicht entziffern konnte, und dahinter stand ›Sklavenmakler‹.

Der Text lautete:

›Atlanta, Ga. 14. Juli 1857

Von James Hobbs vierzig Dollar erhalten für den Erwerb eines Negers namens Timmy. Alle Eigentumsrechte auf besagten Sklaven Timmy gehen auf Mr. Hobbs über, Ansprüche irgendwelcher anderer Personen sind ungültig. Zugleich wird garantiert, daß Timmy in gesundem Zustand übergeben wird. Dies wird mit Unterschrift und Stempel bestätigt.‹

Am unteren Teil des Dokuments befand sich beides.

Es war die Quittung für einen gekauften Sklaven. Sarah drehte das Papier um und betrachtete es fasziniert. Es gab noch weitere Quittungen. Auch auf ihnen wurde bestätigt, daß James Hobbs Sklaven gekauft hatte, auf einigen anderen stand der Name ›Tim Gibson‹. Die Schrift war dieselbe.

Tim Gibson hatte also viele solcher Reisen in den Süden gemacht. Sarah lehnte sich zurück und grübelte. Tim war immer wieder im Auftrag des alten Adam in den Süden gefahren! Nie hätte er das Geld gehabt, sich die Sklaven selbst zu kaufen. Der alte Adam hatte ihn dorthin geschickt, damit er Sklaven kaufte, sie in den Norden brachte, wo sie freigelassen wurden.

Sie sah weitere Quittungen durch und fand welche, die auf ›Adam Overmiller‹ ausgestellt worden waren, in denen der Erhalt verschiedener Summen bestätigt wurde.

Andere waren auf Personen ausgestellt, die sie nicht kannte. Hatte Adam Geld verliehen oder es ausgegeben?

Dann stieß sie auf Leonard Ensleys Namen. Insgesamt handelte es sich um neun Quittungen, jeweils über Summen zwischen hundert und dreihundert Dollar. Das Ganze bezog sich auf eine Periode von fünf Jahren.

Wie merkwürdig. Sie starrte darauf, konnte sich jedoch keinen Reim darauf machen. Schuldete Leonard nun ihrem Großvater Geld oder waren die Schulden schon seit langem bezahlt, die Quittungen jedoch nicht vernichtet worden?

Rätsel über Rätsel. Wenn sie den Sinn dieser Quittungen hätte begreifen können, so hätte sie damit vielleicht einen Hinweis auf die Todesursache ihres Großvaters in der Hand gehabt. Aber das Ganze ergab eben für sie keinen Sinn.

Schließlich steckte sie alles wieder in die Umschläge, umwickelte sie mit einer neuen Schnur und legte alles zurück in das Versteck hinter den Rechnungsbüchern. Vielleicht sollte sie die Quittungen Joel zeigen. Möglicherweise konnte er erraten oder sich zusammenreimen, was da vorgefallen war.

Lieber Joel. Während sie sich die Hände wusch und die Haare bürstete, sah sie ihren lächelnden Mund im Spiegel. Würde er sie wieder küssen – und wann?

15

Sarah ging zum Mittagessen hinunter, unsicher und zugleich begierig, Joel wiederzusehen. Sie fragte sich, ob sie sich eigentlich wirklich hatte verlieben wollen, es war ein solches Durcheinander von Empfindungen, solche verrückten und seltsamen Gefühle, einmal Himmel, einmal Hölle...

Jedenfalls keine sehr komfortable Art zu leben, entschied sie.

Justina war allein in der Küche, als sie eintrat. Sie drehte sich hastig um.

»Miss Sarah, sind Sie allein heruntergekommen?« erkundigte sie sich in scharfem Ton, die Stirn besorgt gerunzelt.

»Ach ja – ich habe nicht daran gedacht«, erwiderte Sarah schuldbewußt.

Justina schüttelte mißbilligend den Kopf.

»Fangen Sie bloß nicht an, das zu vergessen, sonst kriegen wir alle hier Ärger«, sagte sie in unheilvollem Ton und wandte sich wieder ihrem Schmortopf zu. Sarah trat ans Herdfeuer und schnupperte hungrig.

Hugo Forrester kam ebenfalls in die Küche. Er lächelte Sarah beglückt zu, und sie dachte, sie müsse ihm nun demnächst die Wahrheit sagen, aber du lieber Himmel, wie sollte sie das tun, ohne ihn zu verletzen?

Zeke kam die Treppe herab und trat neben seine Mutter.

»Billy Dexter ist nun wach und hungrig, Mama«, teilte er ihr mit.

Sarah hörte es.

»Ich werde sein Essen zurechtmachen, Justina«, sagte sie und holte das Tablett vom Seitentisch.

Sie legte ein Deckchen, eine Serviette und das Besteck darauf. Justina füllte eine große Schüssel mit einem Teil des Inhalts des Schmortopf, stellte einen Teller mit heißem Maisbrot und Butter dazu, außerdem einen kleinen Topf mit Ahornsirup, breitete anschließend eine weitere Serviette über das Brot und schickte Zeke mit dem Tablett ins obere Stockwerk.

»Heute gibt's nichts Besonderes«, sagte sie anschließend in entschuldigendem Ton.

Sarah lachte leise.

»Nichts Besonderes – nur wunderbar duftendes Essen. Oh, Justina – werden Sie mir das Kochen beibringen?«

Justina lächelte erfreut.

»Nichts als übrig gebliebenes Fleisch und Gemüse, Schätzchen, und 'n bißchen Maisbrot. Das kriegt jeder fertig.«

Sarah wartete eine Weile und befürchtete, Joel würde gar nicht kommen. Maxine kam schüchtern von draußen durch die Hintertür herein. Sie warf Sarah und Hugo einen seltsamen Blick zu und sagte schließlich:

»Darf ich Ihnen beiden Gesellschaft leisten? Dad ist heute so schlechter Laune, und Leonard hat für keinen Menschen ein gutes Wort.«

»Aber natürlich – bitte kommen Sie doch, Maxine«, sagte Sarah schnell.

Sie hoffte, daß die Mißstimmung bald behoben sein würde. Wenn Maxine hörte, daß Hugo sie, Sarah, gar nicht heiraten würde, mußte das doch hilfreich sein, auch wenn ihre Gefühle nach wie vor verletzt waren.

Maxine zögerte und ließ sich dann Hugo gegenüber nieder, die Augen niedergeschlagen. Sarah nahm ihren gewohnten Platz ein, noch immer unsicher Joels wegen. Würde er kommen oder war er nach wie vor wütend auf sie?

Als Joel dann tatsächlich hereintrat, fühlte sie sich schwach vor Erleichterung. Er sah sie an, zögerte und lächelte dann eine Spur. Sie lächelte zurück, sagte: »Hallo, Joel«, und hoffte, daß ihre Stimme einigermaßen normal klang.

»Hallo, Sarah.« Er ging an seinen Platz am Tischende.

Als Justina mit dem Auftragen begann, fügte er hinzu: »Ich habe mir die Brücken angesehen. Sie sind in gar keinem so schlechten Zustand, Hugo. Ich nehme an, wir können noch heute anfangen, an ihnen zu arbeiten.«

»Billy Dexter hat weiteren Regen prophezeit«, bemerkte Hugo, und seine Mundwinkel verzogen sich nach unten.

Allgemeiner Protest erhob sich.

»O nein – nein«, rief Sarah.

»Es *darf* nicht regnen – es kann doch einfach nicht so weitergehen!« jammerte Maxine.

»Wir haben nun wirklich genug Regen gehabt«, erklärte Justina mit Festigkeit.

Die beiden Männer lachten.

»Sagen Sie's dem lieben Gott, Justina«, neckte sie Joel. »Er soll den Regen abstellen. Sagen Sie ihm, er hätte nun genügend heruntergeschickt.«

»Hab ich schon«, erwiderte Justina. Dann stemmte sie die Hände auf die Hüften und schüttelte den Kopf. Sie hatte den Ahornsirup ob der Diskussion über das Wetter vergessen. Sarah stand auf und holte den Krug. Sie zögerte und blieb dann, als die Aufmerksamkeit aller auf Justina gerichtet war, neben Joel stehen. Sie beugte sich vor, stellte den Krug neben seinen Teller und es gelang ihr, mit den Fingern flüchtig seine Hand zu berühren.

Joel blickte schnell zu ihr auf. Sie wußte, daß ihr die Röte ins Gesicht gestiegen war.

»Danke«, sagte er leise.

Sie kehrte an ihren Platz zurück. Justina begann den herrlich duftenden Eintopf auszuteilen. Joel und Hugo diskutierten über die Reparatur der Brücken und wen von den Männern man wohl dazu bringen konnte, dabei zu helfen.

»Was haben Sie heute nachmittag vor, Sarah?« erkundigte sich Maxine. »Ich muß im Laden helfen. Leonard muß die Abrechnungen zu Ende bringen.«

»Na ja – ich dachte, ich könnte mit Justina zusammen durch den Gasthof gehen und nachsehen, was alles gereinigt werden muß«, antwortete Sarah nachdenklich. »Falls der Regen je aufhört – und irgendwann wird das ja wohl geschehen –, bekommen wir vielleicht Gäste. Ein paar der vorderen Zimmer müssen gesäubert werden.«

»'Ne gute Idee, Miss Sarah«, sagte Justina eifrig. Sie brachte einen weiteren Teller Brot, heiß und gelb von Maiskörnern, und stellte die Butter neben Sarah auf den Tisch. »Ich nehm' Pearl zu Hilfe und Zeke auch.«

Sarah blickte Joel an. »Joel, brauchen Sie Zeke bei der Arbeit an den Brücken?«

Joel sah sie ihrerseits an und sie schien in die dunkelgrauen Augen zu versinken. Sie konnte den Blick nicht abwenden und fragte sich, ob alle anderen am Tisch dies nicht auch wahrnahmen.

»Hm – ja«, antwortete Joel schließlich, »ich hätte Zeke gern dabei. Er kann gut mit Handwerkszeug umgehen. Aber wenn Sie ihn brauchen ...«

»Es eilt nicht so mit den Zimmern. Justina, Pearl und ich bewältigen das auch allein«, sagte Sarah und brachte es endlich fertig, den Blick auf ihren Teller zu richten. Sie hatte ein Gefühl der Atemlosigkeit, und ihr Herz pochte seltsam.

Nach dem Essen verschwand Maxine, um sich um den Laden drüben zu kümmern. Sarah half beim Abräumen des Tisches, dann unternahmen die drei Frauen einen kleinen Rundgang durch die Zimmer.

»Ich würde gern zuerst die drei Vorderzimmer herrichten, es sind die hübschesten Räume«, sagte Sarah schließlich.

»Ja, Miss Sarah«, pflichtete Justina bei. »Aber Sie brauchen sich nicht um die schwere Arbeit kümmern, die machen Pearl und ich. Wenn Sie die Fenster putzen ...«

Sie teilten sich also die Arbeit, und die Zeit verging schnell. Justina und Pearl redeten dabei nur wenig. Pearl sprach ohnehin kaum je ein Wort, und ihre großen Augen blickten verängstigt drein wie immer, was Sarah zutiefst beunruhigte. Natürlich hatte die Kleine in der Vergangenheit schlechte Erfahrungen gemacht, aber die Jahre im

Gasthof hier waren doch friedlich gewesen – abgesehen von Roscoes Ermordung. Hatte das ihre Ängste erneut geweckt?

Am Ende des Nachmittags hatten sie eine ganze Menge Arbeit hinter sich gebracht. Die ersten sechs Zimmer waren makellos sauber und standen für Gäste bereit. Sarah beschloß, am nächsten Tag weitere Zimmer herzurichten. Sofern der Regen freundlicherweise endgültig aufhörte und die Brücken repariert waren, war es durchaus möglich, daß der Gasthof sich füllen würde. Zumindest mußte sie darauf gefaßt sein. Sie wollte mit Justina über die Anschaffung von weiteren Lebensmittelvorräten sprechen. Vielleicht sollte sie den Bestand in der Speisekammer einmal nachprüfen. Und dann die Räucherkammer im hinteren Teil des Gasthofs – dort sollte sie sich auch umsehen, um in Erfahrung zu bringen, was für den Winter noch gebraucht würde.

Den Kopf voll von hausfraulichen Gedanken, kehrte sie ins blaue Zimmer zurück, um dort die inzwischen getrockneten Fenster zu schließen. Dabei fiel ihr Blick auf das Schild mit der goldenen Gans und dem goldenen Ei. Es hing von einem stabilen Holztriangel, der an der Hausmauer angebracht war, herab. Neugierig streckte sie die Hand aus, um es zu betasten. Als sie die Gans berührte, schwang sie samt dem Ei in ihre Richtung zurück, so daß sie sie mit der Hand anfassen konnte.

Seltsam. Für ein bemaltes Stück Holz war das Ding sehr schwer, fand Sarah. Erstaunlich schwer. Sie starrte auf die trübe gewordene Vergoldung der Gans und ihres Eis. Ja, matt und trübe war sie, aber sie hatte keine Feuchtigkeits- oder Rostflecken.

Sarah beugte sich vorsichtig hinaus und blickte auf die Straße hinab. Dort war niemand zu sehen. Sie nahm eine kleine Bürste und rieb an dem Schild. Die Trübung ließ sich nicht wegwischen. Schließlich kratzte sie mit dem Fingernagel daran. Der Atem stockte ihr. Die vermeintliche Vergoldung ließ sich abkratzen – wie Farbe. Und darunter – war pures Gold.

Es war also genau anders, als alle angenommen hatten. Unter der Vergoldung befand sich kein Holz. Die Schicht bedeckte das echte Gold. Sie war lediglich geschickt aufgetragen worden.

O Gott, dachte Sarah. Alter Adam, ich habe dein Gold gefunden. Was für ein raffinierter Mann du gewesen bist. Sie empfand eine merkwürdige Schwäche, und ihr war leicht schwindlig, als sie die goldene Gans und ihr Ei wieder in die richtige Position brachte.

Danach mußte sie sich erst einmal eine Minute lang hinsetzen und auf ihren Fingernagel starren. Er war mit Vergoldungsschicht bedeckt. Sie wischte sie vorsichtig ab. Die Gans und ihr Ei waren riesig. Und sie bestanden aus purem Gold, das geschmolzen und in die entsprechende Form gegossen worden war.

All dieses Gold. Ein Vermögen an Gold. Es reichte für ihr ganzes Leben – und darüber hinaus. Wenn sie nicht wollte, brauchte sie nie mehr zu arbeiten.

Sie konnte auch einen Teil des Geldes in den Gasthof stecken und das Postbüro von seiner Trübseligkeit befreien, es für sich und Joel herrichten. Sie konnten zusammen...

All dieses viele Gold.

Sie stand schließlich auf, warf noch einen Blick auf die Gans draußen und ging dann zu Justine und Pearl, die in einem Zimmer arbeiteten. Justina, mit Bettenmachen beschäftigt, blickte auf.

»Da sind Sie ja, Miss Sarah. Ich glaub', ich geh jetzt am besten in die Küche und mach's Abendessen. Die Mannsbilder werden nach ihrer Arbeit halb verhungert sein.«

»Ich komme mit und helfe Ihnen dabei«, sagte Sarah schnell.

Sie *mußte* arbeiten, sie durfte jetzt nicht zum Nachdenken kommen, sie war so betroffen, glücklich und aufgeregt – alles auf einmal. Hoffentlich verriet ihr Gesicht keinem etwas!

»Nein, Miss Sarah, sie müssen erstmal ausruhn.«

Justina blieb fest. Sie begleitete Sarah in deren Zimmer

zurück, nachdem beide vorher noch einmal bei Billy Dexter hereingesehen hatten, der samt seinem Gewehr friedlich im Bett lag.

Sarah legte sich ihrerseits auf ihr bequemes Bett. Aber sie konnte nicht schlafen, dazu schossen ihr zu viele Gedanken durch den Kopf. Wie konnte sie das, was sie nun wußte, verwenden, wie konnte sie damit dem Mörder eine Falle stellen – ja, wie nur?

Möglich war das, das wußte sie. Wenn ihr nur einfallen würde, wie sie es machen sollte.

Der Mörder würde sie nicht umbringen, wenn er glaubte, sie hätte das Gold. Und nur sie, Sarah, wußte jetzt, wo es war!

Als sie sich schließlich vom Bett erhob, gebadet und sich zum Abendessen zurechtgemacht hatte, wußte sie, was sie tun würde. Es war ein großes Risiko dabei, aber sie mußte es tun.

Sie wollte am Leben bleiben, und sie wollte den Mörder ihres Großvaters und Roscoes in die Falle locken. Es konnte gelingen – sofern sie sehr, sehr vorsichtig war.

Zeke kam, um sie abzuholen und in die Küche hinabzubegleiten. Sarah war innerlich rastlos und beunruhigt. Maxine kam als erste herein, und das war für Sarah ein Omen.

Sie ergriff die junge Frau am Arm und führte sie an die eine Seite der Küche.

»Kommen Sie und sehen Sie sich die Pasteten an, Maxine. Meinen Sie, das reicht aus, um morgen eine Gesellschaft zu geben?«

Maxine starrte Sarah an, als ob sie übergeschnappt wäre.

»Eine Gesellschaft?« Sie wich zurück.

Ihr Sarah zugewandtes Gesicht war düster und verschlossen. Nach wie vor hatte Maxine ihre Enttäuschung über Hugo nicht verziehen.

»Still – hören Sie zu«, flüsterte ihr Sarah hastig zu. »Maxine, ich muß es Ihnen sagen. Überlegen Sie – wem kann ich vertrauen? Ich habe das Gold gefunden.«

Maxine erstarrte, und ihre veilchenblauen Augen wurden weit, während sie Sarah ansah. Sarah erwiderte ihren Blick und sah dann über Maxines Schulter weg zum Kamin hinüber. Zeke und Justina waren am Herd beschäftigt und voll in Anspruch genommen.

»Sie haben – es gefunden.« Maxines Stimme klang atemlos. »Wo?«

»Das kann ich Ihnen nicht sagen – noch nicht. Hören Sie, die Bank ist geschlossen und macht vor Montag nicht auf. Ich darf es noch niemand verraten. Aber Sie müssen mir helfen, Maxine, bitte. Sagen Sie mir, wem in der Stadt ich vertrauen kann. Es handelt sich um einen gewaltigen Haufen Gold – ich brauche Hilfe, um ihn sicher in die Bank zu schaffen. Und kann ich mich auf den Bankier verlassen?«

Maxine starrte sie noch immer an, ihr Gesicht war vor Erregung gerötet.

»Gold – ein großer Haufen – o Sarah, stimmt das wirklich?«

Sarah nickte und sah sich verstohlen um, so als ob sie irgendwelche Ängste hegte. Sie hegte auch tatsächlich die Befürchtung, jemand könnte sie belauschen. »Behalten Sie es für sich. Wir sprechen morgen darüber – Sie werden mir doch helfen, nicht wahr? Ich weiß nicht, wem ich sonst vertrauen kann!«

»Natürlich – ja, natürlich werde ich Ihnen helfen, Sarah. Sie können auf mich zählen.«

»Ich wage nicht, es den anderen zu sagen«, flüsterte Sarah. »Es ist so viel – ein Vermögen in Gold – oh, da kommt Hugo. Verraten Sie ihm nichts! Ich werde ihn nicht heiraten, das wissen Sie – ich liebe ihn nicht. Ich dachte, er hätte *Sie* gern«, fügte sie hastig hinzu und drehte sich dann lächelnd zu Hugo um.

»Guten Abend, Ladies«, sagte er und lächelte seinerseits. Sein Blick verharrte erst auf der einen, dann auf der anderen der beiden jungen Frauen. Maxine blieb wie erstarrt stehen, und es bedurfte Sarahs ganzer Geistesgegenwart, um die Situation zu retten.

Schließlich ließen sich alle am Tisch nieder. Hugo zeigte ihnen seine von der Arbeit rauhen und zerschundenen Hände und bat scherzhaft um ihr Mitgefühl.

»Sie werden doch hoffentlich Mitleid mit einem Mann haben, der an derartige Arbeiten nicht gewöhnt ist? Man hat mich den gesamten Nachmittag über ausgelacht.«

»Oh, das ist ja empörend!« gurrte Maxine, fast wieder sie selbst. »Dieser unverschämte Joel, ich kann ihn förmlich hören. Ich werde Ihnen nach dem Essen beistehen, wir werden Ihre armen Hände in einer Kräuteremulsion baden...«

»Sie sind sehr freundlich«, sagte Hugo und blickte hoffnungsvoll auf Sarah.

Aber die lächelte nur vage und sah zur Tür hinüber, durch die soeben Joel eintrat.

Er wirkte müde, aber zufrieden.

»Eine der Brücken ist komplett wiederhergerichtet«, erklärte er triumphierend. »Die am schlimmsten betroffene Brücke nehmen wir morgen in Angriff, sofern es nicht wieder regnet.«

Hugo stöhnte und hielt demonstrativ die Hände in die Höhe. »Auch auf die Gefahr hin, daß ich mir den Zorn aller Anwesenden hier zuziehe – ich werde um Regen beten!«

Alle lachten. Joel bemerkte trocken:

»Zum Glück wissen wir nicht, wie groß der Einfluß Ihrer Gebete im Himmel ist. Möglicherweise ist es damit nicht so weit her.«

»Hör mal, das ist wirklich gemein, Joel«, sagte Maxine temperamentvoll und lachte ihn an. Ihre Augen funkelten, sie hatte ihre gute Laune offensichtlich wiedergewonnen. »Hören Sie nicht auf ihn, Hugo.«

»Ich würde viel lieber auf Sie hören, Miss Maxine. Ihre Stimme klingt wesentlich angenehmer und beruhigender als die Joels.«

Joel grinste lediglich und setzte sich auf seinen Platz. Er blickte aus irgendeinem Grund äußerst befriedigt drein. Vielleicht der Brücke wegen, dachte Sarah und sah ihn über den Rand ihres Wasserglases weg an. Er erwiderte ihren Blick, und sie wurde rot.

Zu ihrer Überraschung tauchten Clarence Gibson und Leonard auf, bevor das Essen noch richtig begonnen hatte. Sarah begrüßte sie herzlich. Das paßte in ihre Pläne, und ihr Herz klopfte heftiger, während sie daran dachte, wie es sein würde, wenn sie sich verwirklichen ließen. Sie stellte zwei weitere Gedecke hin.

»Ich freue mich, daß Sie gekommen sind. Justina hat eines meiner Lieblingsessen gekocht – Schinken mit grünen Bohnen und Kartoffeln. Und wir haben so viel Kürbispastete.« Sie lächelte den beiden zu und kam sich dabei wie eine Betrügerin vor. Aber Mördern gegenüber kann man nicht fair sein, dachte sie.

Ganz gegen ihre sonstige Art plauderte sie nervös. Sie merkte, daß Joel sie hin und wieder neugierig ansah. Aber sie konnte nicht aufhören zu reden.

»Ich muß morgen die Räucherkammer inspizieren. Ich habe keine Ahnung, wieviel Vorrat an Schinken und Steaks noch da ist. Wird darüber Buch geführt, Justina? Und die Regale in der Speisekammer – sie müssen ja allmählich leer sein. Ich frage mich, ob ich mich an den Gemüsemann wenden kann, der meinen Großvater beliefert hat. Ganz sicher wird der Regen bald nachlassen und dann kommen wieder Gäste.«

Clarence Gibson lauschte ernst und aufmerksam ihren Worten. Immer wieder blickte er an Maxine vorbei zu ihr hin, seine dunkelblauen Augen waren unergründlich.

Leonard war mürrisch wie immer und Maxine behauptete, dies sei so, weil er sich mit der Buchführung beschäftigt hatte und Zahlen haßte.

»Aber du wirst es lernen müssen, Leonard«, fügte sie hinzu. »Du weißt, Dad möchte, daß du alle Aspekte des Geschäfts kennenlernst.«

»Irgendwie werde ich es schon lernen«, murmelte Leonard und runzelte die Stirn. »Wenn du nur wolltest, könntest du mir dabei mehr helfen, Maxine. Du kennst dich mit Zahlen aus.«

Sie warf das blonde Haar zurück und strahlte. Alle sahen sie an. Sie war heute abend einfach strahlend. Lag das an der Aufregung über das Gold oder an dem, was sie, Sarah, über Hugo gesagt hatte? Sarah begann zu grübeln.

Nach dem Essen schaffte Maxine eine Schüssel heißen Wassers und reichlich Kräuter herbei, dazu Salbe und ein Tuch, damit Hugo seine Hände baden konnte. Während sie damit beschäftigt war, machte sie Joel Vorwürfe.

»Du solltest eigentlich wissen, daß er an solch harte Arbeit nicht gewöhnt ist wie du, Joel. Du hättest ihn etwas Leichteres machen lassen können.«

»Es gab da keine leichte Arbeit zu tun, Maxine«, erwiderte Joel gelassen und lehnte sich in seinem Stuhl zurück.

Er beobachtete die beiden mit einem merkwürdigen Lächeln um den Mund. Leonard warf ihnen einen erkennbar eifersüchtigen Blick zu und verzog sich, nachdem er erklärt hatte, er brauche keine medizinische, sondern buchhalterische Hilfe.

Sarah ging zu Clarence Gibson hinüber, der im Begriff war, Leonard zu folgen.

»Oh, Mr. Gibson, vielleicht würden Sie einmal einen Blick in die Speisekammer werfen – ich wollte Sie fragen...«

Joel sah ihr und Gibson stirnrunzelnd nach, als sie der Speisekammertür zustrebten. Aber er hatte ihre beiden Rücken im Blickfeld, und das schien ihn zu beruhigen. Sarah empfand Nervosität; Clarence war ein intelligenter Mann, der weit mehr durchschaute, als man zuerst annehmen konnte.

Sie waren außerhalb der Hörweite der anderen, und außer Joel achtete niemand sonderlich auf sie. Während Sarah eifrig auf die Regale deutete, so als ob sie sich darüber unterhielten, flüsterte sie Clarence zu:

»Mr. Gibson, ich brauche Ihre Hilfe.«

»Was ist?« flüsterte er zurück und sah sie scharf an.

»Ich – ich habe das Gold gefunden. Und es ist ungeheuer viel. Es ist – schrecklich schwer«, stotterte sie und empfand plötzlich eiskalte Furcht.

Wenn sie das Gold gefunden hatte, so konnte auch Clarence Gibson es finden. Wenn er einmal überzeugt war, daß es dieses Gold wirklich gab, konnte er sie dann nicht umbringen und sich damit aus dem Staub machen?

»Mein Gott, Mädchen – schaffen Sie es auf die Bank«, sagte er brüsk. »Sie wollen es doch nicht hier behalten?«

»Das kann ich nicht. Die Bank ist bis Montag geschlossen.«

Er biß sich auf die Lippen.

»Ich werde mich an den Bankier wenden. Unter diesen Umständen wird er aufschließen. Sie nehmen ein gewaltiges Risiko auf sich, Sarah. Wo ist es denn?«

»Ich – das kann ich Ihnen jetzt nicht sagen. Aber es ist so schwer, und ich brauche Hilfe. Wahrscheinlich bedarf es mehrerer Männer, um es zu transportieren...«

Er sah sie mit gerunzelter Stirn an, seine dunkelblauen Augen glitzerten.

»Soviel ist es? Ein Riesenvermögen, obwohl er so freizügig Geld ausgegeben hat? Ich hätte nie gedacht, daß er auf diese Weise gehortet hat.«

»Alles ist in mehrere große Stücke zusammengeschmolzen worden. Zu schwer, als daß ich sie heben könnte«, flüsterte sie. Sie mußte den Köder so wirkungsvoll wie möglich machen. »Bitte – bitte lassen Sie sich durch den Kopf gehen – wie Sie mir helfen können. Ich werde mich morgen noch einmal an Sie wenden. Wir könnten es am Montag wegschaffen.«

»Ganz recht. Obwohl ich der Meinung bin, wir sollten es schon heute abend...«

»Nein, nicht heute abend. Das möchte ich nicht – wenn irgend etwas schief geht, und wir können es nicht auf die Bank bringen...«

»Vielleicht haben Sie recht.« Er hob die Stimme und Sarah sah Maxine auf sie beide zukommen. »Ich gebe Ihnen den Rat, die Speisekammer zu füllen, Miss Sarah. Wie Sie selbst sagten, es könnten jederzeit Gäste kommen. Ich erinnere mich daran, daß einmal eine Gesellschaft von dreißig Leuten unangemeldet eintraf, ein Kongreßabgeordneter und seine Leute. Der alte Adam kam prächtig zurecht, aber seine Speisekammer war hinterher total leer, das kann ich Ihnen verraten! Trotzdem, er war niemals unvorbereitet.«

»Wir müssen nach Hause gehen, Daddy«, sagte Maxine und schob liebevoll ihren Arm unter den ihres Schwiegervaters. »Gute Nacht, Sarah. Vielen Dank, daß Sie so freundlich sind und uns so oft herkommen lassen.«

Sie lächelte Sarah so liebevoll zu wie zuvor, ihre Wangen waren noch immer anmutig gerötet, ihre veilchenblauen Augen schimmerten.

»Aber das freut mich doch. Bitte, kommen Sie morgen wieder, Maxine«, sagte Sarah herzlich. Sie begleitete die beiden zur Hintertür.

Dann kehrte sie, innerlich leicht zitternd, zum Tisch zurück. Sie kam sich vor wie eine Glücksspielerin mit einem sehr hohen Einsatz – nämlich dem ihres eigenen Lebens.

Sie ließ sich wieder an ihrem Platz nieder und Joel füllte erneut ihre Tasse mit heißem Kaffee.

Hugos Hände waren mit Bandagen umwickelt worden. Zeke kam in die Küche.

»Mr. Joel, ich fürchte, das Loch ist noch nicht richtig gestopft«, sagte er. »Im Postbüro drüben rinnt immer noch Wasser auf den Schreibtisch.«

»Na schön«, brummte Joel. »Komm mit, Zeke, bring das Handwerkszeug hinüber. Hugo, bleiben Sie hier bei Sarah? Lassen Sie sie bitte nicht allein.«

»Mit Vergnügen.«

Hugo lächelte Sarah zu. Joel zögerte, verschwand dann jedoch zusammen mit Zeke.

»Ich wollte ohnehin mit Ihnen sprechen«, begann Sarah, als Joel kaum verschwunden war. »Zwei Dinge muß ich Ihnen sagen, bevor sie zurückkehren.«

»Natürlich. Aber wie ich schon sagte, Sie müssen sich nun nicht schnell entscheiden, meine Liebe.«

Hugo beugte sich vor, die Ellbogen auf dem Tisch, und sah sie ernsthaft an.

»Das – das ist das eine, Hugo. Obwohl ich Sie mag und außerordentlich bewundere, bin ich – ich bin noch nicht bereit – ich meine, ich habe das Gefühl, ich sollte jetzt noch nicht heiraten. Und ich – ich *liebe* Sie nicht. Ich kann Sie nicht heiraten, Hugo. Es tut mir so leid. Ich wollte es Ihnen schon gestern abend sagen, aber ich war so überrascht.«

»Überrascht? Daß ich Sie bewundere und schon so bald lieben gelernt habe?« Er lächelte ihr sanft und in keiner Weise aufgeregt zu. »Da bin ich ja selbst überrascht. Es sieht mir, das muß ich gestehen, auch gar nicht ähnlich, so schnell aus der Fassung gebracht zu werden. Aber es ist nun einmal so, und ich bringe die Geduld auf, zu warten, bis Sie mich besser kennengelernt haben und meine Gefühle für Sie verstehen können.«

»Bitte, Hugo – reden Sie nicht weiter«, sagte sie und kam sich wie eine unangenehm hinterhältige Person vor. Sie konnte ihre Pläne nicht weiterverfolgen, wenn sie ihm gegenüber solche Gewissensbisse hegte. Mühsam fuhr sie fort: »Hugo, ich habe das Gold gefunden. Und es ist eine riesige Menge – sehr schwer. Und die Bank ist vor Montag nicht offen.«

»Mein Gott«, sagte er verdutzt und starrte sie an. »Sie haben das Gold gefunden – es existiert wirklich?«

»Existiert! Es ist so viel – Hugo, ich bräuchte nie mehr zu arbeiten. Natürlich werde ich das trotzdem tun, ich werde den Gasthof führen, und zwar gern. Aber es ist so viel Geld – ein Vermögen.«

Sie hörte Joels und Zekes Stimmen auf dem Flur draußen, als die beiden zurückkehrten. Sarah berührte Hugos verbundene Hand und flüsterte:

»Jetzt Schluß – wir reden morgen weiter darüber.«

»Gut.«

Er lehnte sich im Stuhl zurück. Er sah noch immer leicht benommen aus.

Oh, dieses Gold, dachte Sarah niedergeschlagen. Wieviel Probleme hatte es schon geschaffen, und wieviele würden noch auf sie zukommen!

Joel kam herein, wobei er durch ein paar gemäßigte Flüche Justinas Mißfallen erregte.

»Ach, warum soll ich nicht fluchen«, sagte er. »Dieses verdammte Wasser ruiniert meinen Schreibtisch. Zwei Eimer sind bereits vollgelaufen, und dieses blöde Dach leckt noch immer. Der Teufel soll mich holen, wenn ich heute abend noch hinaufklettere, um es zu flicken!«

»Morgen wirds wieder regnen«, verkündete Zeke. »Billy Dexter hat's gesagt.«

»Dann werde ich Billy Dexter auf's Dach hieven und mit ihm das Loch verstopfen«, erklärte Joel verdrossen.

Zeke brach in schallendes Gelächter aus und schlug sich auf den Schenkel, bis seine Mutter ihn streng anblickte.

Joel setzte sich an den Tisch und bekam erneut heißen Kaffee eingeschenkt. Er sah müde und düster aus. Sarah nahm an, daß er sehr erschöpft war, und die Tatsache, daß sie auch mit ihm Theater spielen mußte, bedrückte sie. Aber sie hatte sich nun einmal entschlossen und mußte ihren Plan durchführen.

Joel sah aus, als wolle er für immer da sitzenbleiben, und Hugo hatte wohl das Gefühl, hier an Ausdauer übertroffen zu werden. Also entschuldigte er sich und ging in sein Zimmer hinauf. Vorher warf er Sarah noch einen bedeutungsvollen Blick zu und sagte: »Dann sehen wir uns also hoffentlich morgen, Miss Sarah.«

»Ja, natürlich. Gute Nacht, Hugo.«

Auch Justina, Zeke und Pearl gingen, um in ihren eigenen Räumen oben zu Abend zu essen. Joel und Sarah blieben noch ein paar Minuten länger sitzen.

»Joel«, sagte Sarah schließlich, »würden Sie mich in meine Zimmer hinaufbegleiten? Ich bin ziemlich müde.«

»Gut.« Er stand auf und folgte ihr die Treppe hinauf. »Sie hatten heute einen anstrengenden Tag. Haben Sie wegen des Vormittags mit irgend jemandem gesprochen?« fragte er betont beiläufig.

Dieser Vormittag – der Mordversuch – sie hatte ihn fast vergessen.

»Nein, Joel.«

»Gut. Wir werden morgen darüber reden«, sagte er.

Sie schloß ihr Zimmer auf, er sah sich darin um wie gewöhnlich, und erklärte dann, alles sei in Ordnung.

Er trat dicht an sie heran.

»Sarah – es tut mir leid wegen heute nachmittag. Ich war ausgesprochen unvernünftig. Sie brauchen Zeit.«

Sie sah ihm in die Augen und senkte dann den Blick. Sie konnte ihn einfach nicht ansehen und ihn zugleich täuschen.

»Joel – ich verstehe nichts vom Küssen«, sagte sie leise. »Ich – ich weiß einfach nicht, wie ich darauf reagieren soll. Lassen Sie mir Zeit.«

Sein Gesicht erhellte sich, er streckte die Arme nach ihr aus. Sie ließ sich von ihm auf den Mund küssen, wobei er sie fest umschlungen hielt, und stellte fest, daß sie doch irgendwie dazugelernt hatte, denn es bereitete ihr keinerlei Mühe, ihre Lippen unter den seinen zu öffnen und seinen Kuß zu erwidern.

»Das war gar nicht so schlecht«, sagte Joel und beugte sich erneut vor. Der nächste Kuß war sogar noch besser, und sie vergaß fast ihren Plan.

Dann schob sie sein Gesicht eine Spur von sich, wobei sie der Versuchung nachgab, mit den Fingern die Lachfältchen neben seinem Mund entlang zu streichen. Er beugte sich erneut über sie.

»Nein, Joel – nicht mehr. Ich muß Ihnen etwas sagen.« Ihre Stimme klang leicht atemlos. Lieber hätte sie weitergeküßt, um vollends alles über diese interessante Kunst in Erfahrung zu bringen, aber andere Dinge mußten vorgehen.

Er hielt zögernd inne. Sie ging zur Tür, warf einen Blick hinaus und kehrte dann zurück. Er beobachtete sie mit gerunzelter Stirn.

»Joel«, flüsterte sie. »Ich habe heute das Gold gefunden.«

»Sie haben es gefunden – o Gott. Noch mehr Scherereien«, sagte er schlicht. »Wo ist es?«

Sie zögerte. Er kannte sie so gut, er konnte praktisch ihre Gedanken lesen.

»Ich möchte – Ihnen das vor Montag nicht sagen«, flüsterte sie. »Bis dahin können wir es nicht wegschaffen. Und wir brauchen mehrere Männer, denen wir vertrauen können, damit sie uns helfen. Es ist schrecklich schwer. Es ist eine ganze Menge.«

Er nickte, sein Gesicht war plötzlich ernst.

»Gut, Sarah. Wir werden uns am Montag darum kümmern. Wollen Sie es auf die Bank schaffen?«

Sie nickte.

»Es ist so viel – daß es mir Angst einjagt«, sagte sie, und das stimmte auch.

»Sie werden also eine reiche Frau sein, ja? Na schön, träumen Sie gut davon, Sarah.«

Er lächelte auf seine eigenartige Weise, streckte die Hand aus und berührte sachte ihr Gesicht. Dann ging er zur Tür. Sie starrte hinter ihm her.

Gab es heute abend keine weiteren Lektionen im Küssen mehr? Augenscheinlich nicht.

»Verschließen und verriegeln Sie die Tür, Sarah«, befahl er. »Gute Nacht.«

»Gute Nacht, Joel«, sagte sie.

Sie schloß und verriegelte die Tür hinter ihm und wäre fast in Tränen ausgebrochen.

Das Gold hat alles verändert, dachte sie. Es war nicht sehr erfreulich, wie es auf die Menschen wirkte.

16

Sarah hatte das Nachdenken und die fortgesetzte Besorgnis satt. Sie ging früh zu Bett, warf sich noch eine Weile hin und her und verfiel schließlich in einen unruhigen Schlaf. Gelegentlich wachte sie auf und grübelte dann erneut über ihren gefahrvollen Plan nach.

Er mußte gelingen. Er *mußte* einfach gelingen!

Am Morgen stand sie frühzeitig auf, und Zeke brachte ihr heißes Wasser. Sie zog sich an, bürstete sich gründlich das Haar und legte es in Flechten um den Kopf. Heute früh fühlte sie sich weder jung, noch voller Feuereifer, noch kindisch. Sie hatte schlicht Angst.

Es war ein Sonntagmorgen. Die Glocken läuteten nicht, der Pfarrer war verreist, aber es herrschte sonntägliche Stille in der kleinen Stadt.

»Guten Morgen, Miss Sarah, hat der Regen in der Nacht Sie geweckt?« erkundigte sich Justina, als sie in die Küche herabkam.

»Regen? Um Himmelswillen, doch nicht noch mehr Regen, Justina!«

»Und ob. 'Ne richtige Sintflut, Ma'am. Schlimmer als vorher. Zeke, der ist runter zur Brücke gegangen, die sie gestern gerichtet haben – und wissen Sie was? Die ist erneut zusammengebrochen. Das Wasser hat sogar noch mehr von 'n Stützpfeilern weggeschwemmt. Zeke hat gesagt, Mr. Joel wird noch schlimmer fluchen als sonst, wenn er's hört!«

»Ganz sicher.« Sarah seufzte bedrückt.

Sie ging zur Hintertür, öffnete sie spaltbreit und schnappte nach Luft. Der Wind fegte durch den Garten, der Regen war wie eine dunkle Wasserwand. Alles war überflutet.

»Wenn Mr. Joel zu fluchen anfängt, halten Sie sich am besten die Ohren zu und beten«, riet ihr Justina kichernd.

»Der Mann – der hat in der Armee vielleicht 'n paar ausgesuchte Schimpfwörter gelernt!«

Sarah lächelte ein bißchen, aber sie war in keiner Weise fröhlich. Dieser erneute wilde Sturm wirkte deprimierend. Und dann noch das Gold, der Mörder... Sie schloß die Tür und wandte sich wieder der warmen Küche zu, um die kalten Hände über das Feuer zu halten.

»Warum haben Sie nicht Ihr hübsches, helles Kleid an?« wollte Justina wissen, während sie Sarah betrachtete. »Und ihr Haar haben Sie so streng und fest um 'n Kopf gelegt, und Sie haben sowas Dunkles angezogen.«

»Ach – ich habe nicht darüber nachgedacht«, murmelte Sarah geistesabwesend.

»Männer mögen meistens helle Farben«, erklärte Justina weise.

Sarah spürte, daß sie errötete und wandte sich ab.

»Dieser Mr. Joel«, fuhr Justina nach einer Pause fort, »der ist 'n richtig guter Mann. Geld hat er nicht, aber ich denk', das ist nicht so wichtig. Er hat 'n gutes Herz. Klar, dieser Mr. Hugo ist auch 'n guter Mann – aber doch nicht so wie Mr. Joel.«

»Sie haben eine beträchtliche Schwäche für Mr. Joel, Justina, oder nicht?« neckte sie Sarah. Nicht, daß dies nicht auch auf sie zugetroffen hätte. Sie sehnte sich bereits nach ihm. Und das Geld durfte keine solche Rolle spielen. Warum auch? Er wußte ja, daß sie den Gasthof ohnehin geerbt hatte und einiges an Geld dazu. Warum sollte es für ihn einen solchen Unterschied bedeuten, wenn sich nun herausstellte, daß sie über ein Vermögen verfügte?

Aber es war wohl so. Sie hatte das unangenehme Gefühl, daß es eben doch eine Rolle für ihn spielte.

»Jetzt kommt er, halten Sie sich die Ohren zu, Miss Sarah«, riet ihr Justina.

Joels muntere, leicht heisere Stimme gab einiges an drastischen Äußerungen von sich.

»Dieses... Wasser, reißt die ganze... Brücke wieder mit, wir müssen wieder von vorne anfangen. Ach verdammte..., ich würde das ganze verdammte...«

»Ja, Sir, ja Sir.«

Zeke trat grinsend hinter ihm in die Küche. Joel blickte wütend drein. Sein Regenmantel war triefend naß, das Haar klebte ihm am Kopf. Justina reichte ihm ein Handtuch, und er ging zum Feuer hinüber, um sich heftig trockenzureiben. Sie nahm ihm den Regenmantel ab, sein Pullover und seine Hose schienen jedoch ebenso durchweicht zu sein.

»Ist es sehr schlimm, Joel?« fragte Sarah leise.

Er nickte.

»Schlimmer als vorher. Der erneute Regen hat die Bäche anschwellen lassen, jetzt sind die Flußufer wieder überflutet. Ich schätze, daß wir eine weitere Woche hier in der Stadt in der Falle sitzen, vielleicht sogar länger. Die Brücke, die wir gerichtet hatten, ist wieder zusammengebrochen.«

Er setzte sich ans Ende des Tisches, mit gesenktem Kopf, die Arme vor sich aufgestützt. Nie hatte Sarah ihn bisher so niedergeschlagen gesehen. Sie fragte sich, ob das nur am Regen lag – oder auch an ihrer Information vom vergangenen Abend?

»Der Regen muß ja irgendwann nachlassen, Joel«, sagte sie. »Es sieht Ihnen gar nicht ähnlich, aufzugeben. Ganz sicher haben Sie im Krieg nie aufgegeben.«

Sie sagte das langsam und nachdrücklich. Er sollte die doppelte Bedeutung ihrer Worte begreifen. Zuerst glaubte sie, er habe sie nicht verstanden. Dann hob er doch den Kopf, und seine grauen Augen sahen sie verdutzt an. Sie erwiderte seinen Blick, wenngleich sich ihre Wangen röteten und sie am ganzen Körper eine plötzliche Wärme empfand.

Er lehnte sich in seinen Stuhl zurück, und sein Gesicht entspannte sich ein bißchen.

»Vermutlich haben Sie recht, Sarah. Jetzt kann ich ja wohl wirklich nicht aufgeben.«

»Nein.«

Sie lächelte Justina zu, die einen Teller voller Schinken, Speck und Eier vor sie hingestellt hatte.

Maxine und Leonard kamen zur Hintertür hereingestürmt, ihre Regenmäntel trieften.

»O Gott, o Gott.« Maxine schüttelte sich. »Tut mir leid, Justina – alles tropft auf den Boden – aber wir können nirgendwo etwas zu essen auftreiben! Dad hat es heute früh versucht – er kommt am Straßenende unten nicht weiter!«

»Das macht nichts, Miss Maxine, mein Lämmchen«, sagte Justina. »Stellen Sie sich ans Feuer und trocknen Sie sich. Und trinken Sie'n bißchen heißen Kaffee.«

Leonard äußerte sich überhaupt nicht, sondern starrte nur alle der Reihe nach finster an, so als wären sie für die Situation verantwortlich. Er entledigte sich seines Mantels und kauerte mißgestimmt vor dem Feuer nieder.

»Das stimmt, was du über das Ende der Straße unten gesagt hast«, bemerkte er beiläufig. »Ich habe es selbst gesehen. Das Wasser steht auf der Apple Street so tief, daß man dort nicht rüberkommt. Wahrscheinlich hat der Lebensmittelhändler sowieso nicht offen, weil Sonntag ist – er ist ja nicht verpflichtet, an einem Feiertag zu verkaufen.«

»Dad meinte, er würde ihm schon aufmachen, aber er ist, wie gesagt, gar nicht bis dorthin gekommen. O Sarah, Liebes, wir essen Ihnen hoffentlich nicht die Haare vom Kopf.«

Maxine tätschelte Sarahs Hand.

»Ich glaube, in der Räucherkammer befindet sich noch eine ganze Menge. Wir werden schon nicht verhungern. Ich frage mich nur, was andere Leute hier in der Stadt machen«, fügte Sarah nachdenklich hinzu.

»Sie legen ihre Vorräte zusammen«, erklärte Joel. »Ich habe gestern mit einigen von ihnen gesprochen. Man kann nicht mehr aufs Land fahren und etwas kaufen. Wir werden schon durchkommen.«

Leonard nieste dreimal hintereinander heftig. Maxine stand auf und ging zu ihm hinüber.

»Hast du wieder Fieber?« fragte sie besorgt und legte ihre Hand auf seine Stirn.

Er nickte.

»Ich hätte nicht ausgehen sollen«, sagte er mürrisch. »Hunger habe ich sowieso keinen.«

Sie strich ihm sachte über die Stirn, bevor sie sich wieder von ihm abwandte.

»Justina – vielleicht würde ihm Ihr Kräutertee gut tun?«

»Na klar«, sagte Justina und ging zum Regal, auf dem ihre Kräuter und Gewürze standen. »Armer Mann, sicher fühlt er sich scheußlich.«

Leonard blickte elend drein, aber das geschah so oft, daß Sarah keinen sonderlichen Unterschied bemerken konnte.

Hugo Forrester trat ein und berichtete, Billy Dexter sei wach und habe Hunger.

»Und er hatte recht, was den Sturm betrifft«, fügte er in kläglichem Ton hinzu. »Ich bin nicht daran schuld, es lag nicht an meinen Gebeten.«

»Beweisen Sie das erst einmal«, lachte Maxine und funkelte ihn mit veilchenblauen Augen an.

Er lächelte sie an, sein Blick verharrte auf ihrem hübschen Gesicht und dem hellvioletten Kleid, das sie trug.

»Wie kann ich das? Abgesehen davon, daß es mit meinem Renommee im Himmel als Beter nicht weit her ist, wie Joel gesagt hat.«

»Typisch Rechtsanwalt, immer eine Retourkutsche parat«, brummte Joel, schien jedoch nicht ärgerlich zu sein.

Dies waren so ziemlich die letzten heiteren Worte am Frühstückstisch. Maxine war erkennbar nervös und erregt, Leonard sah düster drein und schien sich wirklich elend zu fühlen. Hugo wirkte geistesabwesend und betrachtete immer wieder Sarah – nachdenklich, wie ihr schien.

Selbst Joel war zerstreut und starrte vorwiegend ins Nichts. Ob sie wohl alle an das Gold dachten, fragte sich Sarah. Sie war fast davon überzeugt.

Sie überlegte, ob Maxine wohl Leonard davon erzählt hatte. Wahrscheinlich ja. Sie standen sich sehr nahe, auch wenn Maxine so gern mit anderen Männern flirtete. Sie schien für Leonard Zuneigung zu empfinden, und er selbst war mit Sicherheit verrückt nach ihr. Zudem schien Clarence Gibson ihn einzuarbeiten, damit er einmal seinen Laden übernehmen konnte, und das würde er schwerlich tun, wenn Leonard Maxine nicht heiratete.

Sie spürte die Spannung im Raum wie etwas Greifbares. Sie war wie eine Wolke, die sie alle einhüllte. Ihre eigenen Nerven schienen zu vibrieren, sie spürte beginnende Kopfschmerzen. Sie hätte sich gern den Nacken gerieben, scheute jedoch, die Aufmerksamkeit der anderen auf sich zu lenken.

Die Gedanken der Umsitzenden waren ohnehin auf sie gerichtet. Wann immer Sarah aufsah, merkte sie, daß jemand sie beobachtete und dann den Blick abwandte. Sie dachten alle an das Gold, an die Tatsache, daß Sarah es gefunden hatte, daß es sich um eine ganze Menge handelte, daß sie eine reiche Frau sein würde...

Sofern sie am Leben blieb.

Maxine fand eine Gelegenheit, Sarah etwas zuzuflüstern, bevor sie und Leonard wieder verschwanden. Sie blieb neben ihr stehen und sagte leise:

»Ich denke an – Sie wissen schon, woran. Ich werde später am Tag zurückkommen und mit Ihnen reden. Sie werden doch wohl in Ihrem Zimmer sein, oder nicht?«

»Ja. Sie wollten mir sagen – wem man vertrauen kann.«

»Hugo dürfen Sie nicht trauen. Und Joel auch nicht. Sie wollen beide das Gold, davon bin ich überzeugt«, flüsterte Maxine eindringlich, während ihre Augen vor Erregung funkelten. »Sie sind Männer – und gierig – das Geld würde Joel für sein ganzes Leben aus der Patsche helfen! Er hatte nie welches. Die Verlockung ist zu groß.«

Die Worte jagten Sarah einen Schauder über den Rükken. Sie schluckte mühsam. Maxine drückte liebevoll ihren Arm.

»Und vertrauen Sie auch Dad nicht. Ich liebe ihn – aber er würde alles tun, um das Gold in die Hände zu bekommen. Und manchmal frage ich mich – Sie wissen, wie er und der alte Adam sich gestritten haben... Oh, mehr darf ich nicht sagen...« Sie runzelte die Stirn, verärgert über sich selbst, und ging dann.

Auch Hugo sagte etwas zu ihr, als sie an den Tisch zurückkam, um noch eine Tasse Kaffee zu trinken. Joel stand neben Justina am Herd und redete auf sie ein.

»Ich überlege, was zu tun ist, Sarah. Wann können wir über die Angelegenheit sprechen? Heute nachmittag?«

Es würde ein regelrechter Zustrom zu ihren Zimmern geben, dachte sie spöttisch. Alle würden mit guten Ratschlägen anrücken, einige von ihnen mit Gier und Haß im Herzen. Wenn sie nur rechtzeitig erkannte, in welche Kategorie jeder gehörte.

»Ja, gut, heute nachmittag.«

»Halten Sie sich von dem Gold fern. Jemand könnte Verdacht schöpfen.«

»Ich werde nicht in seine Nähe kommen.«

»Ist es im Gasthof?«

Sie zögerte. »Fragen Sie mich nicht, Hugo«, flüsterte sie. »Jedenfalls – wird mich der Regen abhalten, ihm zu nahe zu kommen.«

»Aha.« Er runzelte einigermaßen verwirrt die Stirn. »Nun, seien Sie in jedem Fall vorsichtig. Überzeugen Sie sich, daß die Tür gut verriegelt ist, wenn Sie sich in Ihren Zimmern aufhalten. Möchten Sie, daß ich bei Ihnen bleibe?«

Sie schüttelte den Kopf. Joel hatte sich ihnen zugewandt, er beobachtete sie mißtrauisch, seine dunkelgrauen Augen hatten wieder einen zornigen Ausdruck. Du lieber Himmel, dachte Sarah. Wenn sie nur die Gedanken der anderen hätte lesen und ihre Motive erkennen können, um wieviel einfacher wäre alles gewesen! Hugo mochte um ihre Sicherheit besorgt sein – oder den Plan hegen, sich das Gold anzueigenen. Auf Maxine traf dasselbe zu.

Und alle warnten sie vor den jeweils anderen!

Hugo ging, um Billy Dexter aufzusuchen; Joel setzte sich mit einer Tasse Kaffee an seinen Platz.

»Was hecken Sie da aus, Sarah?« fragte er leise und sah sie scharf an.

Sie fuhr zusammen.

»Aushecken?« fragte sie und ihr Gehirn arbeitete fieberhaft.

»Sie haben Hugo von dem Gold erzählt. Ich habe es seinem Gesicht angesehen. Und Maxine – weiß sie auch davon? Sie ist ja plötzlich wieder mächtig freundlich.«

Sarah biß sich auf die Lippen und hob dann die Tasse an den Mund, um sich um eine Antwort drücken zu können. Joel wartete kurz und fuhr dann freundlich fort:

»Sie spielen ein gefährliches Spiel, Sarah. Ich glaube, Ihr Gehirn funktioniert wie das des alten Adam. Sie wollen eine Falle aufstellen, ist es das? Mein Gott, Mädchen, Sie sind wahnsinnig. Wem sonst haben Sie noch davon erzählt? Jedem auf der Liste – einschließlich mir?«

Sie konnte ihn nicht ansehen und senkte bedrückt den Kopf.

»Haben Sie Clarence Gibson Bescheid gesagt?« fragte er in scharfem Ton.

Sie nickte schließlich.

»O Gott«, stöhnte er. »Und wir sitzen hier alle in dieser Stadt gefangen, nachdem Bäche und Fluß über die Ufer getreten sind. Kein Ausweg. Warum haben Sie mich nicht vorher gefragt? Müssen Sie denn immer Ihren eigensinnigen Dickschädel durchsetzen, Sarah?«

»Ich muß es wissen, Joel. Ich kann hier nicht weitermachen ohne alles in Erfahrung zu bringen. Ich dachte, ich könnte den Mörder auf diese Weise entlarven. Er wird mich nicht umbringen – es sei denn, ich verrate ihm, wo das Gold ist, und das werde ich nicht tun. Er wird das Gold haben wollen, davon bin ich überzeugt.«

»Ich wette, Sie haben das Gold überhaupt nicht gefunden«, sagte Joel leise. »Es ist nur ein Trick, stimmt's?«

Sie schüttelte energisch den Kopf.

»Ich habe es gefunden. Es ist hier. Und es ist kein Trick, tut mir leid, Joel.«

Er schwieg eine Weile. Sarah blickte in die Flammen des

Herdes, beobachtete Justina, die vergnügt vor sich hinsummend ihrer Arbeit nachging.

»Ich werde soviel wie möglich in Ihrer Nähe bleiben«, sagte Joel schließlich. »Ich wollte, Sie hätten sich anders verhalten.«

»Nein, das dürfen Sie nicht. Ich will den Mörder entlarven. Sie dürfen nicht in meiner Nähe bleiben.«

»Und was werden Sie tun, wenn er anrückt? Kreischen?« fragte er trocken. Sein Gesicht wurde hart. »Mein Gott, Mädchen, sie lassen sich auf jemand ein, der schon zwei Morde auf dem Gewissen hat. Glauben Sie vielleicht, er macht vor dem dritten Mal halt?«

Sie schauderte. Er blickte mit blitzenden, zornigen Augen auf sie herab, seine Stimme klang ungeduldig und rauh. Sarah wußte, daß es schwierig werden würde, aber sie wollte sich nicht mit den Überlegungen befassen, die er ihr ins Gesicht schleuderte.

Mit der Tatsache, daß sie vielleicht den Mörder wirklich erkennen würde – und daß er erneut zuschlagen könnte.

17

Nach dem Frühstück kehrte Sarah in ihre Zimmer zurück. Sie nahm das letzte Kontobuch heraus und tat so, als studiere sie es. In ihrer Rocktasche hatte sie ein kleines, scharfes Messer versteckt. Aber sie war sich nicht sicher, ob sie es auch benutzen könnte, sofern dies notwendig wurde. Ihr war kalt, und sie hatte Angst.

Aber das mußte nun einmal durchgestanden werden. Es schien ihr die einzige Möglichkeit, den Mörder ihres Großvaters und des alten Roscoe zu finden. Die Person, die versuchte, auch sie umzubringen.

Sie fragte sich, was Joel wohl unternehmen würde. Er hatte sie aus der Küche zu ihren Zimmern hinaufbegleitet, wobei er wenig gesprochen hatte, aber die Falten auf seiner Stirn deuteten auf seine Besorgnis hin. Hinterher war er in die Küche zurückgekehrt, jedenfalls verlor sich das Geräusch seiner Schritte in dieser Richtung.

Eine Stunde verging, noch eine. Was, wenn der Mörder den ausgelegten Köder nicht annahm? Sarah biß sich auf die Lippen, bis sie schmerzten. Ihre langen, kräftigen Hände zitterten gelegentlich, während sie versuchte, sich auf das Rechnungsbuch zu konzentrieren.

Als an ihre Tür geklopft wurde, fuhr sie angstvoll zusammen. Sie begriff plötzlich die volle Tragweite des Risikos, das sie auf sich nahm.

Sarah ging zur Tür und rief: »Wer ist es?«

»Maxine – o Sarah, ich brauche Ihre Hilfe!«

Sarah schob den Riegel zurück und ließ Maxine herein. Die junge Frau hatte den Kopf mit einem dünnen Schal verhüllt.

»Was ist los?« erkundigte sich Sarah.

»Leonard – er hat so hohes Fieber und ist nicht bei sich. Und Dad ist irgendwohin gegangen, um zu versuchen, Lebensmittel zu bekommen, er möchte nicht fortwährend auf Sie angewiesen sein. O bitte – kommen Sie mit. Sie sind doch Krankenschwester gewesen, nicht wahr?« In den veilchenblauen Augen standen Tränen, die schlanken Hände zitterten. Sie umfaßte Sarahs Arm. »Armer Leonard. Bevor er so krank wurde, wußte ich gar nicht, wie gern ich ihn habe. Er ist so gut und so geduldig mit mir – o Sarah, wenn Leonard etwas zustößt, überlebe ich das nicht!«

Sarah vergaß vorübergehend ihre eigenen Sorgen.

»Sie dürfen sich nicht so hineinsteigern, Maxine. Ich komme sofort. Vermutlich wird ihm heißer Tee gut tun – und Decken, damit er nicht friert – haben Sie genügend Decken?«

»Ja, ja, eine ganze Menge. Aber er fühlt sich so heiß an! Ich dachte, ich sollte ihn vielleicht mit Alkohol einreiben.«

»Nein, keinesfalls, er darf nicht noch mehr der Kälte ausgesetzt werden.«

Sie hielt inne, um die Tür hinter sich zu verschließen und folgte dann Maxine den Korridor entlang, der zur Vorderseite des Gasthofs führte. Sie kamen an Billy Dexters geschlossener Tür vorbei. Sarah hatte heute vormittag noch nicht nach ihm gesehen. Aber Leonards Krankheit ging jetzt vor.

Sie stiegen die lange, glänzende Treppe zur Seitentür hinab, die dem Laden zulag.

»Das ist der schnellste Weg, und wir bekommen nicht so viel Regen ab«, keuchte Maxine, als sie eilig die kurze Strecke zwischen der Veranda des Gasthofs und dem Eingang zum Laden zurücklegten. Sie traten ein, und Maxine blieb stehen, um sich den Schal vom Kopf zu nehmen.

»Er ist oben in seinem Zimmer. Wir gehen gleich zu ihm hinauf. Soll ich noch mehr Kräutertee machen? Justina hat mir alles Nötige mitgegeben.«

»Sehen wir erst einmal nach, wie es ihm geht«, schlug Sarah vor und Maxine ging ihr voran die Treppe empor.

Sarah sah sich neugierig um. Der Laden war riesig. Über ihm befand sich die Wohnung der Familie. Sie war ebenso groß und wirkte fast luxuriös. Die Zimmer lagen rechts und links an dem breiten Korridor. Sarah konnte einen flüchtigen Blick auf ein Wohnzimmer mit samtbezogenen Sofas und Stühlen werfen, alles in leuchtend blauen Farben gehalten, was die Vermutung nahelegte, daß Maxine den Raum eingerichtet hatte.

»Hier drinnen ist es«, sagte Maxine und öffnete eine Tür fast am Ende des langen Flurs. Sie ging als erste hinein, und Sarah folgte ihr. Ihr Blick glitt an der jungen Frau vorbei zum Bett hinüber – es war leer.

Die Tür hinter ihr wurde geschlossen. Sarah fuhr herum und starrte mit weit aufgerissenen Augen – auf Leonard, der vollständig angezogen war; sein düsteres Gesicht blickte finsterer drein denn je. Er verschloß die Tür hinter sich.

»Kneble sie«, sagte Leonard kurz. Sarah spürte, wie Maxines langer, dünner Schal ihr Gesicht bedeckte und auf brutale Weise zusammengezogen wurde. Sie wurde nach hinten gezerrt und von Maxine aufs Bett hinabgedrückt.

Was für ein Trottel ich bin, dachte sie benommen, während die beiden sie geschickt fesselten. Ich bin geradewegs in die Falle gelaufen. Diese Szene heute früh, Leonard fiebrig, Maxines vorgetäuschte Besorgnis...

»Durchsuche sie. Hat sie irgendwelche Waffen bei sich?« fragte Leonard.

Maxine tastete Sarah hastig ab. Die veilchenblauen Augen waren hart, als Sarah sie über den Rand des Schals weg ansah. Das Tuch nahm ihr völlig die Sprache und halb den Atem.

»Ein Messer«, sagte Maxine, zog es heraus und warf es in eine Ecke. Ihr schöner roter Mund war verächtlich verzogen. »Blöde Idiotin. Was hätte sie ihrer Ansicht nach damit bewirken können?« Sie starrte auf Sarah hinab. »Na, schön. Wenn Sie bereit sind, uns zu sagen, wo das Gold ist, werden Sie den Knebel los. Aber keine faulen Tricks, sonst geht es Ihnen schlecht.«

Sarah bekam zu wenig Luft und hatte nicht die geringste Vorstellung, was sie unternehmen sollte. Hier lag sie nun wie ein Huhn, das gerupft werden sollte. Zuerst konnte sie es einfach nicht fassen. Leonard und Maxine ... Aber warum, warum? Wollten sie nur einfach das Gold haben? Oder waren die beiden auch die Mörder? Das mußte sie herausbekommen.

Leonard und Maxine unterhielten sich mit leiser Stimme. »Nein, er wird uns nicht stören, er wird nicht hierherkommen«, sagte Maxine. »Nein, er hat mich nicht gesehen. Es ist Sonntag, er wird mich nicht im Laden erwarten.«

Leonard brummte etwas vor sich hin. Maxine zuckte ungeduldig die Schultern, sie unterhielten sich noch ein paar Minuten und wandten sich dann wieder Sarah zu. Sie fand, daß sie mit der kalten Neugier abgebrühter Kidnapper auf sie herabblickten.

»Wollen Sie reden?« fragte Leonard.

Sarah nickte langsam. Leonard beugte sich vor, um den Knebel zu lösen.

»Augenblick mal«, sagte Maxine, nahm ein scharfes kleines Messer aus der Tasche und hielt es an Sarahs Kehle. »Schön, jetzt nimm den Knebel weg. Wenn Sie auch nur einen Piepser von sich geben, meine liebe Sarah, bekommen Sie das Messer in den Hals gestochen. Haben Sie verstanden? Schnurstracks hinein.«

Sarah nickte. Leonard nahm den Schal weg. Sarah traf Anstalten, sich aufzurichten, trotz der Fesseln an Händen und Füßen.

»Liegen Sie still«, befahl Maxine in scharfem Ton. »Sie können auch so reden.«

Sarah ließ sich zurücksinken. Maxine sah noch bedrohlicher aus als Leonard.

»Ich möchte – wissen – warum«, sagte Sarah heiser.

»Warum? Machen Sie den Mund nur auf, um uns zu sagen, wo das Gold ist«, befahl Leonard ungeduldig.

Sie stellte fest, daß seine Hände zitterten.

»Warum sollte ich Ihnen das sagen?« fragte Sarah langsam und räusperte sich dann. »Sie haben sowieso vor, mich umzubringen, sobald ich es Ihnen gesagt habe, oder nicht? Sie sind beide – praktisch denkende Leute. Sie können schließlich nicht die Information über das Gold aus mir herausholen und mich dann laufen lassen, oder?«

Leonard blickte zu Maxine hinüber, seine Augen hatten einen furchtsamen Ausdruck. Maxine starrte mit ausdruckslosem Gesicht zu Sarah hinab.

»Sie sind ein kluges Mädchen, nur eben nicht klug genug. Sie haben das Gold gefunden, ja? Heraus mit der Sprache.« Maxine drückte die Messerspitze schmerzhaft gegen Sarahs Kehle.

»Heh, bring sie nicht um, sie hat noch nicht geredet«, sagte Leonard und umklammerte Maxines Handgelenk.

»Ich – ich habe das Gold wirklich gefunden«, krächzte Sarah. »Jetzt möchte ich wissen – habt ihr – Großvater umgebracht? Und wie?«

»Mir gefällt dieses Herumgequatsche nicht«, erklärte Leonard unbehaglich.

»Ich werde ihr ganz schnell Bescheid sagen, dann erzählt sie uns alles über das Gold«, erwiderte Maxine. »Ja, wir haben ihn umgebracht. Verdammt soll er sein. Er hat meinen Tim getötet.«

»Er ist – doch im Krieg gefallen«, sagte Sarah und bewegte sich eine Spur. Ihre Hände und Füße begannen durch die Fesseln taub zu werden. »Das war – nicht die Schuld meines Großvaters...«

»Bleiben Sie still liegen«, befahl Maxine in barschem Ton.

Ihre Augen glitzerten. Sarah hatte den deutlichen Eindruck, daß Maxine die Situation weit mehr genoß als Leonard, der sich bei den Worten seiner Freundin eindeutig unbehaglich fühlte.

»Natürlich war das seine Schuld. Er war derjenige, der Tim dazugebracht hat, sich für diese verdammten Sklaven zu interessieren. Immer wieder hat er ihn in den Süden geschickt und ihm Schwierigkeiten aufgehalst, nur um Sklaven aufzukaufen. Als der Krieg kam, hat er auf meinen Tim eingeredet, damit er sich zur Armee meldete.

Dad hätte eine Möglichkeit gefunden, ihn da herauszuhalten – aber nein, mein Tim mußte zum Militär. Und dann brachten sie ihn um, meinen schönen Tim!« Tränen waren in ihren Augen.

»So großartig war er gar nicht«, brummte Leonard verdrossen. »Er sah nur gut aus. Was hatte er denn Besonderes? Nur den Laden. Und da hat er nichts getaugt. Dein Dad mußte mich anheuern.«

Maxine fuhr zu ihm herum.

»Halt' den Mund!« herrschte sie ihn an. »Kein Wort gegen meinen Tim, sonst schlitze ich dir auch noch den Hals auf! Ich wüßte nicht, warum ich das nicht tun sollte. Ich könnte ja sagen, du und Sarah hätten miteinander gekämpft, und du wärst der Mörder gewesen!«

Sie starrten einander an, der beiderseitige Zorn war greifbar. Sarah stockte der Atem. Sie zweifelte keinen Augenblick daran, daß Maxine morden würde, wenn es darauf ankam. Und Leonard zweifelte ebensowenig. Er wich zurück.

»Ich hab' ja nichts weiter gesagt. Er war in Ordnung, wirklich. Nur jung und unerfahren«, sagte er hastig. »Bringen wir das alles endlich hinter uns, Maxine. Wenn wir uns nicht beeilen, kommt womöglich jemand.«

»Kein Mensch kommt. Keiner weiß, wo er nachsehen soll, sofern er mißtrauisch wird. Aber los jetzt, Sarah – wo ist das Gold? Ich will es wissen.«

Das Messer näherte sich Sarahs Kehle, die Spitze bohrte sich ihr erneut ins Fleisch.

»Es gibt noch Dinge – die ich wissen muß. Sie können – es – befriedigte Neugier – nennen, bevor ich sterben muß«, sagte Sarah atemlos, den Blick aufmerksam auf Maxines Gesicht gerichtet. »Ich möchte wissen – wie Sie Großvater umgebracht haben. Dieses Pferd – hat nie gescheut.«

»Doch. Es wurde ihm beigebracht«, sagte Maxine und lachte ein bißchen – ihr hübsches, klingendes Lachen, das Sarah jetzt schaudern ließ. »Ich habe es darauf dressiert. Drei Monate lang habe ich Schlangen zu ihm hingebracht, und es trainiert, bis es begriff, daß ihm etwas zustieß, sobald eine Schlange in seine Nähe kam. Ich warf eine Schlange nach ihm und stach ihm dann in den Hals oder ins Bein. Da lernte es das schließlich. Wir bereiteten alles vor – nur bekam Leonard dann kalte Füße. Nachdem der alte Adam schließlich in seinem Wagen im Graben lag, konnte Leonard ihn nicht anrühren. Ich mußte hinabsteigen und ihm eins auf den Schädel geben – immer wieder, bis er endlich starb.«

Leonards Gesicht verfärbte sich leicht grün. Maxine beobachtete ihn und lachte dann wieder auf ihre weiche, verführerische Weise. In ihren Augen lag ein irrer Ausdruck bei der Erinnerung.

»Ich haßte ihn – haßte ihn! Den alten Dummkopf. Er hat meine Hand und meinen Kopf getätschelt und gesagt, wie leid ihm das mit Tim täte! Mein schöner Tim, mein gut aussehender Tim! Er war tot und zerstückelt, sie öffneten nicht einmal mehr den Sarg, als er gebracht wurde. Aber ich öffnete ihn. Stimmt's, Leonard? Ich öffnete ihn und sah, was sie meinem Tim angetan hatten, und ich habe geschworen, daß ich mich an ihnen rächen würde. Stimmt's, Leonard?«

Leonard blickte so elend drein, Sarah glaubte beobachten zu können, wie er von Sekunde zu Sekunde grüner wurde. Maxine lachte ihn aus und wandte sich wieder Sarah zu.

»Genug jetzt von diesem Geschwätz. Ich möchte wissen, wo das Gold ist. Leonard und ich werden aus dieser toten Stadt verschwinden und irgendwo neu anfangen. Keine Arbeit mehr – keine Arbeit in einem trostlos, langweiligen Laden. Heraus mit der Sprache, Sarah!«

Die Messerspitze bohrte sich schmerzhaft in Sarahs Hals.

»Roscoe«, murmelte Sarah. »Ich möchte alles – über Roscoe wissen – warum Sie ihn umgebracht haben.«

Maxine zuckte die Schultern, ihre Stimme klang schrill vor Ungeduld.

»Ach, der alte Trottel. Er hatte was gemerkt, hatte Andeutungen gemacht. Dann belauschte Leonard ihn am Abend, als sie hier ankamen. Leonard versteckte sich im Korridor draußen und hörte, was er zu Ihnen sagte. Er erzählte es mir, und ich sagte, wir müßten Roscoe den Mund stopfen. Also kamen wir beide in der Nacht in den Gasthof zurück.«

»Was – haben Sie – gemacht...«, Sarah wollte die beiden bestärken, weiterzureden. Es war ihr einzige Chance.

»Oh, wir kamen zurück und sagten, wir wollten mit ihm reden. Der dumme alte Kerl, er kam an die Tür und ließ uns herein. Leonard hielt ihn fest und versuchte ihn zu würgen, aber der Alte wehrte sich. Deshalb schlitzte ich seine Kehle auf. Ich war immer diejenige, die alles tun mußte, Leonard, nicht wahr? Eigentlich ist er ein Feigling, Sarah.«

Maxine lachte erneut und warf ihrem Liebhaber einen verächtlichen Blick zu.

»Da ist noch etwas – was mich verwirrt hat – und was ich wissen will...«, sagte Sarah behutsam.

»Ach, hören Sie auf. Sagen Sie uns, wo das Gold ist, meine teuerste Sarah«, befahl Maxine kalt. »Hören Sie, ich kann Ihnen immer noch den Hals aufschlitzen und das Gold selbst finden.«

Sie beugte sich dichter zu Sarah hinab.

»Warum hat der alte Adam – Leonard – Hunderte von Dollar bezahlt?« fragte Sarah.

Wie sie gehofft hatte, ließen ihre Worte die beiden zusammenfahren. Maxine richtete sich auf, zog die Hand zurück und starrte zu Leonard hinüber.

»Wovon redet sie?« fragte sie grimmig.

»Das geht sie gar nichts an. Bring sie um! Bring sie um!« schrie Leonard. »Los schon, wir werden das Gold auch so finden.«

»Ich möchte wissen, was los ist, Leonard. Sag es mir! Was ist mit dem Geld? Was hast du damit gemacht?«

Er starrte sie schuldbewußt an.

»Hat er – Geld – von Clarence Gibson genommen?«

fragte Sarah mühsam. »Und der alte Adam fand das heraus – ja?«

Maxine warf sich wie ein Panther mit einem Sprung auf Leonard und hielt ihm das Messer an die Kehle.

»Antworte!« zischte sie. »Hast du Dad Geld gestohlen? Diese Abrechnungen – war es das? Und du ließest mich im Glauben, es sei mein Tim gewesen? Du Dieb!«

»Nein – nein – hör auf, Maxine – wir sind Freunde – ich habe nie – ich habe es zurückgelegt...«

Er packte ihre Hand und versuchte, den tödlichen Stahl von sich fernzuhalten.

Sie starrten einander feindselig, zweifelnd, furchtsam an. Maxine ließ schließlich das Messer sinken.

»Du warst es also. Du hast Dad bestohlen und ließest mich glauben, Tim sei es gewesen. Du elender Lügner! Ich werde mit dir abrechnen – aber erst später«, fuhr sie fort, halb zu sich selbst. »Erst werden wir die hier erledigen! Der alte Adam kam also dahinter, und er gab dir das Geld, damit du es zurücklegen solltest. Was hast du mit dem Geld wirklich angefangen, Leonard?«

»Ich habe einen Teil zurückgelegt«, erwiderte er mürrisch. »Aber das ist doch alles lang her. Ich frisiere keine Bücher mehr.«

»Nein, nicht seitdem ich sie führe«, sagte sie kalt. »Und du – du hattest die Unverschämtheit, mich an meinem Tim zweifeln zu lassen. Ich könnte dich umbringen!«

»Wir sitzen im gleichen Boot, Maxine«, sagte er. »Wir müssen uns – hinterher – gemeinsam aus dem Staub machen.«

Er wies mit dem Kopf auf Sarah.

»Ja. Nach ihr. Also, Sarah, wo ist das Gold? Wir brauchen es, wir müssen von hier weg, nachdem wir Sie umgebracht haben. Diesmal könnte jemand Lunte riechen«, sagte Maxine mit der Einfachheit einer Wahnsinnigen.

Und wahnsinnig mußte sie sein, dachte Sarah, nach allem was sie getan hatte. Tims Tod mußte sie um den Verstand gebracht haben. Die Hilfe von Leonard hatte sie erhalten, weil dieser sich vor dem alten Adam gefürchtet hatte. Der alte Mann hatte gewußt, daß Leonard bei Gibson Geld unterschlagen hatte. Er hatte die Schuld auf den toten Tim geschoben – und Maxine hatte ihren Mann angebetet.

»So wird sie nicht reden«, sagte Leonard, den Blick auf Sarah gerichtet. »Sie hetzt uns nur gegeneinander auf. Wir müssen mehr tun, um sie zum Reden zu bringen, Maxine. Hast du die Zündhölzer da?«

»Ja. Bring eine Kerze«, sagte sie.

Sarah erstarrte vor Furcht.

»Aber ich möchte noch wissen...«, sagte sie und zermartete sich den Kopf nach irgend etwas, mit dem sie alles hinauszögern konnte.

»Stopf ihr den Knebel in den Mund – wenn Sie bereit sind, wirklich zu reden, nicken Sie mit dem Kopf, liebste Sarah.« Maxines Stimme klang spöttisch. »Ich nehme an, daß Sie binnen kurzem reden wollen. Es gibt nichts Besseres als eine gute, heiße Flamme, um jemand dazu zu bringen, oder?«

Sie knebelten sie und dann zerrte ihr Leonard hastig die schweren Schuhe und die langen Strümpfe von den Beinen. Dazu mußten sie unten die Fesseln lösen, aber Sarah hatte keine Chance, sich zu befreien. Maxine hielt ihre Beine fest, und Leonard brachte die brennende Kerze zum Bett.

Sarah wand sich, aber Leonard hielt ihr die Flamme kurz an die Fußsohlen. Es schmerzte entsetzlich, und sie stöhnte.

»Sie ist empfindlich«, stellte Maxine, die sie festhielt, mit einer Kühle fest, als befänden sie sich bei einer kirchlichen Veranstaltung. »Sie wird nicht lang durchhalten. Jetzt den anderen Fuß, Leonard.«

Diesmal hielt er die Kerze länger an die andere Fußsohle. Der Schmerz wurde so unerträglich, daß sie das Gefühl hatte, ohnmächtig zu werden. Sie bog den Rücken nach oben durch, bäumte sich auf. Sie wollte schreien, konnte es aber nicht.

Der Schuß ließ sie alle drei zusammenfahren.

Die Tür sprang auf.

Joel und Hugo stürmten herein und warfen sich auf die beiden. Hugo packte Leonard und zwang ihn mit harten Schlägen auf den Boden hinab. Joel griff nach Maxine, und als sie sich wehrte, gab er ihr einen solchen Schlag auf den Kopf, daß sie bewußtlos zusammenbrach.

Hinter den beiden Männern betrat Clarence Gibson das Zimmer, in dem er sich umsah, als könnte er nicht begreifen, was hier vorging. Billy Dexter kam hinter ihm hereingehumpelt, das Gewehr in der Hand, das er auf Leonard richtete.

»Wir haben sie, denke ich«, sagte er nachdenklich. »Nie hätte ich es geglaubt, wenn ich es nicht mit eigenen Augen gesehen hätte.«

Maxine lag nun quer auf dem Bett, bewußtlos. Sarah zuckte zusammen, als ihr Arm schlaff auf ihren eigenen Körper fiel.

Joel band sie los und löste den Knebel. Sein Gesicht war hart und gespannt.

»Mein Gott, Sarah, mein Gott...«, flüsterte er immer wieder, während er sie befreite.

Er nahm sie in seine Arme und hielt sie fest. Über Sarahs Wangen liefen Tränen des Schmerzes, des Entsetzens, der Erleichterung. Sie hielt Joel umfaßt, besessen von dem Wunsch, ihn nie wieder loszulassen.

Maxine bewegte sich und richtete sich dann langsam auf. Ihr Blick fiel auf Clarence Gibson.

»Du hast es Ihnen gesagt, Dad!« Ihre Stimme klang vorwurfsvoll.

Seine Schultern sanken herab.

»Ich mußte es tun«, sagte er einfach. »Ich wußte – ich war mir sicher, daß du es warst, die den alten Adam umgebracht hat. Irgendwie hatte ich das Empfinden, daß er das auch verdient hatte, obwohl er mein Freund war – aber er hatte Tim in den Krieg geschickt. Aber der alte Roscoe – nie hatte er dir etwas angetan.«

»Er versuchte uns zu verraten!« schrie sie mit schriller Stimme.

»Und Sarah – Sarah ist ein gutes Mädchen, nett. Sie hätte dir nie etwas Böses angetan«, sagte er freundlich, so als spräche er zu einem Kind. »Du hättest nicht versuchen sollen, sie umzubringen, Maxine. Das war Unrecht.«

Sie sah ihn finster an.

»Sie ist wie der alte Adam. Sie *hätte* uns etwas angetan. Und ich hasse sie, weil sie wie der alte Adam ist.«

»Haben die beiden ausgepackt?« fragte Joel, an Sarah gewandt. »Haben die beiden gestanden? Haben sie wirklich den alten Adam und Roscoe umgebracht?«

Sarah nickte schwach, ihr Kopf lag so bequem auf seiner Schulter, am liebsten hätte sie ihn von dort nie mehr weggenommen.

»Ja, sie haben es gestanden. Maxine dressierte das Pferd darauf, zu scheuen – mit Schlangen und Stichverletzungen. Leonard hat den Unfall eingefädelt. Als – der alte Adam im Graben lag, hat Leonard nicht die Nerven gehabt, weiterzumachen. Deshalb stieg sie selbst hinab – und schlug auf ihn ein – bis er tot war.«

»Mein Gott«, murmelte Hugo entsetzt.

Er starrte in das zornige, wilde Gesicht Maxines, in dieses schöne Gesicht mit der zarten Haut, den herrlichen, veilchenblauen Augen.

»Sie – sie hat ihn mit eigenen Händen ermordet?«

»Ja, und sie – hat Roscoes Kehle durchgeschnitten. Sie sagte, Leonard hätte das nicht fertiggebracht.«

Sarah spürte Übelkeit in sich aufsteigen.

»Wir werden uns um die beiden kümmern«, sagte Billy Dexter und bewegte sein riesiges Gewehr in Richtung Leonard und Maxine. »Joel, Sie bringen Sarah hinüber in ihre Zimmer und sorgen dafür, daß mit ihren Füßen etwas geschieht – sie scheinen angesengt worden zu sein.«

»Sie folterten mich – um mich dazu zu bringen – zu verraten, wo das Gold ist«, erklärte Sarah mit schwacher Stimme. »Aber – sie wollten mich ohnehin umbringen – also habe ich Ihnen erst gar nichts verraten...«

»Genau wie der alte Adam«, sagte Billy Dexter entzückt. »Der Apfel fällt nicht weit vom Stamm. Stimmt's,

Maxine? Sie ist tatsächlich wie der alte Adam, und sie hat Sie untergekriegt!«

Maxine stieß einen unartikulierten Schrei aus und warf sich auf ihn. Er hielt sie mühelos mit seinem gesunden Arm von sich fern, aber das Gewehr fiel zu Boden. Hugo ergriff es und richtete es auf Maxine.

»Gehen wir«, sagte Joel kurz. Er trug Sarah zur Tür hinaus und dann den Korridor entlang zur Vordertreppe. »Sie verrücktes Mädchen – nie wieder lasse ich Sie aus den Augen! Ich dachte, Sie wären in Sicherheit. Ich saß in der Küche und wartete. An Maxine habe ich nicht gedacht, kam nicht auf die Idee, daß sie von der anderen Seite des Gasthofs zu Ihnen kommen würde. Was für ein Trottel ich doch war.«

Er hielt sie fest umfaßt, während er sie weitertrug.

»Ich kann gehen, Joel – wirklich – ich bin zu schwer.«

»So schwer wie eine Tüte Federn«, sagte er und ließ sie keineswegs los.

Er trug sie aus dem Laden, eilte mit ihr das kurze Stück durch den Regen und über die Veranda ins Innere des Gasthofs. Er keuchte und war völlig außer Atem, als er in Sarahs Zimmern ankam, aber er ließ sie nicht los, bevor er sie aufs Bett gleiten lassen konnte. Dann beugte er sich über sie und küßte sie auf den Mund. Es war ein von Zorn und Erleichterung erfüllter Kuß.

»Wage ja nicht, mir noch einmal eine solche Angst einzujagen!« murmelte er dann. »Wage es bloß nicht!«

»O Joel«, flüsterte sie, die Arme um seinen Hals geschlugen, »und du verlaß mich nie wieder!«

Sie hätte so für alle Zeiten verharren mögen, aber dann wurden sie gestört.

Von der Tür her war Justinas tadelnde Stimme zu hören.

»Was geht hier vor? Was ist mit meiner Miss Sarah passiert? Miss Sarah, was hat man Ihnen angetan? Ach – Ihre armen Füße – Gott sei mir gnädig, was ist los?«

Joel erhob sich zögernd. Sein Gesicht war gerötet, aber die Lachfältchen kamen wieder zum Vorschein.

»Verdammt, man hat aber auch niemals Ruhe und Frieden.«

Justina sah ihn mit liebevollem Vorwurf an.

»Mr. Hugo hat gesagt, ich soll die Salbe bringen. Also, was ist los?«

Joel berichtete ihr kurz, während er und Justina Sarahs verbrannte Fußsohlen behandelten und verbanden.

Justina schnalzte mit der Zunge. »Und nun waren's die hübsche Miss Maxine und dieser Mr. Leonard. Und sie war immer so freundlich, wenn sie über 'n alten Adam und Miss Sarah geredet hat. Man weiß doch nie...«

»Ich hab' alles gewußt«, sagte eine dünne, schüchterne Stimme.

Alle wandten sich Pearl zu, die wie ein kleiner Schatten auf der Schwelle der offenen Tür stand. Ihre dünnen Händen waren in die Schürze verkrampft.

»Du, Pearl?« fragte Sarah in ruhigem Ton, um sie nicht zu verängstigen. »Du wußtest etwas. Deshalb hattest du auch solche Angst. Was hast du gesehen? Du wolltest es mir schon einmal erzählen.«

Pearl nickte. »Ich – ich hab's gesehen«, flüsterte sie. »In der Nacht – als Miss Sarah ankam – hörte ich was. Schritte. Ich ging zur Tür und in die Küche rein. Und dann ging ich die Treppe rauf und sah sie – ich sah Miss Maxine mit ihrem Messer und dann stach sie zu, immer wieder stach sie auf den armen, alten Roscoe ein, und er lag da auf dem Teppich...«, sie begann zu würgen und dann zu schluchzen.

Billy Dexter tauchte hinter ihr auf und schüttelte bestürzt den Kopf.

»Sie hat es die ganze Zeit über gewußt, verdammt! Und ich bin noch nicht einmal auf die Idee gekommen. Diese reizende, hübsche Frau – völlig verrückt und eine Mörderin!«

»Ja, ich glaube, sie ist wirklich wahnsinnig«, sagte Joel ruhig. »Sie betete Tim an, aber das war es nicht allein. Sie war rastlos hier, sie wollte, daß er in den Osten ging und sie mitnähme – in die großen Städte mit ihren Vergnügungen. Er weigerte sich. Ich glaube – er merkte, was für einen Fehler er mit seiner Ehe gemacht hatte. Er drängte sich förmlich danach in den Krieg zu ziehen, sich zu bewähren, über alles nachdenken zu können. Maxine mußt geahnt haben, daß er, was sie betraf, desillusioniert war.«

Eine Zeitlang schwiegen alle, dann sagte Billy Dexter schließlich:

»Mr. Forrester und ich haben uns über das Ganze unterhalten. Wenn die Leute hier herausfinden, was Maxine getan hat, werden sie außer sich sein. Ich glaube, wir bringen sie und Leonard besser mit dem Boot nach Cincinnati und dort ins Gefängnis. Das ist das einzig Sichere. Es ist noch nicht abzusehen, wann die Brücken wieder befahrbar sind.«

»Das scheint mir eine gute Idee«, pflichtete Joel bei. »Ich fahre mit.«

»Nein, Joel!«

Sarah griff ängstlich nach seiner Hand.

Billy streifte die beiden mit einem freundlichen Blick.

»Nein, Joel, wirklich nicht. Hugo und ich werden allein mit den beiden fertig.«

Justina erklärte, Zeke könne ja mitfahren. Der Regen hatte inzwischen wieder nachgelassen.

Am nächsten Morgen machten sich die drei mit dem Boot auf den Weg. Billy Dexter hatte sein Gewehr bei sich und Hugo eine Pistole. Bevor sie abfuhren, kam Hugo noch einmal zu Sarah herein.

»Mir ist klar geworden, daß Sie und Joel...«, er brach verlegen ab, um seine gewohnte Redegewandtheit gebracht.

»Ja, wir – wir lieben uns«, sagte sie errötend.

»Ich hoffe, daß sie beide sehr glücklich sein werden, Sarah. Er ist ein großartiger Mann, und er wird Sie immer beschützen. Natürlich...«, er zog eine kleine Grimasse, nicht ohne Humor, »tue ich mir selbst ein bißchen leid. Ich hatte geglaubt, für mich selbst die ideale Frau gefunden zu haben. Und so wäre es auch gewesen, das wissen Sie.«

Er war ein wirklicher Gentleman, dachte Sarah, nachdem er gegangen war. Aber was sie betraf, so war Joel der einzige Mann, der für sie in Frage kam.

Man zwang sie, für die nächsten zwei Tage im Bett zu bleiben. Ihre Füße schmerzten, und sie war froh darüber, sie auf weiche Kissen legen zu können.

Joel kam herein, nachdem er Hugo und Billy mit ihren Passagieren zum Boot hinunterbegleitet hatte. Er ließ sich im Schaukelstuhl nieder und sah sie an. Dann grinste er.

»Na, Sarah, was kommt als nächstes? Verbirgst du noch mehr Pläne und Ränke in deinem hübschen Kopf?«

»Nur einen.« Sie seufzte. »Das verdammte Gold. Ich glaube, ich sollte es wirklich auf die Bank schaffen.«

»Was – du hast es also wirklich gefunden?«

»Ja.«

Sie erzählte ihm das Ganze. Er starrte sie mit offenem Mund an.

»Dieser alte Teufel Adam!« rief er. »Ausgerechnet da! Und weißt du, was ich vorhatte? Ich wollte mir Vergoldung von Clarence besorgen und dich damit überraschen, daß die Gans und ihr Ei danach wieder im alten Glanz erstrahlt. Ich wollte es tun, sobald der Regen aufhörte.«

Sie brachen beide in Gelächter aus. Wenn Joel tatsächlich die Gans neu vergoldet hätte, so wären möglicherweise Jahre verstrichen, bevor das echte Gold entdeckt worden wäre.

Hinterher saßen sie eine Weile schweigend da, und Joel wiegte sich im Schaukelstuhl sachte vor und zurück.

»Bist du nicht müde, Sarah?« fragte er schließlich.

»Nein, Joel. Ich habe die vergangene Nacht gut geschlafen, vielleicht zum erstenmal seit ich hier bin. So gut. Keine Alpträume mehr.«

Er lächelte ihr zu.

»Das ist gut. Du hast eine schlimme Zeit hinter dir, aber du hast sie gut durchgestanden. Genau wie der alte Adam.«

Diesen ständigen Vergleich hatte sie allmählich satt.

»Nur für den Fall, daß du es nicht bemerkt haben

solltest«, erklärte sei ziemlich schroff, »in einer Hinsicht bin ich dem alten Adam überhaupt nicht ähnlich. Ich bin nämlich eine Frau.«

»Das ist mir aufgefallen«, erwiderte er in feierlichem Ton, aber mit verschmitzt blinzelnden Augen. »Und zudem hübscher als der alte Adam je war, wenn du nichts dagegen hast.«

Sie bewegte sich unruhig im Bett.

»Ich habe nichts dagegen«, murmelte sie.

Er stand auf, ging zu ihr hin und nahm sie in die Arme, um sie zu küssen.

»Joel«, sagte sie atemlos, als er den Kopf wieder hob, »hast du dich wirklich – auf der Stelle – in mich verliebt?«

Er blickte auf sie hinab. »Auf der Stelle. Und zwar noch, bevor ich dich zum erstenmal wirklich sah. Ich hatte mich schon in dein Bild verliebt. Warum, glaubst du, habe ich die Miniatur mit in den Krieg genommen, meine Süße?«

Sie glaubte zuerst, er mache nur Spaß, aber dann sah sie seine Augen.

»O Joel, wirklich?« flüsterte sie.

»Ja. Und dann kamst du, und ich sah dein Gesicht, so erschöpft, ohne all den Glanz in deinen Augen. Und ich dachte, ich würde nicht ruhen und rasten, bis ich dich wieder glücklich gemacht hätte, und deine Augen wieder zu funkeln beginnen würden. Aber alles schien sich gegen mich zu stellen, und ich wurde halb verrückt, weil ich dachte, ich könnte dich nicht einmal beschützen.«

Sie schmiegte sich eng an ihn und holte tief Luft. Sie fühlte sich behaglich und glücklich und so sicher, Joel war so gut, er würde sie nie verletzten, ihr nie etwas zuleide tun...

»Nur jetzt«, fügte er hinzu, und seine Stimme hatte einen stählernen Unterton, »kann ich dir eines sagen – wenn du jemals wieder einen solchen Streich spielst wie jetzt, dann werde ich dir den Hintern versohlen, daß du eine Woche lang nicht mehr sitzen kannst! Hast du gehört, Madam?«